THE INVISIBLE
AMELIA KAHANEY

悪の道化師

赤毛のアンセム・
シリーズ
II

アメリア・カヘーニ
法村里絵 訳

TCHAIKO

大胆になれるよう導いてくれた、ジニーとコリーに

時があかさぬ秘密はない。

――ジャン・ラシーヌ

装画　大谷郁代
装幀　髙橋千裕

悪の道化師

四月の半ばを過ぎて、ベドラムにもようやく遅い春が訪れ、競技場にはポップコーンと馬糞の匂いにまじって、咲きたてのバラの香りがただよっていた。わたしは春の馬術大会が開かれている競技場の観覧席に坐って、障害を飛ぶ最後のグループが馬を引いて歩いているのを見ていた。先頭にいるのは市長の娘のマーサ・マークス。彼女のことは、小さなころから知っている。黒いベルベットの乗馬ヘルメットを被ったマーサは、かすかに笑みを浮かべているようだった。その目を見れば、すごく落ち着いていることも、集中していることも、はっきりとわかる。マーサの乗馬ズボンの革の膝当てには汚れひとつついていないし、黒い乗馬ブーツは泥が跳ねていてさえぴかぴかだった。

パパとママといっしょに出かけてきたわたしは、前から三列目に坐っていた。すぐ前の席にいるのは、マーサの両親、マニー・マークス市長とベリンダ・ブレットだ。大きな頭をぐるりとまわした市長が、歯をむきだしにして、娘に向けていたままの笑みをわたしに向けた。市長とならんで坐っている、ホイペット犬なみに痩せた身体つきのベリンダは、神経質な鳥のような顔が半分隠れるほど大きなクローシュを被っている。あたりをうろついて、そこここでフラッシュをまたたかせている〈デイリー・ジレンマ〉紙のカメラマンに観覧席の下の段からレンズを向けられた彼女が、いっしょに写真におさまるようママに合図した。あしたの新聞は、春の帽子を被った社交界のレディたちの写真でいっぱいになるにちがいない。ママが被っているのはストローとシルクでできた土星の輪みたいな白い大きな帽子で、ベリンダが被っているのは造花がついたドーム形のストローハット。その帽子は、液体制酸剤《ペプトビズモル》を思わせるようなピンク色をしている。ベリンダに身をよせてポーズをとったママの大きなサングラスのすぐ下に、注射の跡が見えた。こめかみにコラーゲンとヒアルロン酸を射っているのだ。

「若さをたもつためよ」先週、どうしてそんなに顔をいじる必要があるのかと尋ねたわたしに、ママはため息をついて答えた。「何がなんでも、きれいでいなくてはならないの。ビジネスのためでもあるのよ」ビジネスというのは不動産開発業のことで、パパとママはフリート・インダストリーズという会社のオーナーだ。そのあとママは**必要だからしてるのよ。何が悪いの?**　とでもいうように、肩をすくめてみせた。

マーサが大きな黒い馬を観覧席のほうに向かせたのを見て、わたしは手を振って大声で言った。「マーサ、頑張って!」笑みを浮かべた彼女が、細めた目を観覧席に向け、三列目に坐っているわたしを見つけて手を振り返した。

わたしがいるのを見て、不思議に思ったにちがいない。これまで、マーサの試合を見にきたことなんか一度もなかった。馬には、ぜんぜん興味がないのだ。

今日だって、馬術ショーを見にきたわけではない。パパから目を離したくなかっただけだ。パパがベドラムの悪名高い犯罪組織、シンジケートの一員であることを臭わせる証拠を見つけて以来、機会があるたびにこうしてくっついて歩いている。つまり、見張りだ。パパのオフィスを探ったりもしている。そんなふうにして何週間かすぎたけど、何も見つかっていない。今のところパパは、より高くて大きくて利益を生むビルを、より速く建てる方法について仕事仲間と話すのが大好きな、お金持ちの男でしかなかった。

軽食堂に行っていたパパが観覧席に戻ってきた。チーズが載ったお皿とフルーツサラダが入ったプラスチックのカップを手に持って、エグザビア・スプリング・ウォーターのボトルを三本、グレーのスーツに押しつけるように抱えている。三列目にたどりつく直前、ボトルの一本がその腕からこぼれた。気がつくと、わたしはパパのほうに飛びだして、のばした手のなかにボトルをキャッチしていた。すごい速さだった。たぶん、ちょっと速すぎた。

「驚くべき反射神経だ」パパは、ほんとうにびっくりしているみたいだった。

「救いの手をさしのべただけよ」わたしは肩をすくめ、パパが深く考えださないように**なんの話？** とでもいうような目つきをしてみせた。速く動きすぎないように気をつけてはいるものの、時々考える前に動いてしまう。わたしは人間の限界をこえるほどのスピードで動くことができる。これは、ジャックスがこの身体にもたらした変化のひとつだ。彼女はわたしの死んだ心臓を取りだして、その代わりに自分がつくりあげたキメラ心臓をうめこんだ。その心臓は、人間のものとは比べものにならないほど強靱で速く鼓動する。

作戦は成功したようだ。パパは気にするふうもなく、わたしとママのあいだに腰をおろした。「昔に戻ったようだ。そう思わないかい？　三人そろって週末を過ごすなんて、昔のようじゃないか？」

不安と疑いでいっぱいになっているせいで、ゼンマイ仕掛けの壊れた玩具みたいに胸が引きつっていたけど、なんとかうなずき、顔をしかめることなくほほえんでみせた。

昔とはちがう。ぜんぜんちがう。でも、わたしが急に〝家族との時間〟をたいせつにするようになったことについて、パパに疑問を持ってほしくなかった。わたしに見張られていると気づいたら、パパは今まで以上に慎重になるにちがいない。

わたしの注意はパパからママに移った。コースをまっすぐに見つめているママの目は大きなサングラスの下に隠れているし、注射の跡は深く被りなおした帽子のおかげで見えなくなっている。今日は薬を飲んでいるのだろうか？

たぶん飲んでいる。四時間おきにきちんと安定剤《ヴィヴィラックス》を飲んでいなかったら、こんなに落ち着いているはずがない。それに、まちがいなくワインも飲んでいる。アルコールを飲むには早すぎる時間なのに、もう酔っ払い寸前といった感じだ。今、ママは目の前で手をひろげて、真っ赤に塗った爪を眺めている。パパがフルーツサラダのカップを差しだすと、ママは首を振って言った。「いらないわ」

「どうぞご自由に」パパが市長に聞こえないように小さな声で応え、チーズのお皿を前列のふたりにまわした。**ママは知っているのだろうか？** ママはパパのことをどのくらい知っているのだろう？ 何も知らないように見えるけど、ほんとうにそうなのだろうか？

これまでずっと、パパのことを頼りにしてきた。でも、もう信じられない。とにかく、パパがギャビン・シャープとどういう関わりを持っていたのか、探りだす必要がある。ギャビンは、かつてわたしのボーイフレンドだった。でも、そのあと敵になり、今は死んでお墓に眠っている。

ギャビンの葬儀のあとずっと、密かに探りつづけているけど、彼とパパのつながりを示すようなものは何も見つかっていない。ただ、ギャビンがパパの会社の従業員だったことはわかっている。ギャビンは何も言ってなかったけど、当然だ。彼が口にした言葉は、何もかも嘘だった。ことごとくわたしをだまし、その上で〝誘拐劇〟を演じてみせたのだ。愚かにも、わたしはすべてを信じていた。

どうしてあんなに簡単にだまされてしまったのだろうと、不思議に思うことがある。いくらハンサムでも、抱きしめ方がすてきでも、あんなふうにだまされるなんて愚かすぎる。わたしは彼が口にした約束や計画を、すべて信じていた。この顔に**間抜けで愚直な世間知らず**と書いてあったにちがいない。

でも、どんなふうだったとしても、もう終わった。

今のわたしは、どんなことでも疑ってかかる。何を聞いてもほんとうだとは思えないし、誰に対しても疑いの目を向けてしまう。

パパは今、ベリンダにフルーツサラダをすすめている。「わたしは人に仕えるために生まれてきたんです」そう言いながら水のボトルを手わたしたパパに、ベリンダが礼儀正しく笑って応えた。サングラスに隠れたママの目に、冷ややかな色が浮かんだのが見えたような気がする。

あの日、わたしはギャビンのバッグに本が入っているのを見つけた。その空白のページに書かれた表には名前や数字が書きこまれていて、シンジケートのメンバーの名前がならぶ欄のいちばん上に『ザ・マネー』と記されていた。たぶん誰かのニックネームだ。裏にいる重要人物の陰の呼び名にちがいない。それは、おそらくパパだ。わたしには、そう信じる理由があった。でも、パパがシンジケートに資金を提供しているなんて、ほんとうにありえるだろうか？

パパのオフィスに忍びこんで、パソコンのファイルに目をとおしてみたけど、見つかったのはフリート・インダストリーズの従業員名簿と契約書などの書類だけ。ビルを建てるのに必要な、あたりまえの退屈な文書ばかりで、それ以外は何もなかった。

わたしの思いすごしなのではないかと、何度考えたかしれない。あの本に書かれていた表は、パパとは関係ないのかもしれない。ギャビンがモラス湖に落ちて死んだあと、彼に関わりのあるものはみんな捨ててしまった。でも、〈共謀　警察とギャングの知られざる歴史〉というあのペーパーバックだけは持ちつづけている。ギャビンがボールペンで記した名前に目を凝らしていれば、少しずつ事実が見えてくるとでも思っているかのように、数日おきにマットレスの下から取りだしては眺めている。ギャビンがパパの部下だったというのは単なる偶然で、〝本職〟だったシンジケートの仕事は、フリート・インダストリーズの就業時間外にやっていたのかもしれない。

そんな思いを切り裂くようにトランペットが鳴りひびき、わたしはコースに注意を戻した。アナウンサーが名前を呼びはじめ、選手たちが小さな踏み台を使って馬に乗りだしている。これがいちばんレベルの高い障害競技で、最後のレースだ。名前を呼ばれたマーサが、馬上でさらにまっすぐ背筋をのばした。選手は十二名。三人が男の子で、あとはみんな女の子。その全員が馬の脇腹に踵を当てて手綱を引き、スタートを待つ柵のほうへと動きだした。

わたしは目を閉じ、日射しを浴びて熱くなったおでこを水のボトルに押しあてた。長い冬が終わって、ようやく春が目ざめたような感じだった。それでも冬という夜は、まだ完全に明けていない。一連の悪夢のせいでかいた汗が、乾きつつあるところだ。

でも、悪いことばかりではなかった。ギャビンというボスを失って、シンジケートは力を失ったように見える。その結果、犯罪は減った。どの新聞もそう書いている。

奇妙な心臓を別にすれば、わたしが背負うことになったおぞましい荷物はただひとつ。驚いたように口と目を大きく開いて湖の尖った岩の上に横たわっていた、落下直後のギャビンの記憶だ。あの白い岩にできたてらてら光る黒い血だまりの上に、彼の頭ではなく、わたしの頭が載っていたかもしれないのだ。でも、彼が死んで、わたしはまだ生きている。

そんな記憶を振り払って、フォードのことを考えはじめた。フォード……わたしがキメラ心臓を持つことになったのは彼のせいだけど、今は彼がいてくれるから生きているようなものだった。フォードは命をとりとめ、一度は元気な顔を見せたものの、まだベッドを離れられるほど回復していない。今も目の下にくまをつくって、アパートの狭いアルコーヴに置いたベッドに横たわっている。わたしは週に二、三度、うちを抜けだせる機会を見つけては、彼を訪ねている。毎回、よくなっていることを期待して行くのに、まだすごく弱々しい感じだ。

「四番、マーサ・マークス」そう言うアナウンサーの声がひびきわたると、うしろの席から礼儀正しい拍手が湧きおこった。それに応えて振り向いた市長とベリンダは、政治家らしく手を振ると、またすぐにマーサのほうに向きなおった。マーサを乗せた黒い牝馬《ひんば》が、ふつう駆け《キャンター》足で流れるように軽々と障害を跳びこえていく。今、マーサと牝馬は、三フィートのポールを跳びはじめていた。その先には、さらに高い障害のコースが待っている。マーサは完璧な姿勢をたもって、まっすぐ前を見つめ、しっかり手綱をにぎっている。手綱をとおして、微妙な調整をしたり、馬とのコミュニケーションをはかったりしているにちがいない。

プログラムに目を落としたわたしは、マーサの馬の名前を見てにやりと笑ってしまった。ダディーズ・ガール。マーサは市長が副市長だったころからずっと、政治家である父親《ダディ》のことをすごく誇りに思っているみたいだ。

マーサを乗せた馬がすごい速さで向こうのコーナーをまわり、わたしたちのいるほうへと近づいてくる。次の障害は、最も高い五フィート。ジャンプに備えて走る牝馬の蹄《ひづめ》が大地をとらえ、土が舞いあがっている。

市長が娘の姿に釘づけになっているこの瞬間を利用して、パパとママはメールをチェックしていた。すごくいいところなのに、ふたりとも目を向けようともしていない。

マーサを乗せた馬は、襲歩《ギャロップ》で今にも五フィートの障害にさしかかろうとしていた。不意に耳をつんざくような鋭い音が鳴りだしたのは、そんなときだった。あたりにひびきわたるその音は、やむ気配もない。わたしは顔をしかめて耳をふさぎ、あたりを見まわしながら、みんなが気づくのを待った。

でも、パパはまだケータイの画面をタップしている。見ると、ママも同じことをしていた。

市長とベリンダは話をつづけているし、おかしな帽子を被った背後の一団は、食べたりしゃべったりしながら馬の動きを見つめていて、そのうちの何人かはコースの終わりに近づいたマーサの写真を撮っていた。鋭いうなりはどんどん大きくなってきているのに、誰も気づいていない。不思議すぎて、ぜんぜん理解できなかった。わたしは音を締めだそうと、耳に指を突っこんでみた。

わたしだけに聞こえているのだろうか？　これも、ジャックスが警告し忘れている副作用のひとつなのだろうか？　いずれにしても、音は他の人には聞こえていないみたいだ。

でも、マーサの馬には聞こえていた。

最後の障害を跳ぼうと後ろ脚立ちになったダディーズ・ガールの歯が、日射しを浴びて輝いた。マーサの指示にしたがって、そのまま生け垣をこえるはずだった。でも、ダディーズ・ガールはその途中で身をひねって高らかにいななき、マーサを振り落としてしまった。宙に投げだされたマーサが生け垣の前に仰向けに落ちるのを見て、観客は息を呑んだ。骨の折れる音が、はっきりと聞こえた。マーサの顔は皺くちゃになっていて、青い目はショックのせいで表情を失っている。

みんなが大声で叫んでいた。「ころがって！　ころがって！」

ころがってよけなければ、ダディーズ・ガールに頭を踏みつぶされてしまう。

すんでのところでそれに気づいたらしく、マーサが十五センチ右にころがった。それで充分だった。馬の蹄は、マーサの背中と手からほんの数センチのところに着地した。

わたしは耳をふさぎながら立ちあがった。心臓がものすごい速さで動いていて、アドレナリンが身体じゅうを駆けめぐっている。この音はどこから聞こえてくるのだろう？　甲高いうなりに怯みながらも、あたりを見まわしてみた。アリーナのまわりに立っている何本かのポールに、スピーカーが取りつけてある。音はそこから聞こえているようだった。

どこかに放送室のようなものがあるはずだ。わたしは必死の思いでそれをさがした。向こうのほうに、アナウンスを流すためのガラス張りのブースがあった。目を凝らしてみると、人の姿が見えてきた。三人か四人、ブースのなかに立って観客を眺めている。その姿勢は完璧で、ほんの少しも動いていない。身体の線を見るかぎり、みんな若そうだった。たぶん、わたしより二、三歳上くらいだ。アナウンサーはたいていもっと年上で、スーツを着てネクタイを締めているけど、そういうタイプとはぜんぜんちがう。

それに、彼らが笑っていることはここからでもわかった。

サイドラインのあたりにいた黒いスーツ姿の男がふたり、マーサに駆けよっていく。市長のボディガードにちがいない。どちらもイヤホンを着けているようで、耳から黒いワイヤーがくねくねとぶらさがっている。わたしはパパとママに目を向けた。ふたりに気づかれずに、この場を離れることができるだろうか？　マーサは必死で痛みをこらえているようだった。折ったのは、足首の骨みたいだ。市長が手すりを跳びこえて、ボディガードにくわわった。観覧席に残されたベリンダは、真っ青になって怯えている。わたしはまだ耳をふさいでいた。音は一秒ごとに大きくなり、もう堪えられないほどになっていた。

　順番を待っている馬たちのあいだでも、騒動が起きていた。どの馬も息を荒らげていなないていて、後ろ脚立ちになっている馬もいれば、地面を蹴っている馬もいる。そして、そのほとんどがひどく震えていて、鼻の穴を膨らませていた。

　選手たちは鞍からおり、フェンスを跳びこえてショーの主催者がいるほうへと走りだしていた。主催者は拡声器を使って、審判席に集まるよう選手たちに呼びかけている。アリーナにいる者たち全員が馬に不安げな目を向けながら、厩舎から呼びだされてやってきた調教師の一団に大声で指示を与えていた。

　そのとき、たてがみのてっぺん近くにブルーの小さなリボンをつけた栗毛の牝馬が、大きく見開いた目に狂気の色をにじませて後ろ脚立ちになった。そして次の瞬間、前脚の蹄が木製のフェンスの上におろされた。フェンスはくずれ、コースに飛びだした牝馬が蹄の音をとどろかせてギャロップで駆けていく。その目は何かにとりつかれたみたいになっていた。

　他の馬たちも牝馬につづいた。体当たりで柵から飛びだした馬たちがこっちに向かって全速力で駆けてくる。狂ったように大地を踏みなす蹄と、大きく膨らんだ鼻の穴。しっかりと大地をとらえて優雅な動きで疾駆する馬たちが目指しているのは、遠く離れた観覧席。わたしたちがいる観覧席だ。

観客は、もうみんな立ちあがっていた。泣き叫ぶ小さな男の子をさっと抱きあげてフットボールみたいに脇に抱え、混み合った通路を避けて、座席を跳びこえはじめた男の人もいた。

馬たちは、観覧席の手すりまで数メートルのところまで迫っている。とどろく蹄の音は、まるで雷鳴のようだった。ギャロップで近づいてくる馬の筋肉が震えている。パパは起こっていることが信じられないみたいで、呆然としていた。馬たちの様子をひと目見れば、アリーナと観覧席を隔てているメタル製の手すりなど、なんの役にも立たないことがはっきりとわかる。馬たちは音から逃れようと必死になっているのだ。その動きは、すごく速かった。

「逃げたほうがいいわ！」ママが叫び、薬のせいでぼんやりとしながらもふらふらと立ちあがった。今がチャンスだ。

わたしは以前の自分の限界を頭に入れて、ふつうのスピードで走りだした。そして、人混みに紛れてしまうと、ママに見られることなく、足を速めて放送室へと向かった。その途中で、パパとママのほうに駆けていくサージの姿をみとめた。サージは、パパの運転手でボディガードでもある。

「サージ！」

こっちを向いた彼に、放送室を顎で示して、わたしの行き先をしらせた。

走りながらサージがうなずいた。わたしがどんなに速く動けるか、どんなに強いか、彼は目で見て知っている。だから、ひとりで行かせてだいじょうぶだとわかっているのだ。

馬たちはすでに観覧席になだれこんでいた。放送室まで、もう少し。わたしは大きく息を吸って足を速めた。耳が変になりそうなほどの鋭い音にまじって、胸のなかで心臓がぶんぶんうなる音と、蹄がメタルを引っかく音と、ドラムの音にも似たとどろきが聞こえていた。

右を向くと、ころんだおばあさんが観覧席の混み合った通路にうずくまっているのが見えた。このままでは猛然と動いている人たちに踏みつぶされてしまう。わたしは大きく三つジャンプして、おばあさんの横に立った。皺だらけのお年寄りが立ちあがろうともがいているのに、足をとめて手を貸す人間はひとりもいない。おばあさんの緑がかったブルーの大きな帽子は、傍らでつぶれて足跡だらけになっている。わたしはおばあさんの身体を抱えて、引っぱりあげた。歳のせいか、ちょっとぼうっとしているようだった。わたしひとりで歩けるかどうかもわからない。わたしはできるだけ目立たないようにおばあさんを抱えあげると、放送室がある観覧席のてっぺんまでの八列分、階段をのぼった。

「何をするの、あなた？　いいえ……その……ありがとう！」階段の上にたどりつくと、おばあさんが大きな声で言った。「もしかして……もしかして……あなたは新聞に書かれている女の子なの？」

ニュー・ホープのことを言っているのだ。少し前になるけど、わたしはシンジケートのメンバーを次々と捕まえては、名乗りもせずに警察にプレゼントしていた。つまり、わたしは謎の少女ということになっている。〈デイリー・ジレンマ〉紙が、その少女をニュー・ホープと呼びはじめ、それが浸透してしまったのだ。あのころは、シンジケートにボーイフレンドを奪われたと思っていた。でも、もうそんなふうには思っていない。

「何をおっしゃってるのかわからないわ」耳のなかにひびきわたっている鋭いうなりに怯むまいと頑張りながらそう答えて、また人混みをぬって歩きだした。そして、ようやく『放送室』と書かれたプラスチック板が取りつけてあるメタル製のドアの前にたどりついた。

ドアには鍵がかかっていた。わたしはスピーカーから流れだす鋭いうなりに怯みながらも、自分のなかにある力をかき集めてドアに体当たりした。肩がぶつかったいきおいでドアが大きく開き、気がつくと部屋に飛びこんでいた。アドレナリンが身体じゅうを駆けめぐっているせいで、痛みなんかほとんど感じなかった。

マイクやスイッチがずらりとならんだ複雑な感じのパネルの前に、男の子が三人立っていた。いっせいに振り向いた彼らの口のまわりには、真っ黒な靴墨みたいなものが塗られていた。目は虚ろだけど焦点は合っている。ちょっとびっくりしたような顔をしているものの、すごく驚いているわけではなさそうだ。

「何か用かな?」いちばん近くにいた男の子が言った。たぶん二十歳くらいで、ほっそりとした青白い顔の半分をくしゃくしゃの黒い髪がおおっている。わたしは何か言おうとして口を開いた。でもそのとき、彼がジャケットの内側の何かをつかんだのが見えた。

彼に向かって走るわたしの目に、すべての動きがスローモーションのように見えてきた。目の前を舞っている塵の細かな動きまで、はっきりとわかる。わたしは瞬時にして、男の子の前に迫った。ふたりのあいだの距離は数センチ。彼の毛穴から放たれている薬品特有の刺激臭を感じるほど近くにいた。「そんなものは捨てて」吐きだすようにそう言いながら、男の子の腕をうしろにねじあげた。彼は悲鳴をあげながら逃れようとしたけど、勝ち目はない。わたしのほうがずっと強かった。すぐに男の子の身体から力が抜けた。負けを認めたのだ。

わたしは空いているほうの手で拳銃を奪うと、彼を思いきり突き飛ばした。力が強すぎたのか、その身体がドアの近くの壁に激突した。

「そこのあなた」わたしと同じ歳くらいに見える、いちばん小柄なブロンドの男の子に言った。彼が着ている黒いTシャツには、人を見すかすような目がひとつ描かれている。パニックのせいで胃がどうにかなりそうだったし、蹄の音と人の叫び声とスピーカーから流れだす鋭いうなりのせいで頭が変になりそうだった。「この音をとめて」

「とめなかったら?」金髪の男の子が言った。「撃つ?」挑みかかるような、ものすごく気取った表情を浮かべている。まわりを黒く塗った口と、ぼうっとした眼差し。拳銃を向けられているにもかかわらず、気にもとめていないように見える。「撃てよ」そう言った彼は、にやにや笑っていた。わたしは心を決めて撃鉄を起こした。視界の隅に、こっちに向かって階段をのぼってくる大きな栗毛の牡馬が見えていた。目には狂気じみた色が浮かんでいて、脇腹がぴんと張っている。あたりにいる者たちは叫び声をあげ、その場から逃れようといそいでいた。

もう時間がない。

「やっぱりな」ためらっているわたしを見て、嘲笑うように彼が言った。「この騒ぎを受け入れて、眺めを楽しんだらどうなんだ」

無意識のうちに、喉のうしろから変な音がもれていた。わたしはコントロール・パネルのほうを向いた。そして、スイッチやつまみがずらりとならんでいるパネルの真ん中に狙いをさだめると、反動にそなえてしっかりとかまえ、絞るように引き金を引いた。弾を受けた金属製のパネルから、白い火花が散って煙があがった。

うなりは、いっしゅんにしてとまった。これでまた考えることができる。

窓の外に、ちらっと目を向けてみた。馬たちは、もう落ち着きはじめている。人間は恐怖に顔を引きつらせたまま出口に向かって走りつづけているけど、馬はすでに襲歩《ギャロップ》から力の抜けた感じの速歩《トロット》に脚をゆるめていた。振り向くと、三人の姿は消えていた。ドアまで走ってみたものの、人が多すぎる。どっちに逃げたかなんて、わかるはずがない。

「アンセム!」アリーナにつづくドアのほうを見あげると、心配顔のサージが狂ったように手を振っていた。わたしはうなずいて、彼のほうへといそいだ。心臓がうなりをあげているのは、アドレナリンと答が見つからない疑問のせいだった。あの人たちは何者なの？　どこに消えてしまったの？　いったい何が望みなの？


駐車場に出ると、アリーナの案内係たちがコンクリート製の張りだしの下に立っていた。駆りあつめた六頭の馬たちもそこにいる。わたしはその横をとおりすぎながら、黒いアメリカン・クォーターホースのたてがみを撫で、耳元でシーッとささやいた。馬は少し震えているものの、さっきまでとはぜんぜんちがう。鋭いうなりが聞こえなくなった今、どの馬も落ち着きを取り戻している。クォーターホースのとなりにいる白い牝馬の首には、蹄の跡が赤く残っていた。

みんな抱き合いながら自分の車に向かって歩いていて、子供たちは例外なく泣いていた。

わたしはサージと連れだって、緊急車両用に確保された場所へといそいだ。パパとママも、市長たちといっしょにそこで救急車を待っている。小さな声でしゃべっているイヤホンを着けた黒いスーツ姿のボディガードと、ケータイを片手に大声で怒鳴っている市長。ベリンダは地面にかがみこんで、担架に横たわっている娘の様子を見守っている。幽霊みたいに真っ青になって小さなうめき声をあげているマーサは、すごくつらそうだった。

言葉をかけようとしたけど、駐車場に入ってきた救急車のサイレンを聞いて何も言えなくなってしまった。救急車が横にとまった。ドアが開き、飛びだしてきたふたりの救急隊員がストレッチャーを引きだした。そのいっしゅん後、マーサの担架は救急隊員に持ちあげられていた。

「アンセム」ストレッチャーに乗せられたマーサが言った。「学校に行ったら、わたしはだいじょうぶだってみんなに伝えて。お願い」

わたしはうなずいた。

「あなた、すごかったわ」わたしは言った。「あのまま行けてたら、絶対にブルー・リボンを取ってたと思う」

その言葉がうれしかったらしく、マーサが目を輝かせて何か言おうとした。でも、救急隊員がストレッチャーを救急車に押しこんでしまった。マーサの乗馬靴が泥だらけになっている。そう思った次の瞬間、救急隊員がドアを閉めた。

パパが片方の手でわたしの二の腕をしっかりとつかみ、もう片方の腕でママを抱きしめた。ママは、さっきからずっと石のように押しだまっている。また薬を——たぶんヴィヴィラックスよりも強いものを——飲んだのだ。おそらくカルマリンだ。あれを飲むと、ママはいつも無表情になって動きも鈍くなる。わたしは、すぐにパパの腕から逃れた。

駐車場を歩くわたしたちの頭に太陽が照りつけていた。小さな子供がふたり、空を指さしている。見あげてみると、紫のスモークで書かれたメッセージが浮かんでいた。その紫の文字は、すごく無邪気に見えた。サプライズ好きの誰かが恋人のために書かせた空中文字。でも、それを読んだとき、身体じゅうに震えが走るのを感じた。


『われわれインビジブルは、あらゆる場所に出現する』


「インビジブル」わたしは声に出して言った。**いったい何者なの？**

「くだらない」足もとめずに空を見あげながら、パパがつぶやいた。「面倒を起こしてヒーローになったつもりでいるんだ。こういうことは前にもあった」

サージに視線を向けてみると、顎の線が硬くなっていた。目が合った彼はすばやく眉を吊りあげてみせたけど、どちらもすぐにそっぽを向いた。

車に乗りこみながら、もう一度あたりを見まわしてみた。みんな空を見あげている。そこに書かれたメッセージを声に出して読んでいるのか、傾いたストローハットの下の唇が動いていた。話し声がどんどん大きくなっていく。座席におさまった瞬間、怖くなって思わず振り返った。**あらゆる場所に出現する。**わたしは不意に確信した。これはただのウォーミングアップだ。もっとひどいことが起こるにちがいない。致命的な何かが起こるにちがいない。

2

翌朝早くフォードを訪ねたわたしを、彼のおじさんのエイブが部屋に迎えいれてくれた。ファームコーンの工場で発送の仕事をしているエイブは、お休みの日曜日、早めに一日をスタートさせたらしい。緑のエプロンの突きだしたお腹と胸のあたりは、パンケーキのバターでべたべたになっている。わたしを見てにっこり笑うと、エイブのもじゃもじゃのグレーの髭が扇のようにひろがった。「お入り、アンセム。フォードは眠っているが、きみの声を聞いたら目をさますだろう」

「よくなった?」そう訊きながらも、エイブの表情をうかがっていた。木曜日に来たきり、訪ねられずにいたのだ。

エイブが肩をすくめた。「少しね」娘のサムとシドニィのために楽観的になろうとしているみたいだけど、血走った目には不安の色があらわれている。サムとシドニィは、アパートのたったひとつの寝室でまだ眠っているようだった。

エイブはリビングの端にあるソファをベッドにしていて、フォードはキッチンのそばのアルコーヴの壁にベッドをよせて眠っている。その一画はカーテンで仕切られていて、小さな机と木製のがたがたの椅子も置かれていた。少しよくなったというエイブの言葉を信じたかった。

わたしはカーテンの前で足をとめて壁をノックした。「フォード?」

「うーん」ベッドのなかで彼が身じろぎしたのがわかった。「その声には聞きおぼえがあるぞ」

期待に胸がざわめいた。こんなに弱っていてさえ、フォードは会うたびにわたしをどきどきさせてくれる。もうちょっとだけ待って、元気なフォードがそこにいることを期待してカーテンを開けた。薄暗いアルコーヴに足を踏み入れたとたん、彼の胸がぜいぜい鳴る音が聞こえてきた。この前よりもひどくなっている。わたしはなんとか笑みを浮かべた。

「おはよう」そうささやいて、ベッドから三十センチくらいのところに立った。そして、手探りで椅子を見つけてベッドと向き合うように置くと、そこに腰をおろした。「気分はどう?」

「よくなったよ。きみが来てくれたからね」暗くても声を聞けば、ほほえんでいるのがわかる。いっしゅんの沈黙を破って彼が言った。「きのうはシャワーのあいだじゅう、立っていられたんだ」

「すごい進歩ね」意識を取り戻したあと、フォードはジャックスの研究室からここに戻ってきた。あのときのほうが、今よりもずっと元気だった。

「たぶんね」そう応えた彼の声には困惑の色がにじんでいた。以前のように走ったりトレーニングをしたりして、ふつうに日々を過ごせないことで、きっと惨めな気分になっているのだ。言葉にはしないけど、こんなふうなら死んだほうがましだと思っているにちがいない。

机の上のランプを見つけて明かりをつけた。フォードの顔色とやつれた頬を見てがっくりしたけど、そんな気持ちが表情に出ないように頑張った。少なくとも九キロは痩せている。もしかしたら、もっと痩せたかもしれない。

「だいぶ元気になったみたいね」わたしは嘘をついた。そして、少しでも元気になった証拠がどこかにあらわれていないかと探ってみた。でも、この前よりむしろ具合が悪そうだし、確実に弱っている。

自分が手術後、ジャックスの研究室で目ざめたときのことを思ってみた。わたしは目ざめたその日に、研究室から――ほとんど飛ぶように――走って逃げだしたのだ。移植を受けたわけでもないのに、なぜフォードは動けないのだろう？　一度は死んだわたしにできたことが、どうしてフォードにできないのだろう？

「すぐによくなるわ」心からそう思っているように聞こえることを祈りながら、言ってみた。完全な快復は望めないのかもしれないと思いはじめてもいたけど、それは悟られたくなかった。フォードがこんなふうになったのは、ギャビンに撃たれたせいだ。彼がベッドから離れられずに、足を引きずったまま惨めな一生を送ることになったら、わたしは自分を赦せない。あの夜、わたしを追ってギャビンの屋敷に来ていなかったら、すべてがちがっていた。わたしだって、ここにはいなかったはずだ。

「もうどのくらい経ったのかな？」フォードが言った。意識を失っていた初めの一週間のことは、何もおぼえていないみたいだし、そのあとも時間の感覚がしっかりつかめていないようだった。

「三週間ちょっと」

「時間がかかるものなんだな」フォードはそう言って起きあがろうとしたものの、力つきてまた枕に頭を沈めてしまった。

　彼が元気になるような話はないかと、頭を巡らせてみた。元気づけられなくても、とりあえず気を紛らせることができればそれでいい。馬と空中文字の話をして、インビジブルというグループに心当たりがあるかどうか訊いてみることにした。でも、口を開きかけたところで、小さな足が板張りの床を跳ねまわる音が聞こえてきた。

「サムとシドニィが起きたみたいだわ」わたしはささやいた。そして、フォードがなんとか身を起こすと、支えになるように背中に枕を押しこんだ。

「誰が来ていると思う？」エイブがそう言うと、ふたりがアルコーヴに駆けこんできた。おそろいのネグリジェはピンクのコットン。ぼさぼさ頭のふたりはエネルギーのかたまりみたいだった。八歳になるサムの黒いゆたかな巻き毛の下には、生真面目な顔がのぞいている。十歳のシドニィはサムを大きくした感じだけど、妹よりもひょうきんだ。

サムがフォードのベッドに飛び乗り、シドニィがわたしに抱きついてきた。その巻き毛が首をくすぐっている。

「おはよう。調子はどう?」わたしは言った。ふたりのエネルギーが伝染して、ちょっと明るい気分になっていた。

「サム、アンセムに新しい振りを見せてあげなよ!」こもった咳をひとつしながら、フォードが言った。

「いい考えだわ!」そう言ってベッドから飛びおりたサムがカーテンをすっかり開くと、アルコーヴとリビングを隔てるものがなくなった。エイブが冷蔵庫をかきまわして、次に焼く分のパンケーキの種をカウンターに載せたところだった。「わたしのプレイヤーを持ってくるわ」

「わ、わ、わたしのプレイヤーよ」すばやく寝室に駆けこんだ妹を追いかけながら、シドニィが言った。

ふたりの姿が見えなくなると、フォードがわたしの手をつかんだ。「来てくれてありがとう」目が輝いているのは、熱のせいだと思うけど、感情のあらわれのようにも思えた。「でも、退屈だろう?」

「冗談でしょう。ここにいる時間がいちばん楽しいわ」頬が赤くなるのを感じたけど、どうしてなのかはよくわからなかった。でも、フォードも赤くなっている。彼のほうが、もっと戸惑っているにちがいない。

ふたりが友達以上の感情を持ちはじめていることは、はっきりとわかる。でも、回復に時間がかかりすぎているという事実が、彼の心をくもらせているのだ。当然だ。自分が殺されかけた原因をつくった人間を、どうしたら愛せるだろう?

「ジャックスには会ってるの?」**ちょっと変だと思う**とは言わなかったけど、わたしの顔にそう書いてあったみたいだ。

「電話で話してる」フォードが答えた。「金曜日に話して、もう少し様子をみようっていうことになったんだ」

「それだけ？」軽い口調でそう言った。すごく具合が悪そうに見えるけど、ほんとうはそうでもないのかもしれない。あれだけ失血したのだから、これがふつうなのかもしれない。

フォードが肩をすくめるのを見て、不意にジャックスに対する怒りがこみあげてきた。ただ様子を見る以外にできることはないのだろうか？　キメラ心臓をつくりだせるような化学者ならば、何かできるはずだ。もっとビタミンを投与するとか、さらに輸血をするとか、抗生物質を飲ませるとか……まだ試していない何かがあるはずだ。フォードが元気になるためにできることが、きっとある。『ジャックスに会いにいくこと』と心のメモに書きとめた。

「前より、いろいろできるようになってるんだ。エイブもそう思ってる。そうだよね？」狭い部屋の向こうにいるエイブに聞こえるように、少し声をあげてフォードが言った。

「ああ」そう答えたエイブの声に重なるように、フライパンのなかでバターがジュージューと音をたてている。「少しはね」

「ジャックスのところに行くなら、付き合うわ」フォードがベッドから出るのを見たかったし、ふたりで新鮮な空気を吸うのもいいような気がした。「今日、これからどう？」

「エイブが連れていってくれるよ」フォードが首を振って、ベッドカバーの上の青白い手を見おろした。たこが消えてしまった今、もうボクサーの手のようには見えなかった。「その気になったらね。足を引きずって歩くのをきみに見られたくないんだ。だから、エイブのほうがいい」

「わかったわ、変な人」彼の頑固さに気持ちを挫かれながらも、机の上に山になっている写真を眺めていた。

ノックアウト勝ちした直後のリング上のフォードを写した写真があった。このころの彼にとって、ボクシングは生活の糧だった。シンジケートのために戦うのをやめて、身を潜めて暮らすようになる前のことだ。

「この写真を見て」彼にというよりも自分にそう言った。汗をかいた彼の傍らに、対戦相手が倒れている。勝利のしるしに高く振りあげられたフォードの腕は、まるで彫像のようだった。グローブをしたままの片方の手と、はずしたグローブを持っているもう片方の手。笑みを浮かべた口元は、マウスピースのせいで膨らんで見えた。

「ああ」笑みを浮かべていてさえ、その顔には苦悩がにじんでいた。「早くトレーニングを再開できるといいんだけどね」

自分は強いと、わたしに思わせたがっているみたいだけど、彼が強いことはとっくに知っている。あのとき、フォードは死の淵に立っていた。撃たれた彼をジャックスの研究室に運んだわたしの服は、血だらけだった。あれだけ失血したら、ふつうはその場で死んでいる。少なくとも、ジャックスはそう言っていた。だから、大量の輸血が必要だった。

「テーブルに移る?」わたしは訊いた。フォードが歩くところを見たかった。歩いているのを見たら、よくなっていると思えるかもしれない。

でも彼が答える前に、シドニィとサムがプレイヤーを引きずって戻ってきた。ひびが目立つそのプラスチック製のプレイヤーには、ステッカーがべたべたと貼られている。「わあっ、年季が入ってるのね」

「母が子供のときに使ってたものなんだ。その前には、祖母が使ってたんだろうね」フォードが言った。シドニィとサムがレコードにそっと針を落とすと、小さな不鮮明な音が流れだした。たしか〈ダンス・ミー・トゥー・ジ・エンド・オブ・ザ・ロード〉とかいう曲だ。

サムはわたしがプレゼントしたチュチュをはいていた。レベル1のときに着けていた、ふわふわのチュール地でできたブルーのチュチュだ。一番らしきポジションで立った彼女が、わたしの目を見てにっこり笑った。そして、そのあと気合いの入った表情を浮かべると、曲に合わせてくるくるとまわりはじめた。シドニィもすぐに踊りはじめた。間もなくふたりは、回転しながらソファから飛びおりた。どちらも笑いがとまらないようだった。

「ブラボー！」わたしたちは叫んだ。笑みを浮かべているフォードの目は輝いている。エイブもパンケーキをお皿に載せる手を休めて、娘たちを見つめていた。今にもくずれそうなビルの地下にある狭くて薄暗い部屋に、音楽と笑い声と熱をくわえたバターの香りがあふれていた。

フォードが少しずつベッドの縁へと移動し、顔を歪めながら立ちあがった。今の彼にとって、それはたいへんなことにちがいない。もう、ほとんど倒れそうになっている。

大いそぎで支えようとしたけど、振り払われてしまった。ひとりで立てるところを見せたいのだ。「少なくとも、ベッドを離れた。そうだろう？」

「すごいわ」わたしはそう言いながら、テーブルに向かう彼を目で追った。その動きは頼りなげでつらそうで、すべての力を出し切らなければ一歩も進めないような感じだった。おばあちゃまが、手術のあとこんな歩き方をしていた。しかも、おばあちゃまはその二週間後に亡くなっている。

フォードは、よくなってなんかいない。自分では認めたくないかもしれないけど、火を見るよりあきらかだ。八十歳の老人みたいな歩き方をしているフォードを見て、その事実に気づいたわたしは愕然とした。時が経てば治ると信じるなんて、あまりに甘すぎる。

ギャビンのオフィスに飛びこんできたときのフォードの姿がよみがえってきた。彼が撃たれたときのことを思うと、胸が張り裂けそうになる。あのときのフォードは、わたしを護ることしか考えていなかった。

こんなふうになったのはわたしのせいだ。だから、彼が元どおり元気になるためなら、なんだってするつもりだ。

午前四時四十五分。男の子は、もうかれこれ一時間、メタル製の管のなかを這いまわっていた。そのせいで彼は汗をかいていた。この管は、最近になって閉鎖されたヒルサイド・パリセーズ・モールの最上階にある換気システムの一部だ。汗のせいで顔がむずむずする。彼は動きをとめ、額に風があたるようにマスクをはずした。

計算どおりなら、次の開口部の真下が、ハマーが非公式に隠れ家に使っている元の靴屋だ。たしか、ビッグNズ・トール・シュー・パレスとかいう名前だった。噂によれば、シンジケートの大物のひとりであるハマーはこのモールで眠るのが好きらしい。

男の子はふたたびマスクを着けると、ハマーにおおぜいの護衛がついていないよう祈りながら、また動きはじめた。護衛に音を聞きつけられたら、まずいなんてものじゃない。腕は前進をつづけることに異議をとなえはじめていたが、身体は期待にざわついている。ハマーを捕らえられれば、シンジケートの権力機構の中枢を破壊するという目標に、また一歩近づける。

ようやく、ビッグNズ・トール・シュー・パレスの真上にたどりついた。下は真っ暗だったが、メタル板の隙間をとおして揺らめく明かりが見えたような気がした。ゆっくりとポケットから十セント硬貨を取りだし、けっして音をたてないように注意しながら、メタル板の四隅のネジをはずしていく。そして、最後のネジがはずれると、息をとめてメタル板を横にすべらせた。こすれたメタルがかすかに鳴ったのをのぞけば、音はしなかった。

ウールのマスクを顎の下までしっかり引っぱりおろして、店のなかに頭を突きだした彼は、壁ぞいに靴用のものすごく大きな棚が設《しつら》えられているのを見て胸を撫でおろした。ビッグNズ・トール・シュー・パレスにまちがいなさそうだ。

店の真ん中にメタル製のゴミ入れがあって、そのなかで何かが燃えていた。炎は小さいものの、薬品と毒を思わせる臭いがする。片隅に張られたテントと、その向こうに積まれている三十個はあるにちがいない小型トランク。何が入っているのだろうかと、彼は思った。しかし、当ててみろと言われたら、迷わずにドラッグと答える。なんといっても、ハマーはドラッグで商売をしているのだ。ドルーピー、ギッグル、スモークスタックス、ボッドモッズ。それ以外にも、ドラッグならなんだって売っている。売人として使っている子供たちが期待どおりの仕事をしないと、見せしめにひどい目に遭わせるという話だ。

靴用の棚とテントとゴミ入れと小型トランク。それをのぞけば、部屋のまわりにオフィス用の椅子がいい加減に積みあげられているだけだった。

男の子は腕を曲げてみた。ここまで這いすすんできたあとで、ちゃんと力が入るかどうかたしかめる必要があった。そして、だいじょうぶだと確信した彼は、天井にぶらさがってさっと床に飛びおりた。カーペットに足がついた瞬間のかすかな音を聞いて、彼はたじろいだ。

「なんの音だ？　行って見てこい」店の外で誰かが言った。

彼は壁ぞいの棚に向かっていそいだ。その動きはすばやかったが、充分ではなかったようだ。トランクのうしろに飛びこもうとしていた男の子は、店に入ってきた女の子に見つかってしまった。若くて、がりがりに痩せていて、何かに酔っ払っているように見える彼女は、ライフルを抱えていた。女の子はショックを受けているようだった。そのマスクは有名だ。彼を知らない者はいない。この三カ月ほど、絶えず新聞に載りつづけている。『正義のための自警運動』『街の希望あらわる』『ザ・ホープ、改革を続行』そうした見出しが誰の目にも焼きついている。

たじろいだ様子で目を大きく見開いている女の子が、ライフルの銃口を何センチか下に向けた。鎖骨のあたりに彫られたネックレスのように見えるシンジケートのタトゥーと、目のまわりの黒い痣。その痣が、頰の上で黄色くなりはじめていた。「あんた、来たんだね」彼女がささやいた。

彼はライフルから目をそらしたまま無言でうなずいた。ブーツに隠してある拳銃を使おうかとも考えたが、待つことにした。そんなに悪い子ではないと、何かが告げている。

あんなやつ、大きらい。彼女がそう唇を動かしてテントに目を向け、また彼を見つめた。目のまわりが黒くなるほど殴ったのは、ハマーなのかもしれない。

彼女がドアのほうを向いて、外にいる誰かに言った。「誰もいない。きっと、ネズミかなんかだよ」

彼女がテントを指さし、合わせた両手を頰にあてた。眠っていると言っているのだ。

気をつけな。声を出さずにそう言うと、彼女は店から出ていった。ドアが閉まると、彼は拳銃を取りだした。それをまっすぐ前にかまえて、テントのジッパーを開ける。

その瞬間、アドレナリンが噴きだしたときの常で、すべての動きが速くなった。ステロイドでつくりあげた筋肉隆々の腕を持つ、背の低い男がそこにいた。五分刈りの髪と、脂ぎった赤ら顔。ハマーの目が開いた。何かに手をのばしたが、男の子のほうが速かった。彼はハマーの寝袋から銃身の短いショットガンを引っ張りだした。

ハマーをテントから引きずりだし、手袋をした片方の手で口をふさぎ、もう片方の手で汗ばんだこめかみに拳銃を押しあてる。「騒ぐなよ」男の子は声を殺して言った。何が起ころうとしているのかは、ハマーにもわかっていた。マスクがすべてを語っている。男の子はシンジケートの人間を何人も殺してきた。

しかし、今回は殺さない。

さっきの女の子が、他の連中の気をそらしていてくれるかもしれないが、そうでない可能性もある。いずれにしても、もう人を殺すのはいやだった。ハマーは生きたまま警察にひきわたしたかった。正義がなされるのを見たかった。

ハマーが男の子の手を逃れて、ドアのほうへと駆けだした。しかし、その動きは遅くてぎこちなく、男の子はすばやかった。男の子は拳銃で二度、ハマーの頭を殴った。それでおしまい。ハマーは意識を失って床に倒れた。

選択肢はふたつ。大男を引きずって管を這い戻るか、モールのなかをとおって外に出るか……。

店の正面に目を向けてみると、紙を貼ったウインドウに、動きまわっている長身のがっしりした男たちの影がいくつも映っていた。管を這い戻るしかなさそうだ。仲間の気をそらそうと、女の子がしゃべりつづけている。思ったとおり、悪い子ではなかった。

彼は力をかき集め、意識を失ったハマーを積みあげた椅子のてっぺんに押しあげた。かかった時間は三分。そのあと男の子も椅子の山によじのぼって天井の管にすべりこみ、ハマーの身体を引っぱりあげた。信じられないほど重かった。

それでも、十五分もあればこの管を抜け、ハマーを警察に引きわたせる自信があった。その際に添える有罪を示す長い証拠リストは、前もってつくってある。ハマーのポケットに入っている、ピンクとブルーのストライプのギッグルピル二袋は、いいオマケになるだろう。

それで、シンジケートの幹部が街からひとり消える。つまり、組織のトップにまた一歩、近づいたということだ。シンジケートを徹底的に叩きつぶすという目標に、また少し近づいた。

数時間後、男の子は彼女が身支度をする気配で目をさました。それでも眠っているふりをして薄目を開け、彼女の几帳面な動きを見つめていた。小さな手で制服の白いブラウスのボタンをはめている。彼女がベッドに身をかがめると、窓から射しこむ冬の薄日がさえぎられ、男の子の視界がかすんで星でいっぱいになった。彼女の輪郭のまわりだけが明るく見えているのは、疲れている証拠だ。

かぐわしい香りに誘われて身を起こすと、彼女が青いアルミ製のキャンプ用マグカップにコーヒーを注いでくれた。「おはよう」彼女がそう言ってほほえんだ。からまった白っぽい金髪をとおして日射しがもれてくる。こんなにきれいな彼女は見たことがなかった。

「ありがとう」彼はコーヒーを飲んだ。ミルクはなしで、砂糖が三つ入った甘いコーヒーだ。

身をかがめた彼女が、ベッドにコーヒーがこぼれないように気をつけながら、彼の眉の上にできた新しい傷にふれた。「だいじょうぶなの？」

「かすり傷だ」彼は答えた。「たいした怪我じゃない」

茶目っ気たっぷりの彼女の大きな青い目は、一キロ先からでも人の嘘を見抜くことができる。その相手が彼ならなおさらだ。「消毒剤をつけておいて」

彼はうなずいた。「早く起きたんだね」

「もう行かなくちゃ」彼女がため息まじりに言った。「数学のテストがあるの」

「ゆうべはどこにいたことになってるの？」彼女の両親のことが心配だったのだ。娘がここに来ていると知ったら、きっと私立探偵を雇うだろう。そのあと彼女のためにボディガードを、そして彼のために殺し屋を、雇うかもしれない。いや、それよりも彼女を家に閉じこめてしまうというほうが現実的だ。家庭教師を雇って、豪華なマンションというりっぱなケージに彼女を永久に閉じこめてしまうにちがいない。

「アロンのうちに泊まるって言ってある」彼女が肩をすくめた。「パパもママも忙しすぎて、わたしがどこにいるかなんて気にもしてないわ」

　彼女がため息をつくと、部屋の冷たい空気のなかに浮かんでいた小さな埃が吹き飛んだ。隅に置かれた暖房器が派手な音をたてているものの、部屋はまだ暖まっていなかった。

「これ、持ってきたわ」コートの襟元のボタンをふたつはずした彼女が、内ポケットからジッパーつきの革のポーチを取りだして彼にわたした。ずっしりと重いそのポーチには、五センチほど厚みのある札束が入っていた。

「もうこんなことは――」当惑のあまり、声がかすれていた。心臓がどきどきする。しかし、感謝の気持ちが誇りの壁を打ち破った。

「気にしないで。こんなお金、わたしには……ええ、うちには……あってもなくても同じなの」その言葉を強調するように、彼女が肩をすくめてみせた。そのあと彼女は、遠くのほうを見るような目つきで窓の前に進んだ。おそらく、見張られていないことをたしかめているのだ。

　フライパンの上の卵を思い描いたとたん、彼のお腹が鳴った。バターがジュージューいう音さえ聞こえるような気がする。彼はうなずき、札束が入ったポーチをマットレスの下に押しこんだ。金は必要だ。彼女の金がなければ、やっていけない。「いつか返すよ」

　彼女は応えようともしなかった。彼がそう言うたびに、彼女は無言でやりすごす。

「片がついたら、どこか遠くに行こう」彼は言った。

「そんな必要はなくなるんじゃない」彼女が窓辺を離れ、コートのボタンをとめた。「街は変わるんですもの。あなたが街を変えるのよ」

　彼女を満足させたくて、彼はうなずいた。しかし、自分の首に永久に懸賞金がかけられることになるのはわかっていた。「そうかもしれないな」

ここに長くいすぎたら、よくない結末を迎えてしまう。アパートから隠れ家へと、街なかから街はずれへと、どんなに居所を変えようと、連中のネットワークは膨大だ。それに、懸賞金もかなりの額になるはずだ。家族が一年食べていけるだけの金が得られるなら、彼を裏切ろうという子供たちが、サウスサイドにどれだけいるか知れない。「そうなるように祈ってるよ」

彼は、彼女の睫毛の先が金色になっているのに気がついた。これは、新たな発見だった。ひとりの人間について、知ることは数多くある。それが特別な人間であれば、なおさらだ。そんな場合は、いくら知ってもさらに知りたくなる。彼は、さほど人に興味がない。しかし、彼女については何もかも知りたかった。そうして知った事実は、特別にラベルを貼った心の抽斗に、ひとつひとつていねいにしまってある。

よりによって、なぜ彼女にここまで夢中になってしまったのか、いまだにわからない。自分が何をするべきかは、幼いころからわかっていた。父親が目の前で殺されたあと、警察がしようとしないことをするのが自分の役目だと思うようになったのだ。

その計画に、女の子は――特に彼女のような女の子は――含まれていなかった。しかし、どうしようもない。彼女のそばにいると、たまらなく心地いいのだ。

ふたりはあらゆる意味で、別の世界で生きてきた。彼は、ザ・ホープと呼ばれている人間だ。他のほとんどの者よりも希望がないことを思えば、その名前はあまりに皮肉だ。自分はこの戦いで死ぬ運命にあるという確信が、彼にはあった。そう、彼らと戦って死ぬ運命にあるのだ。

一方、彼女はベドラムの特権階級に生まれた娘だ。この街では、不動産業者や銀行家や政治家といったトップの人間たちに、金が集まるようになっている。それ以外の者たちには、何もまわってこない。彼女の父親は、そんな仕組みをつくりだした人間のひとりだ。彼女の名前はレジーナ・フリート。父親が汚い手を使って稼いだ金で築いた、ガラスのタワーに住んでいる。

レジーナ・フリートがどれだけ急進的かを知ったら、父親はショックを受けるにちがいない。レジーナの急進派ぶりは彼以上だ。彼がこんなことをするには、理由があった。街をよくしたいというのは、ひとつの動機にすぎない。しかし、レジーナは信じている。そして、それを運動《ムーブメント》と呼んでいる。

彼女が帽子を目深に被って、彼の頭のてっぺんにキスをした。「新聞はテーブルの上よ。どのページも、あなたの記事でいっぱいだわ」

彼が応える間もなく、レジーナがドアを閉めた。彼女は、もうひとつの暮らしへと戻っていったのだ。彼女がいなかったら、とっくにやめていたかもしれない。しかし、レジーナがいると、できそうな気がする。この街から暴力をなくしてみせる。この手で、犯罪や恐怖を一掃してみせる。

それで？　彼は、いつもそう思う。**そのあとはどうなるんだ**？

3

月曜日の朝は土砂降りで、その暗い空はわたしの気分にぴったりだった。カテドラル・デイ・スクールの廊下には、ジムのロッカールームみたいな臭いがただよっていた。汗臭い淀んだ空気と、服や靴からしたたり落ちた雨水のせいですべりやすくなっている石づくりの床。そこを歩く生徒たちが履いている湿ったオーバーシューズが、キュッキュッと音をたてている。学期の終わりまで、たった九週間。それで、わたしたちは卒業だ。チェックのプリーツ・スカートと、キャップスリーブの白いブラウスと、ちくちくする臙脂かグレーのカーディガンと、その色に合わせたニーソックス。そんな制服を着るのも、あと九週間。九週間経ったら、ここにいるほとんどの子には二度と会わなくなる。

ベドラム・バレエ団に入れなかったら、ザラといっしょに大学に行く。でも、彼女は街を出て、女優を目指すために南に行ってしまうかもしれない。

わたしは、湿ったナップサックから教科書を取りだしてロッカーに入れると、たくましいラグビー選手たちのあいだを縫って歩きだした。互いに押し合ったり叩き合ったりしている彼らの制服のブレザーは、はち切れそうになっている。ザラのロッカーの前をとおったけど、彼女はいなかった。

校長の娘のオリーブ・アン・バングが、子分格のクレメンタイン・フィッツを引き連れて歩いているのが見えた。彼女と目が合わないように気をつけながら、ちょっとザラを待つことにした。クレメンタインがオリーブ・アンに身をよせて何かささやき、横目でこっちを見たのが視界の隅に映ったけど、知らん顔をしてロッカーのほうに顔を向けた。ほんとうに不愉快な子たちだ。ウィル・ハンセンがリハビリのための病院に送りこまれて以来、いつも非難がましい目を向けてくる。ウィルはわたしの元ボーイフレンドだ。彼が病院行きになったのは、わたしが彼の両親に告げ口したからだ。でも彼女たちは、ウィルがわたしの部屋にカメラを仕掛けたことなんか、何も知らない。手術のせいでどんなふうになったか隠し撮りされたわたしは、そのビデオを使って彼に脅迫されていたのだ。でも、そんな事実を知ったとしても、彼女たちはおそらくウィルの味方をするだろう。

あと九週間よ。心のなかで言った。**九週間経ったら、もう二度と彼女たちに会うことはないわ。**そのあと二、三分待ってみたけど、ザラはあらわれなかった。わたしはあきらめてホームルームの教室に向かった。

途中、マーサ・マークスの仲よしグループがいるのが目に入った。ひとりのケータイのまわりに集まって、動画を見ているようだった。

「マーサから今日何か言ってきた?」グループに近づいて、マーサの親友のアレクサンドラ・ウィーンに訊いてみた。でも、彼女は首を振って肩をすくめただけで、ケータイを指さした。輪の真ん中でケータイを持っている小柄な女の子は、ブロンドの髪をして真珠のイヤリングを着けている。この前の馬術大会に来ていた子だ。彼女のケータイに、全員が釘づけになっている。

「もう見た?」アレクサンドラが小さな声で訊いた。

首を振ったわたしを、彼女が肘をつかんで輪のなかに引き入れた。

背のびをしてアレクサンドラの肩ごしに画面をのぞいてみた。マーサが落馬したときの動画を見ているのだとばかり思っていたのに、そこには静止画像が次々と映しだされていた。その画像の一枚一枚に、あざやかな赤でとんでもない言葉が斜めにスタンプされている。洒落たリズムを刻む電子音と、二、三の弦楽器が奏でる、短調の不気味なサウンドトラック。電子的に修正をくわえた深みのある声が、一画像ごとにスタンプの文字を読みあげて、そこに映しだされたものを強調している。その声を聞きながら画像を見ているうちに、身体の芯で恐怖がかたまり、息ができなくなってしまった。

六歳の男の子が、炎のなかから燃えた破片を拾いあげている——『恵まれた少年時代』

ホームレスの母親が、ボロにくるんだ赤ん坊を胸に抱いている——『幸せな家族』

杖をついている老人に警備員がブレットブロワー3000を突きつけている——『いくつになっても愉快な世の中』

そして、今度はノースサイドの画像があらわれだした。どれも気味の悪い緑色を帯びていて、文字は灰色がかった黄色に変わっている。

タキシードやドレスに身を包んだ大人たちが笑っている。そこに『みんなとても幸せ』と、声がかぶさった。

真珠のティアラを着けた五歳の女の子がふたり、花で飾られた数段重ねのケーキをはさんで立っている——『幸せすぎてつらい』

仲間たちと笑っている市長の大きく開いた口元から、輝く金歯がのぞいている——『公平なこの街を誇りに思っている』

静止画像の連発はそれで終わり、サウンドトラックのリズムが速くなった。今、画面には旗におおわれた大きな机が映っている。そのあと、白いTシャツにカメラが向けられた。Tシャツには人を見すかすような目がひとつ、モノトーンのグラデーションで描かれていた。下のほうが黒で、上にいくにしたがってグレーから白に変わり、睫毛の先は背景に溶けている。競技場の放送室にいた、ぼうっとした目の三人が着ていたのと色ちがいだ。そう思った瞬間、汗が噴きだしてきた。何を企んでいるのか知らないけど、これが計画の第二弾みたいだ。

カメラがさらに上に向き、首が、そしてマスクにおおわれた顔が映しだされた。大量生産された感じのその白いプラスチック製のマスクにぞんざいに描かれた顔は、にやりと笑っている。真っ赤なクレヨンで描かれた口と、黒い点のような目。別の状況で見たら、無邪気なものに見えたかもしれないけど、あんな画像を見たあとでは歯を食いしばらずにはいられなかった。

シンジケートが、新たに動きだしたのだろうか？　ギャビンが崖から落ちて亡くなったことで、組織には穴があいた。もちろん、穴をあけたのはわたしだ。彼らは今、それをうめようとしているのだろうか？けっして動かない笑っている口の向こうで、誰かがロボットを思わせる人工的な低い声で物憂げにしゃべりだすのを聞いて、背筋に寒気が走った。

「ベドラム市民に告げる。今、すべてが変わろうとしている。われわれは目に見えていないものを白日の下にさらすためにはたらいている。快適に暮らす者たちから、ほんの少し快適さを奪い、不幸な者たちが少しでも幸せになれるよう努めるのが、われわれの役目だ。自分自身に問いかけてみてほしい。自分は幸せすぎるのではないだろうか？　うぬぼれすぎてはいないだろうか？　この暮らしは快適すぎるのではないだろうか？　必要もないものを持ちすぎてはいないだろうか？　自分の持ち物を少し誰かに使ってもらえないだろうか？

そんな疑問を解決し、まちがいを正すために、われわれがいる。傾いたバランスを元に戻し、公平な舞台を築かなくてはいけない。われわれインビジブルは、あらゆる場所に出現する」

ケータイの画面が静止し、そのあと真っ白になった。

「すっごくクールじゃない」ひとりがため息まじりに言った。

「クール？　賭けてもいいわ。マスクの下の彼は絶対にホットよ」別の子が言った。

「うちの弟、あのTシャツを注文したのよ」誰かが言った。それから、みんなが興奮気味にしゃべりだした。わたしのことなど気にもとめていない。不安なんてものじゃなかった。恐怖のせいで、頭に穴があきそうだ。腕の皮膚がむずむずして、かすかに手が震えているし、背中には汗が噴きだしている。

これはシンジケートのやり方ではない。シンジケートにしてはプロっぽすぎるし、あまりに芝居がかっている。それに、何より目的が曖昧だ。シンジケートの目的ははっきりしている。お金だ。あの人たちは、相手がお金持ちだろうが貧乏人だろうが、かまわずに盗む。何かを変えようなんて、思ってもいない。でも、この人は——この人たちは——もっと大きなことをしようとしている。

わたしはその場を離れて、廊下を歩きだした。あんなものを見てはしゃいでいる彼女たちに苛立ちをおぼえていた。**われわれは目に見えていないものを白日の下にさらすためにはたらいている。快適に暮らす者たちから、ほんの少し快適さを奪い、不幸な者たちが少しでも幸せになれるよう努めるのが、われわれの役目だ。**そのターゲットが自分たちだということが、あの子たちにはわからないのだろうか？

人混みをかきわけるようにして廊下を歩きながらも、パニックに駆られて頭が混乱していた。ホームルームの鐘が鳴るのを聞いて、何も考えずにミスター・ブリックの教室に向かった。その途中で気がついた。みんながインビジブルのことを話している。カテドラル・デイ・スクールのドラッグの売人、ロデリック・ドッジがドラッグ常用者の友達と話している声を聞いて、わたしは振り向いた。「街がひどいことになっていくのをみんながだまって見ているなかで、インビジブルだけは何かしようとしている」ドラッグのせいでぼうっとしている感じの赤毛の男の子にそう言った彼の声は、確信に満ちていた。ブレザーの下襟のすぐ上には、白い輪のなかにグレーの目をひとつ描いた小さな布きれが縫いつけてある。その眼差しは、頭にくるほど落ち着いていた。

角を曲がると、横の出入口の近くにザラがいるのが見えた。黒い髪に派手なピンクのメッシュを入れた彼女は、雨の滴《しずく》をしたたらせながらフリンジがついた傘をたたんでいる。濡れた床に足をすべらせてころびそうになったザラが、壁にならんだロッカーをつかんで、小さく悪態をついた。

わたしはザラに駆けよった。彼女なら、こうしたすべてをシニカルな目で見ているにちがいない。そういう誰かと話せると思うと、ほっとした。「あの動画、見た?」

ザラが眉を吊りあげて、にやりと口角をあげた。「ゆうべね。アンセム、あなたはいつも知るのが遅すぎるよ。なんで?」彼女はおかしそうにそう言うと、わたしの両肩を叩いてぎゅっとつかんだ。スミレ色の目のまわりにシルバーのライナーの跡が残っているところを見ると、ゆうべはデートだったにちがいない。お相手は、何週間か前に出逢ったバーテンダーのダンドーだ。「ちょっとクールだよね。そう思わない? ついにこの街に、何かが起こるかも」

胃が痛くなってきた。「とっくに起こってるよ」わたしは言った。「いろんなことが起こってるじゃない」

「ニュースでそう言ってるだけだよ」ザラが応えた。「ここでは何も起こっていない。わたしたちの身には何も起こっていないよ」

それって、いいことなんだよ。それをザラにわからせたかったけど、退屈な子だとか、気取ってるとか、思われるのはいやだった。夜のサウスサイドを知って学んだことがあるとすれば、常に何かが——たいていは恐ろしい何かが——起きているということだ。それを知らないザラはラッキーだ。

「そうかもね」わたしは言った。「でも、マーサの身に何が起こったか考えてみて。あのとき、ころがってよけなかったら、馬に踏まれて死んでたかもしれない」

「あれはすごかったよね」ポーチをかきまわしてコンパクトを取りだしながら、ザラがうなずいた。「でも、あんなことになるなんて誰も思ってなかったんじゃないかな。悪ふざけのつもりが、たいへんなことになっちゃったって感じだよ。アンセム、ユーモアのセンスを持たなくちゃ。少なくとも、退屈なやつらじゃないよね。それに、誰も死ななかったんだしさ」

今のところはねと、わたしは思った。今のところは誰も死んでいない。

「あなたの言うとおりかもね」ここで言い合いはしたくなった。「いろんなことがあったから、ちょっと神経質になってるのかもしれない」

わたしがサウスサイドの男の子と付き合っていたことも、彼が詐欺師だったという事実も、ザラは知っている。ふたりが別れたのも知っているし、彼が死んでしまったのも知っている。その死にわたしが関わっているという、決定的な事実を知らないだけだ。

「ごめん」ザラがすまなそうに冷たい手をわたしの腕に置いた。「わたし、無神経すぎたね。あなたはすごく強いと思う……いろんなことがあったのにさ……でも、時々忘れちゃうんだ」

「いいの、気にしないで」ホームルームの教室に向かって、ザラとふたり、がらんとした廊下を歩きながら不意に気がついた。ザラはこの街のことを、おもしろい出来事なんか何も起こらない退屈な場所だと思っているみたいだけど、わたしが望んでいるのはそういう街での暮らしなのだ。でも残念ながら、そんな幸運には恵まれていなかった。

4

　自習時間、廊下から人が消えるのを待って、横の出口から抜けだした。そして、校門の脇の警備員室の前まで来ると、回転椅子に坐って小さなテレビを見ていた警備員のミーチャムに手を振った。音を消したテレビに映っていたのは、インビジブルがトランスミッションと呼んでいるあの動画だった。ミーチのお腹にはブレットブロワー３０００が斜めに掛かっているけど、脚をあげてくつろいでいるところを見ると、特に警戒はしていないみたいだ。

「病院の予約があるの」緊張が顔に出ていないことを祈りながらにっこり笑い、ノートから破ってきた紙を外出許可書に見せかけて振ってみせると、彼に引きとめる間を与えずに、そのまま歩きつづけた。

「またあとで、アンセム」ミーチがうしろから声をかけてきた。「よく診てもらってきてください」

　なんて簡単なの。わたしは笑いたいのを我慢して歩道へと足を踏みだした。歩幅を大きく取って腕を振り、ふつうの人間が〝早歩き〟と呼ぶくらいのペースで歩いていく。でも、わたしはふつうの人間ではない。だから、もっと速く進みたくていらいらした。

　チャーチ・ロードの角を曲がってトールン・ストリートに出ると、すぐに走りだした。目的地は遠いし、次の体育の授業までには戻りたかったから、時間はたいしてない。

　そう思ったいっしゅん後には、スピードをあげて気持ちよく走っていた。ちょっと飛んでいるようにも思える速さだ。

聞こえるのは、自分の身体にうめこまれた心臓のうなりと呼吸のみ。靴底が歩道にふれるのは、一ブロックごとに二回か三回だけだった。

この時間、ノースサイドの住宅街には、ほとんど人どおりがなかった。いつもは人に驚かれないよう、スピードを抑えるようにしている。だから今も、歩行者や車の気配を感じるたびに、ふつうの女の子が必死で走っているように見えるくらいにまでスピードを落とした。それでも、川の近くのヘムロック・ストリートに出るころには、ちょっと試してみたくなっていた。通りの向こう側のベンチに、ドラッグのせいかぼうっとしている男の人がふたり坐っている。じきに警官がやってきてサウスサイドに追い返されるにちがいない。その前を足をゆるめずに走り抜けてみた。反応はなし。どちらも振り向かなかったし、わたしの姿は目にもとまっていないようだった。

さらにスピードをあげて走りつづけながらも、驚かずにはいられなかった。**こんなふうに走っていると、人には見えないのかもしれない。**

学校とジャックスの研究室との中間地点にあたる平和の橋をわたるまでにかかった時間は、たったの五分。記録的な速さだ。わたしはペースを落とすことなく、走りつづけた。警官をふたり乗せたパトカーが橋の片側にとまっていて、正面にはオレンジと白のバリケードが見えていた。

わたしは大きく息を吸ってスピードをあげると、もっと速くと自分を駆りたてながら、軽々とバリケードを跳びこえた。そのあいだも、ずっとパトカーのなかの制服警官を意識していた。気づかれてはいないかと、まっすぐにふたりに目を向けてみた。

でも、彼らが振り向いて、見つめ返すことはなかった。ちらりともこっちを見ない。何も気づいていないのだ。

「まあ！　あなただったのね」ジャックスが幽霊を見るような目をしてそう言い、わたしを部屋に招き入れた。そのあと彼女は外に頭を突きだして路地の左右に目を走らせ、しっかりとドアを閉めた。分厚い眼鏡は曲がっているし、ベドラム大学病院のスエットシャツは裏返しになっている。でも、何よりもぎょっとしたのは彼女の目つきだった。なんだか混乱しているみたいだ。ジャックスは――いくつか例を挙げただけでも、気まぐれだったり聡明だったり神経質だったりと――その時々で様々な顔を見せる。でも、混乱している彼女なんて見たことがなかった。

「訪ねるタイミングが悪かった？」入ってすぐの薄暗い部屋で、ためらいながら訊いてみた。ゆっくりと振り向いたジャックスに片方の目を向けながら、もう片方の目でケージのなかのサルを見ていた。サルのミルドレッドは、キーキー声をあげながら胸をかきむしると同時にニンジンを食べる、という芸当をこなしている。

ジャックスが動きをとめてわたしを見た。異様なほど混乱してぼうっとなっていた目の焦点が、ようやく合ったような感じだった。「いいえ、ごめんなさい。ついさっき、妙な手紙を受け取ったものだから……」

「手紙？」不安のせいで胃が締めつけられるような気がした。わたしがふつうじゃないことに、誰かが気づいたのかもしれない。それで、数カ月前にこの研究室で何が行われたか、突きとめたのかもしれない。

ジャックスは、ただ口を閉じたり開いたりをくりかえしている。その銀色の巻き毛には、プラスチック製のピペットが差しこんであった。彼女は脅されているのだろうかと、いっしゅん思った。それで、わたしに話すのを恐れているのかもしれない。「ジャックス？」

「なんでもないわ」彼女がため息をついた。「今、言ったことは忘れて。ただの悪戯だと思う」

「ほんとう？」

ジャックスは秘密主義にも気分屋にもなれる。でも、彼女のような人生を歩んできたら、わたしだって同じようになるにちがいない。彼女の手をつかんだわたしは、あらためて手首のタトゥーに目をとめた。小さな赤いハートのなかに、娘の名前が彫ってある。治る見込みのない我が子を救いたくて、ジャックスは実験的とも言える手術をした。その最中に娘は死んでしまったという話だった。娘の名前はノア。夫に訴えられたジャックスは、当局が動きだす前に、あわてて身を隠した。だから、ノアの遺体がどうなったのかさえ知らないという。それ以来、ジャックスはあたりまえの暮らしからはほど遠い生き方を強いられたまま、夫の消息も知らずに、ノアを悼んで深い悲しみのなかで生きている。

「ほんとうよ」ジャックスがそう答えて胸をはり、決然と笑みを浮かべた。「さあ、話を聞くわ」

「オーケー」とりあえず話してみることにしたけど、あとでもう一度話そうと心にメモをした。そして、なぜフォードがよくならないのか、どうしてベッドのまわりをよろよろと歩くことしかできないのか、尋ねた。「もうずいぶん経ってるわ」わたしはやんわりと言った。「そろそろ治ってもいいころでしょう?」

「よくなってるって本人から聞いてたの」ジャックスが言った。「そのまま信じるべきじゃなかったわ。そういうことなら、ここに来てもらわないと」

わたしは首を振った。「すごく弱ってるみたいなの。前より悪くなってるような気がする」何か打つ手はないのか、ジャックスに訊いてみた。それで彼が快復するなら、なんだっていいと思った。

「前から強化血液の研究をしているの。でも、まだ初期の段階で……」彼女は言葉を濁した。

「今のままじゃ、いつまで持ちこたえられるかわからないわ」わたしは、ほんとうにそう思っていた。

「おそらく白血球の数が激減しているんだと思う」彼女が言った。「ここに来るように、彼に言うわ。そうね、あれを使ってみるのもいいかもしれない。ただし、実際に試していないから、量は少なめにしなくちゃね」

「ありがとう」わたしはそう言って、彼女をぎゅっと抱きしめた。「ねえ、ジャックス。しゃべりたくなったら、いつでも聞くわよ」

彼女が驚くほどの笑みを浮かべた。何を隠しているのだとしても、この瞬間、混乱の色はすっかり消えていた。「ありがとう、アンセム。あなたが訪ねてきてくれるだけで、すごくうれしいの。自分で少しリサーチしてみて、それから話すわ」

わたしはうなずいた。ジャックスにとって、リサーチは安全策であり、心を落ち着かせるための正常な行為なのだ。わたしは、またすぐに訪ねてくるとジャックスに約束して研究室をあとにした。すごいスピードで街を横切りながらも、芽生えかけたかすかな希望にしがみついていた。フォードは元気になるかもしれない。

5

その夜、バレエのレッスンから戻ったわたしは、アイランド・カウンターをとおりこして、キッチンの奥へと入っていった。お腹が空いて低血糖になっているらしく、ちょっと目眩がしていた。鈍麻状態の兆候は出ていないかと、そっと指先を見てみた。充分に食べていなかったり長時間動かずにいたりすると、心拍数が減って指先が青くなる。でも、だいじょうぶ。たまに紫に近い青になってしまうことがあるけど、今は少しグレーっぽくなっているだけだった。

「お行儀が悪いですよ」ソテーした芽キャベツをフライパンからつまみとったわたしに、料理人のリリィが言った。

「失礼」わたしはにやりと笑った。「もうひとつだけ」そう言ってまたひとつ口に入れると、温かいオイルが唇にひろがった。玄関ドアの向こうからエレベーターの扉が開く音が聞こえてきた。パパとママが帰ってきたのだ。

リリィがやさしくわたしを押しのけて、食器棚からお皿を出しはじめた。「もうじき、おふたりがお戻りになりますよ」

パパとママが帰ってきたことをリリィが知るのは、少なくとも三十秒後、厚みのある玄関ドアの前にふたりが立ってからだ。わたしはだまってうなずきながら、またパパと食事をするのだと思って身がまえた。仕事の話を延々とつづけるパパを見て、あれこれ思い悩むことになるのだ。

スーパーチャージされた耳のせいで、聞きたくない話まで聞こえてしまう。わたしの精神状態について寝室で話しているパパとママの声だって、耳に入ってくる。もちろん、ふたりともわたしに聞こえているなんて思ってもいない。

近ごろ、あの子はどんな様子なんだ？　パパがママに尋ねる。例の男の子のことでは、ずいぶんいろいろあったからな。気持ちを抑えているんだろうか？

ママの答えは見当ちがいではあったけど、なかなか感動的だった。わたしたちが思っているよりも、あの子はずっと強いのよ。もう前に向かって歩きだしてるわ。ふたりともギャビンの身に起きた真実を知っているわけではなかったけど、ある意味ではママの言うとおりだった。多くの点で、わたしはすでに歩きだしていた。少なくとも一日に一度は崖から落ちていく彼の姿がよみがえってくるものの、とにかく前に進んではいる。正気をたもっていられるよう、祈るばかりだ。

でも、パパとママが話しているのは、ほとんど仕事のことだ。今日も例外ではなかった。ようやくうちに入ってきたふたりは、いつもどおり、フリート・インダストリーズが手掛けているスタジアム建設プロジェクトについて話していた。どちらも苛立っているみたいだったけど、それもいつもどおりだ。

「スタジアムができたらどれだけ雇用が生まれるかを市議会に訴えつづけるように、フィリップをせっついたらどうなの？」

「今日、きみがそう言うのを三回聞いた」パパは、むきになっているみたいだった。「それについては手配中だと話したはずだ。ああ、今やっている最中だ」

「それはよかったわ。わたしは、ただ……リンディ・ナイがまた記者会見を開きたがっているのよ。あんなに抗議の声があがっているんですものね。彼女の言うには――」

「記者会見なら来週開く。絶対にね」これ以上は話す気がないと言わんばかりの鋭い声で、パパが言った。

「それならいいわ」ママの声も硬かった。パパといっしょにキッチンに入ってきたママは、わたしのおだんご頭にキスをすると、お気に入りのシャルドネを求めて、カウンターの下のワイン・クーラーに直行した。

「いい匂いがするぞ」パパがわたしとリリィに向かっていつもどおりの晴れやかな口調でそう言い、太い眉を動かしながら、ちょっとおどけてすり足で踊ってみせた。

以前は、パパのそんな仕草が好きだった。でも今は、わざとらしく思えるだけだ。

「今日は、パパへの挨拶はなしなのかい?」パパが当てつけがましく言った。ジェルで固めた黒い髪が、ひと房おでこに落ちている。

「お帰りなさい」わたしはそう言いながら、頭を引っこめた。パパがおだんごをつかんでひねろうとしたのだ。これも、ふたりのあいだで長年つづいている儀式のようなものだった。

「今夜はクラブケーキをこしらえましたよ」リリィがオーブンを開け、シリコン製の耐熱グローブをはめて、大皿が載ったメタル製のトレイを引きだした。

そのお皿がカウンターに置かれると同時に、わたしのお腹が派手に鳴った。ママがワインの栓を抜く音が聞こえ――

とつぜん、あたりが真っ暗になった。

窓の外に目を向けてみると、フリート・タワーから四方に向かって、一ブロックずつ順番に暗くなっていくのが見えた。真っ黒な水をたたえるミッドランド川に、暗闇が流れこんでいくみたいな感じだ。

一方、川向こうのいつもは暗いサウスサイドは、異様に明るく見えている。向こうに電気がよけいに流れたせいで、ノースサイドが停電したかのようだった。

ヒューズが飛んだことなんて一度もなかった。それなのに今、ノースサイド一帯で停電が起きている。

「いやだわ」ママが言った。こんなときだというのに、ワインを注いでいるみたいだ。ボトルからグラスにワインを注ぐ音が、ゴボゴボと聞こえている。

新月の夜だったから、二キロほど先から射しこんでくる、サウスサイドの明かりだけが頼りだった。

「パントリーからキャンドルを持ってきましょう」リリィがそう言うのを聞いて、わたしは声のほうに進み、彼女についてパントリーへと向かった。

ふたりがキャンドルの箱の山とマッチの大箱をひとつ抱えて戻ると、キッチンの壁にはめこまれたテレビがついていた。でも、その滅多に見ることのないテレビの画面は、白と黒の砂嵐状態になっていて、ザーッという大きな音がしているだけだった。

「どうしてテレビがつくわけ?」わたしは訊いた。「だって、電気は消えてるのよ」

「ひとりでについたんだ」パパがつぶやくように答え、カウンターの下の抽斗をかきまわしはじめた。

「くそっ、リモコンはどこだ?」その声にはパニックの色がにじんでいた。

「でも……こんなの見たことある?」わたしはリリィに訊いた。彼女は小さなキャンドルをカウンターに敷いたホイルの上にならべおえて、マッチを擦っていた。

「もちろん、ありませんよ」リリィが小声で答えた。テレビから放たれている明かりのおかげで、彼女の緑色の目が大きく見開かれているのが見えた。「起こるはずのないことですからね」

ちょうどそのとき砂嵐が消えて、画面にあの目があらわれた。人を見すかすような冷たい目が、まばたきひとつせずにじっとこちらを見つめている。**インビジブル**だ。そのあと画面に暴動の写真が次々と映しだされるのを見て、皮膚がざわざわしてきた。それは今朝見たもの以上に、心をかき乱す映像だった。わたしが赤ん坊のころに街で起きたという、一連の過激な暴動をとらえた写真だ。わたしが一歳になるころには、そんな動きは警察によってすっかり押さえこまれ、そのまま今にいたっている。暴動を鎮圧するために、警官の数は倍にふやされ、警察にさらなる力が与えられたのだ。暴動が起きていた数カ月、街はたとえようもないほど恐ろしい状態におちいっていたと聞いている。今、その写真を目の当たりにして、わたしは恐怖のあまり呆然となっていた。道に倒れた若い女性の頭のてっぺんが凹んでいて、そのまわりの髪が黒っぽく染まっている写真。痩せた腕で頭を庇っている十歳くらいの少年の上に、怒りに顔を歪めた警官が棍棒を振りおろそうとしている写真。市役所の外で行進している何千もの人のまわりには、フィアーガスの雲がただよっている。大きく見開かれた人々の目には狂気にも似た怒りの色があらわれていて、叫び声をあげているのか、大きく口を開いていた。

映像が変わるスピードは、どんどん速くなっていくようだった。

何十枚もの白黒写真が次々と映しだされていく。どの写真にも、道に倒れている——あるいは道で死んでいる——人間が写っていた。その多くが若者だった。みんな、わたしよりも若かった。

シンジケートのタトゥーを入れた十二歳くらいにしか見えない子供の写真も、何枚かあった。どの子も怯えた目をして、硬い表情を浮かべている。

わたしはテーブルの前の椅子に身を沈めて、そんな映像を見つめていた。となりに坐っているママは、デザート用の大きなボウルにワインを注ぎ、それを両手で口に運んでいる。まるで、小さな子供がジュースを飲んでいるみたいだ。

「しかし、どういうわけだ?」パパが不思議そうに言った。「街じゅうのテレビがついているようだ。あの連中は、いったいどうやってテレビをつけたんだ?」

誰も答えなかった。わたしは寒気が走るのを感じて、両腕で自分を抱きしめた。

今、テレビの画面には、わたしが知っている人たちの写真が映しだされていた。暴動の写真はおしまい。今度はパーティと舞踏会の写真だ。市長と市長の家族のためにうたっている孤児たちと、シャンパンを片手に矯正された歯をのぞかせてにっこりほほえむタキシード姿の紳士たち。そのあとに、靴を磨いているサウスサイドの子供たちの写真がつづいた。子供たちのおでこは、靴墨で黒くなっている。

窓の外に目を向けた瞬間、喉が締めつけられるような感覚をおぼえた。このあたりの高層ビルのなかにあるすべてのテレビがついていて、画面には同じ映像が映っているようだった。テレビのまわりに集まっている人たちの姿が影になって見えている部屋もあったけど、テレビがついているだけで誰もいない部屋もあった。

でも、**どうしてなの？**

わたしは大きく首を振って画面に視線を戻した。どういうわけなのか知りたかった。

どの写真にも、今朝マーサの友達のケータイで見たのと同じような文字が書かれている。

『楽すぎてつらい』

『こいつは八百長だ』

『不公平なんてものじゃない』

『こんなものを見たら正気じゃいられない』

まだまだつづいた。曲が鳴りひびき、写真が次々と映しだされていく。

そしてそのあと、またも机の前に坐ったマスクの男があらわれた。机にはベドラムの旗が掛けてある。

斜め半分で赤と青に分かれているその旗には、白い星が四つ、四角形をつくるように描かれている。幼稚な子供の絵のようなマスクの顔は不気味に傾いていて、すべての配置がちょっとずれていた。顎の部分がめくれあがって、本物の顎が少しのぞいているせいで、頭蓋骨から顔がはがれかけているようにも見えた。

「今、暗闇に坐っている者たちに告げる。おまえたちは、自分がどういう人間かわかっている……」

マスクのうしろからもれた押し殺した笑い声を聞いて、腕に鳥肌が立つのを感じた。

「おまえたちに課題を与えよう。簡単な課題だ。しかも、それをしたからといって、おまえたちは少しも困らない。銀行に行って、持っている金の半分をおろし、自分よりも貧乏な誰かにプレゼントしてもらおう。力を合わせて、世の中の不公平を正そうじゃないか。制限時間は四十八時間。時間内に課題をすませれば、何も失うことなく快適な暮らしをつづけることができる。しかし、これを無視すれば……」長い沈黙が訪れた。視線を合わせたママの目には、恐怖の色がくっきりと刻まれていた。「……その結果として、文字どおりの大混乱が起きることになる」

マスクの男が組み合わせた手をベドラムの旗の上におろした。そして、いっしゅんイラストの目が映ると、画面は砂嵐状態に戻った。

テレビはついたとき同様、ひとりでに消えた。

周囲のビルで明かりがつきだした。そして、そのすぐあと、キッチンの電気がついた。テーブルのまわりにいたわたしたちは、まばたきしながら顔を見合わせた。

「忘れることだ」パパが言った。「悪戯だよ。さあ、食べよう」

すべては始まったときと同じように、不意に終わった。でも、今見たものを忘れるなんて、誰にもできるはずがない。

「テロリストの脅しに屈するなど、あってはならないことです」それから一時間と経たないうちに開かれた記者会見の席で、マイクに向かって市長が憤然と言った。わたしたちは、さっきの奇妙な放送の反応が見られるようにテレビをつけて、キッチンで夕食をとっていた。テーブルの上にはノートパソコンが二台置かれていて、その画面にニュースが映しだされている。「われわれは、このバカげた根拠のない脅迫を行っている人物——あるいはグループ——を見つけだし、その責任をとらせなければなりません」

　パパは大声で笑って立ちあがった。そして、ママのうしろで足をとめると、ママの肩に手を置いて鼻を鳴らしながら言った。「くだらない悪戯だ。やらせておけばいい」

「ずいぶんと楽しそうだこと」ママが小さな声でそう言いながら、パパの手を振り払って立ちあがった。「頭のおかしな人間たちに脅しをかけられているのよ。そんなときにどうして笑えるの？　こんなことがつづくようなら、仮装舞踏会を取りやめなければならないわ」ママは今週末に開かれるチャリティー舞踏会の委員を務めているのだ。わたしはママに鋭い目を向けた。こんなときに、舞踏会のことを何より心配するなんて信じられなかった。

「すべてうまくおさまるさ。連中は放送衛星に侵入《ハッキング》したんじゃないかというのが、インターネットでの一致した意見だ」パパは、こうしたすべてを楽しんでいるようにさえ見えた。「マニーはテロリストと呼んでいるが、ただの未熟なちんぴらグループだ」

　その言葉を聞いて、わたしのなかの何かが抑えを失った。ギャビンの屋敷で開かれていた、シンジケートの新メンバー歓迎パーティのことが頭に浮かんでいた。拳銃を持っていた子たちは、わたしよりも若かった。ギャビンは誰かを犠牲にして得たお金で、最新のテクノロジーをそなえたあの屋敷を維持していたのだ。あそこにいた子たちのなかには、十四歳くらいの——もしかしたらもっと若かったかもしれない——子もいて、みんなシンジケートに傾倒していた。ただの犯罪組織なのに、シンジケートに入りさえすれば、自分たちを不当に扱うまちがった世の中を正せると思っているかのようだった。

「パパは、未熟なちんぴらについて何を知ってるの？」

わたしは背筋をのばして、パパの緑の目を見あげた。その顔から魅力的な笑みが消え、しかめっ面があらわれた。

「どういう意味だ？」

「わかってるはずよ」そう言いながら、手が震えだすのを感じていた。

「わからないね。しかし、言いたいことがあるなら聞く用意はある」

わたしは口を閉じた。ママとリリィが不思議そうにこっちを見ているのに気づいたのだ。ふたりの前でできるような話ではない。

「いいだろう。オフィスに退散しよう。わたしに敵意を持った女性がこんなにいては、居心地が悪すぎる」パパはキッチンを横切って階段のほうに向かい、そのまま下へとおりていった。

ママは戸惑ったような眼差しをわたしに向けて、キッチンから出ていった。自分の部屋で薬を飲んで眠ってしまうつもりにちがいない。

「だいじょうぶですか？」リリィがやさしく訊いてくれた。

うなずいてみせたけど、ぜんぜんだいじょうぶじゃなかった。こんなことをつづけてはいられない。わたしはそう思いながら、リリィがシンクにためておいた石けん水に次々とお皿を沈めていった。ここそこパパの周囲をかぎまわったり、行動を監視したりしてきたけど、何もつかめていない。ここまで来たら、直接話すべきだ。

最後のお皿が泡だった水のなかに消えると、階段をおりてオフィスのドアを叩いた。

「なんの用だ？」それは質問ではなかったし、敵意に満ちた怒鳴り声にしか聞こえなかったけど、かまわずにドアを押し開けた。

パパは薄暗がりのなか、パソコンの前に坐ってキーボードを叩いていた。パソコンには表計算の画面が表示されている。パパの顔を照らしているのは、机にならんだ三台のコンピュータの画面から放たれている明かりのみ。画面に目を向けたまま、パパが言った。「やあ、アンセム。まだ、監視ゲームはつづいているのかな?」

「シンジケートにお金をわたしてるの?」

パパがキーを叩く手をとめて、椅子ごと振り向いた。

「どこからそんな話が飛びだしてきたんだ?」おもしろがっているようにも見下しているようにも感じられる表情が、パパの顔をよぎった。でも、それはいっしゅんにして消え、そのあとにいつもの不動産開発業者らしい千ワットの笑顔があらわれた。

「どこかで耳にはさんだの。パパがシンジケートにお金を出してるって」部屋が暗くてよかった。そうでなかったら、顔が真っ赤になっているのを見られてしまったにちがいない。

「誰に訊いた?」開いた両手を左右の膝に置いてパパが訊いた。

「誰って……おぼえてないわ。ずいぶん前のことですもの」

「アンセム、坐らないか?」壁際に置かれた背もたれの低い革張りの安楽椅子を示して、パパが言った。

急に脚が大きな岩を支えている爪楊枝になったような気がして、わたしは椅子にどさりと坐りこんだ。

パパが大きく息を吸い、それを吐いた。脚を組み、またほどいている。「この街で生きていくには、汚いことにも多少は手を染めずにいられない。わたしたちは、きみをそういう事柄から遠ざけておく立場にあった。そして、これまでそうしてこられてよかったと思っている。しかし、きみもずいぶん大人になった。だから、話すことにしよう。ショックを受けるかもしれないがね」

パパは犯罪組織のボスなんだわ。そして、ママも組織の一員なのね。これまでわたしが聞かされてきた話は、みんな嘘だったんだわ。

自分の口がぽかんと開いているのがわかった。パパの率直さに驚いていたのだ。

「どんなビジネスだろうと、ベドラムでビジネスを展開している人間は、全員シンジケートに金を出している。誰だってそんな真似はしたくないし、みんな連中をきらっている。しかし、金を出す。全員がね」

「全員？」

「ああ、全員だ。ここでビジネスをつづける必要がある人間全員ということだ。金を出さなければ、この街で生き残れなくなってしまう。ああいう犯罪者集団がどういうものか知っているかい？　組織化されていて、脅し取った金を運転資金にしている。そして、われわれ――つまりベドラムのビジネスマンやビジネスウーマン――は、連中につぶされないために、脅しに乗って金を払うわけだ」

「いつからつづいてるの？」機械的に尋ねた。少しずつ、事がわかりはじめていた。パパは〝ザ・マネー〟ではなかった。シンジケートの黒幕ではなかったのだ。もしそうなら、関わりを否定したはずだ。パパはまちがっているけど、思っていたほどひどくはなかった。

「大人になってからずっとつづいている。わたしは、少年の家を出た直後に建築の仕事に就いた。そのときからずっと、常にシンジケートに金を出してきた」

大人になってからずっと。パパは、けっして子供のころの話をしない。**終わってよかった**と言うだけだ。パパが、街はずれの少年の家で十代を過ごしたことは知っている。養う子供が多すぎたとかで、十二歳で家を出たらしい。そこから自分の力でここまでになったのだ。でも、それ以上は何も知らない。

「どうして警察にとどけないの？」喉がからからで、舌が上顎にくっつきそうになっていた。「警察に逮捕してもらえばいいのに、どうしてお金を払いつづけるの？」でも、もちろんその理由はわかっている。

シンジケートの支払い名簿に警官の名前が載っていた。全員ではないにしても、何人かは確実にお金を受け取っている。そのひとりがマーロー刑事だ。ギャビンの本に書かれた表に、彼の名前が載っていた。たぶん他にもおおぜいいる。ちょっとでも信用できるのは、フォードがギャビンに撃たれたあと、マーロー刑事といっしょにわたしを取り調べた巡査だけだ。ロドリゲス巡査は潔白だという気がした。彼女の名刺は、まだお財布に入っている。

「大金を要求してきたら、とどけるだろうね。しかし、たいした額は要求してこない。ビジネスをつづけるためだと思えば、小さな犠牲だ。どのくらいまでならこっちがだまって金を出すか、シンジケートにはわかっているんだ。そして、ほとんどの部分で連中は無茶を言ってこない。金を要求されるたびに警察にとどけていたら、フリート・インダストリーズはやっていけなくなるだろうね」パパが唇を歪めて悲しげにちょっとほほえみ、肩をすくめてみせた。きみが信じていたような公平な世の中でなくてとても残念だ、と言っているような感じだった。

わたしはうなずいた。とんでもない話だけど、もっとひどいことを想像していたからほっとしたというのが事実だ。「この前、パパはお葬式に行ったでしょう？　崖から湖に落ちて亡くなった、パパの部下だっていう人……」

「彼がなんだというんだ？」苛立たしげな声だった。

「たまたま知ったんだけど……その人……」すぐには言葉が出なかった。「シンジケートの幹部のひとりだったんですってね」

パパが訝しげにわたしを見た。そして、長い沈黙のあと口を開いた。「なぜそんなことを知っている？」

「なぜって……別に」答が返ってこないという現実がパパの心にしみていくのがわかった。あらためてわたしを見なおそうとしているみたいだ。娘にも秘密があるらしいと気づいて、驚いているにちがいない。

わたしに対して新たな関心――あるいは警戒心――を抱きはじめたかのように、妙な目つきでじっとこっちを見つめている。

「その話なら、わたしも聞いた。遺体が見つかった直後にね」ようやくパパが言った。「しかし、うちで働いていたときは何も知らなかった。葬儀の日、気がつくとサージとわたしはシンジケートの連中に囲まれていた。ショックだったよ」

わたしは無言でうなずいた。もっと話してほしかった。

「モラスブルッフスの開発プロジェクトのために、管理人として雇った男だ。モラスブルッフスの工事は、中断して一年以上になるがね」パパがわたしのほうに身をかがめて言った。「しかし、アンセム。なぜあの男にそんなに興味があるんだ?」

「だって……」言葉につまってしまった。どう言ったら、それらしく聞こえるだろう? **だって、彼はわたしのボーイフレンドだったんですもの。彼は誘拐されたふりをして、わたしをだましてくれたのよ。わたしは彼のために身代金を払ってほしいって、パパに頼んだの。ほら、パパはそれを拒んだじゃない。**

「特に興味があるわけじゃないわ。ただ、どこかで話を聞いたから……」

パパがため息をついた。「シンジケートになど、何もやりたくないんだ。ああいう連中は大きらいだ。暴力を振るい、殺人を犯すようなやつらだ。脅しに乗る必要がなくなる日が、早々にやってくるよう願うばかりだ。市長が断固たる処置をとってくれるといいんだがね。警察に思いきった手段をとらせ、街からシンジケートを一掃してほしいよ。ひとり残らずね」パパがわたしを見た。「大人になったら、きみもそのために何かできるかもしれない。市の政治に参加するとかね」

夜にうちを抜けだして悪者を縛りあげるっていう手もあるわと思いながらも、胸が万力で締めつけられるような気がした。「そうね……何かできるかもね」

わたしは立ちあがった。パパも席を立って、ほんのいっしゅんわたしをぎゅっと抱きしめてくれた。こんな気持ちになったのは、ほんとうに久しぶりだった。心地よくパパの腕に抱かれて、わたしはハリス・フリートの娘に戻っていた。無邪気な子供には戻れないけど、もうパパを恐れてはいなかった。

身を離したときパパが何か言ったけど、声が小さすぎて聞きなおさなくてはならなかった。

「このインビジブルとかいう連中は素人だと言ったんだ。注目を浴びたがっている、ちんぴらどもにちがいない。こんな騒ぎは、じきに終わる」

わたしはうなずいた。「パパの言うとおりであることを祈ってるわ」

6

寝室の時計の青い文字が午前二時を告げると、わたしはベッドを抜けだし、ジーンズとスエードのスニーカーとフードつきの黒いジャケットを身に着けた。ネットでインビジブルの動画を何十回も見て、それから今まで三時間、マスクの男が口にしたすべての言葉を頭のなかで再現し、考えてみた。

みんなが素直に財産を投げだすことを、ほんとうに期待しているのだろうか？　それとも、これはただの思考実験なのだろうか？　悪ふざけという可能性はないだろうか？

眠ろうとしたけど眠れなかった。どうしても、考えずにはいられなかった。ここまで来たら、誰かの意見を聞くしかない。話したい相手は、ひとりしかいなかった。

サウスサイドを駆け抜けるわたしの足は、ほとんど地面についていなかった。風洞に入りこんでしまったかのように、風がびゅんびゅん顔に吹きつけてくる。とまっている車やビルは、もう霞のようにしか見えない。こんなふうに走っている今、心臓は休んでいるときの十倍の速さで動いていた。一分のあいだに千回くらい鼓動しているにちがいない。肋骨の下で心臓がうなりをあげているのが、はっきりとわかる。その驚異のマシンが、わたしに力を与えてくれるのだ。

サウスサイドじゅうで、シンジケートの派手なパーティが開かれているみたいだった。そこここのバーの外でおおぜいが騒いでいる。人がこんな大声でバカ騒ぎをしているのを見るのは、初めてだった。川の土手では花火をあげていて、暗い空にスイカほどの大きさの閃光が散っていた。大きな花火ではないし、空の高い位置にはとどいていない。たぶん、素人がつくった花火だ。
サウスサイドで好まれている黒やグレーや茶色の服を着た人たちのグループが、街角のバーというバーからあふれだして、のっぺりとした通りをふらふらと歩いている。オリアンダー・ウェイとアイビー・ストリートの交差点で、疲れきった様子の男の人が、若い女性と声をそろえて、ベドラムの古いプロテスト・ソングをうたっていた。

おれたちは戦う　力をにぎる金持ちと
おれたちを消したがってる連中と
おれたちは戦う　毎晩この街で
この街のそこここで
そして　ぴかぴかの天使に祈るんだ
しっかり抱きしめ護ってくれと
爆弾と放水砲とガスをあやつる連中に
おれたちがかざすのはナイフだけ
それでも命を張って　おれたちは戦う
そしていつか　これまでのツケを払わせてやる

わたしよりもひとつかふたつ年下に見える子たちが、路地にたむろしていた。髪の色は青と紫とピンク。みんな酔っ払っていて、首に『ＳＹＮ』とタトゥーを入れた男の子がふたり、大声で叫んでいる。スピードを落として彼らの横をとおりすぎたわたしは、ふたりが支払日《ペイデイ》がどうとか、清算《ペイチェック》がどうとか、言っているのを聞いてはっとした。あのトランスミッションのせいだ。言葉は変だけど、なんのことかはっきりとわかった。

でも、ノースサイドから誰かがやってきて、現金がつまったスーツケースをプレゼントしてくれると思っているとしたら大まちがいだ。

ちがう、そうじゃない——わたしは気がついた。ぜんぜんちがう。そんなことは絶対に起こらないと、みんなわかっている。この子たちが話している〝ペイデイ〟というのは、誰も〝課題〟をすませなかったら、インビジブルがノースサイドに与える報復《ペイバック》のことだ。ペイデイでもペイチェックでもない。ペイバック……報復だ。

フォードのアパートにたどりついたわたしは、玄関のブザーを押した。そして、オートロックが開くと地下におりた。

部屋の戸口にフォードが立っていた。にっこり笑った彼の歯が、ランプの明かりのなかで輝いている。あまりのうれしさに身体が震えた。彼が起きて歩きまわっているなんて、すごすぎる。わたしは、彼のほうに向かって廊下を歩きだした。もう青い顔はしていない。廊下の蛍光灯の下でさえ、頬に赤みが差しているのがわかった。こんなのは撃たれて以来、初めてだ。姿勢も元に戻っていて、背筋がまっすぐにのびている。もうこの前までのように前屈みにもなっていないし、うなだれてもいない。

「よくなったみたいね」わたしは胸から顔に這いのぼってきた熱いものと闘いながら、彼を抱きしめようとした。「すごくよくなったみたいだわ」

気がつくとぎゅっと——でも、きつすぎないくらいにぎゅっと——抱きしめられていた。フォードを求めて身体じゅうに電撃が走るのを感じたわたしは、抑えきれずに彼の肩に頭をあずけた。そして、彼がついに元気になって自分の脚で立っているという事実を、ただかみしめた。フォードはずっとそうしていたかったみたいだったけど、一分ほど経つと、わたしのほうから身を離した。

彼を求めちゃだめ。わたしは自分に命じた。絶対にだめ。あなたに必要なのは友達よ。面倒に足を突っこむのはやめなさい。うまくいかなくなったときに、彼を失って苦しむことになるわよ。

「そうなんだ。すごく元気になった」フォードがわたしを部屋に迎えいれて、ドアを閉めた。「ジャックスが輸血をしてくれたんだ。彼女がつくりだした特別な血液らしい。きのうの夕方のことだよ。それが効いたんだ。ほんとうにすごいよ。輸血を受けたとたん、気分がよくなってきたんだ」

わたしは何も知らないふりをしてうなずきながらも、心のなかでジャックスに拍手を送り、何かしてほしいと彼女に迫った自分を褒めていた。

ふたりは手をつないでリビングに立ったまま、笑顔で見つめ合っていた。「特別な血液ですって？　きっと特別のなかの特別な血液なんでしょうね」冗談を言ってみた。

「来てくれてうれしいよ」最後のほうは声がかすれていた。「きみがいてくれると、気持ちが明るくなるんだ。これまでもずっとそうだった」彼が恥ずかしそうにそうつけくわえ、手元に目を落とした。ふたりの指はからませたままだった。こんなに近くにいることが急に恥ずかしくなって、わたしは手を放そうとした。ギャビンにひどいだまされ方をして傷ついた心は、まだ完全には癒えていない。その心の傷が警告の叫び声をあげている。気をゆるめてはだめよ。でも、それ以外の部分は、そんな声を無視したがっていた。フォードの手の温もりを感じて、指がうずうずした。

「でも、わたしがいなかったら、あなたは昏睡状態におちいったりはしなかった」

「きみのせいじゃないよ。あいつのせいだ」ギャビンのことにふれた瞬間、フォードの顔がくもった。

「あいつが死んでなかったら、おれが追いつめて殺してやるところだ」
わたしは首を振った。「そんなことさせないわ」

「きみが許そうと許すまいと関係ないよ」ランプの仄かな明かりのなかで、フォードの目が輝いた。「あいつはベドラムという川に浮かぶゴミだ」

「もうどうでもいいわ。あの人は死んだんですもの」その事実を彼に思い出させた。「もうわたしたちふたりだけよ」

そう、エイブは夜勤らしく、今この部屋にいるのは、わたしたちふたりだけだった。ほんのいっしゅん意識が戻って、また昏睡状態におちいる直前にフォードが言ったことを思い出した。**おれはずっと待ってたんだ……**。

これまで彼への思いは、何層にも重なったパニックと不安の下にうもれていた。でも、それが消え去った今、漠然とした温かなものを胸に感じていた。ふたりの距離をもっとちぢめたい。わたしは彼に身をよせながら、瞼が閉じていくのを感じていた。もう、互いを惹きつけているこの魔法に抗うことはできない……でもそのとき、フォードの背後のドアが開いて、寝間着姿の小さなサムがあらわれた。

「こわい夢を見たの」目をこすりながら彼女が言った。「悪い人たちがここにいたのよ。だから、たしかめなくちゃと思ったの」

「やあ、ちびちゃん」フォードはそう言ってサムを抱きあげると、わたしにソファを示した。ふたりのあいだに坐ったサムの三つ編みはくしゃくしゃになっていたけど、まだ濡れていてシャンプーの香りがした。

「悪いやつなんかいないよ。いい人しかいない。ああ、おれたちがいるだけだ」彼がわたしにウインクした。

サムがフォードの膝に乗って、わたしに笑みを向けた。「ねえ、アンセム。フォードはね、あなたのことをすっごく愛してるのよ」

「だまれ、ちび助」目を大きく見開いて笑ってみせた彼の首は、真っ赤になっていた。「この子は、お伽噺ばかり読んでるからな」

ぜんぜんかまわないわ。そう思ったけど口には出さなかった。だって……たぶん、わたしも彼を愛してる。

7

午前四時を過ぎた今、サウスサイドのバカ騒ぎは終わっていた。わたしは荒れはてた家が建ちならぶ静まりかえった地域を、びゅんびゅんと走っていた。通りやドライブウェイにはゴミが渦巻いていて、人影なんてどこにも見あたらない。フォードが元気になったことで、幸せという名の雲の上をただよっているような気分だったし、安堵感にすっかり酔っていたせいで、まわりのことなんか気にもとめていなかった。いつもどおり、ひたすら脚を動かしてはいても、好きなように思いを巡らせている今、それは少しもたいへんではなかった。頭と身体がばらばらになっていたからだ。

不意に頭のなかに妙なイメージが浮かんできた。フォードがパパとママといっしょにいる。しかも、みんないい感じだ。フォードはわたしとは別の世界に生まれた人だ。それなのに、パパとママが文句を言わないなんてことがあるだろうか？

そんなことを思いながら、ヒヤシンス・レーンに向かってヘムロック・ストリートを走っていると、不意に静寂を引き裂くような悲鳴が聞こえてきた。スピードを落とし、それから足をとめ、寒い夜のなかで耳をすましてみた。ガラスが割れる音がする。そのあとズズズッズズズズッという小さな音がして、すぐにやんだ。

この先の袋小路から聞こえてくるみたいだ。そこにはみんながマークス邸と呼んでいる、大きな市長公舎がある。そんなふうに呼ばれるのは、マニー・マークスが長いこと市長の座に就いているからだ。

公舎の前まで来てみると、坂になっている芝生や木やフェンスの向こうに家がちょっとだけ見えた。変わった様子は何もない。それでも、監視カメラのことを考えて、とりあえずフードを被っておいた。また悲鳴が聞こえてきたのは、そのときだった。いっしゅんにして、うなじの毛がぴんと逆立った。家のなかで誰かが悲鳴をあげている。

わたしはなぜか腕時計に目を向けた。午前四時二十一分。

指が脈を打ちはじめ、心臓は痛いほどの速さで鼓動している。耳のなかでこだましているこの悲鳴は……マーサがあげたものなのだろうか?

わたしは家を取り囲んでいる防犯用の鉄のフェンスに駆けより、門のすぐ右あたりでジャンプして、フェンスのてっぺんをつかんだ。ひとたび柵に足を乗せたら、それを跳びこえるのは簡単だった。芝生の上に音もなく着地し、パニックのせいで激しくうなっている心音を聞きながらフードをさらに深く被って、家に向かってダッシュする。監視カメラに写らないように、とにかく速く走る必要があった。

見ると、芝生にスプレー絵の具でメッセージが書かれていた。やわらかなブルー・グリーンの草の上に吹きつけられたその絵の具は、まだ乾いてもいない。

『このバカげた根拠のない脅迫を
インビジブルよりあなたへ』

記者会見での市長のスピーチの言葉だと気づいた瞬間、血管のなかで血が凍った。インビジブルが復讐にきたのだ。

わたしは全速力で音もなく家の正面にまわると、玄関の前に立ってドアを押し開けた。

大理石張りの玄関の間に駆けこんだときには、口のなかがからからになっていた。両側に階段があって、どちらも曲線を描くように上にのびている。わたしは家族の住まいにつづく右側の階段のほうに進んだ。小さいころ、ママに連れられてチャリティー昼食会に来ては、マーサとここで遊んだものだった。八歳のころのマーサの姿や、馬術大会の障害レースで勝ち取ったリボンでいっぱいだった彼女の部屋や、ピンクのベッドカバーに跳び乗ったときに揺れていた彼女のおさげが、心によみがえってきた。

階段をのぼるのにかかった時間は一秒。そこで一度足をとめ、それから右にのびている絨毯を敷いた暗い廊下を猛スピードで走りだした。誰かに出くわすなんて、思ってもいなかった。不意に十九歳くらいの凶暴そうな男の子が、刃物を手に角から飛びだしてきた。

わたしはさっと飛びのき、目にもとまらぬ速さで彼を組み伏せた。

「彼女はどこ?」小さな声で訊きながら彼の手首をひねりあげると、小さなカッターナイフが絨毯の上に落ちた。それを拾いあげ、彼の喉にあてる。

虚ろな笑みを浮かべた彼が、恐ろしいほどぼうっとした目をして背後を示した。「自分の部屋にいるよ。他のやつらといっしょだ」その声には感情のかけらもこもっていなかった。

「案内して」にきびだらけの首にナイフを押しあてて、うなるように言った。

「もう手遅れだよ」

あまりに落ち着いた声ではっきり言われて、いっしゅん足がとまった。何かが変だと思ってはいたけど、まだ事を理解していなかった。「あなたのボスは誰?」

「今にわかるさ」廊下を歩きながらも、彼は逃れようともがいていた。「それにしても、なかなかやるじゃないか。あんた、おれたちの仲間に入るべきだ。ボスだって、あんたみたいな子なら大歓迎するぜ」

「冗談じゃないわ」怒りと不安のせいで手が震えていた。うっかり彼の喉を切ってしまうことを恐れて、少しだけナイフを遠ざけた。

そのとき、銃弾が放たれるかすかな音が聞こえた。サイレンサーを使っていても、その音はわかる。そして、すぐに胸が悪くなるようなどさっという音がつづいた。窓が開く音がする。

わたしはつかんでいた男の子をダマスク柄の壁に向かって、思いきり突き飛ばした。廊下がかすみ、パニックの波が身体を震わせながら駆け抜けていく。

顔から壁に激突した彼が、吠えるような声をあげた。骨が折れる音を聞いたけど、気を失ったかどうかはたしかめなかった。

わたしは、空っぽの部屋がならぶ廊下を飛ぶように走りつづけた。どの部屋のドアも大きく開いている。左側に市長夫妻の寝室があった。かなり大きな部屋で、片側にバスルームが、反対側にドレッシングルームがあるようだった。息をとめて、なかをのぞいてみた。ベッドの上で死んでいる、マニーとベリンダを見つけることになるかもしれないと思っていた。

でも、ベッドは空っぽだった。市長夫妻をさがしている時間はない。わたしは寝室をあとに、また廊下を駆けだした。たったひとつ、ドアが閉まっている部屋がある。その前にたどりついたわたしは、耳をすましてみた。でも、狂ったようにうなっている自分の心臓の音以外、何も聞こえなかった。ここがマーサの部屋にちがいない。早くなかに入りたくて、彫刻を施したマホガニー製のドアを力まかせに押し開けようとした。でも、鍵がかかっていた。

ドアに体当たりしながらも、手がバカみたいに震えていた。下の芝生のあたりで誰かが怒鳴っている。今度は助走をつけて肩からドアに突っこんでみた。そして、二度目の体当たりでドアが枠ごとはずれて内側に倒れた。

やっぱり、マーサの部屋だった。その部屋が円形だったことを、今、思い出した。小塔にあるせいだ。

十歳のころに見たまま、何も変わっていない。カーブを描く壁も、真ん中が尖っている傾斜した天井も、記憶のままだった。ただ、馬術大会のリボンの数と、マーサの写真はふえている。

部屋に足を踏み入れ、倒れたドアを跨ぎながらも、息がとまりそうになっていた。ラベンダー色のベッドカバーがめくれていて、くしゃくしゃになったシーツが見えている。でも、それだけだった。

ほんの少し、ほっとした。マーサは、まだ生きている。あの人たちに連れ去られたのだ。だったら、あとを追うしかない。

窓に向かって歩きだしたわたしは、もう少しで誰かを踏んづけそうになった。マーサだ。マーサが床に倒れている。立っていて、そのまま倒れこんだみたいな感じだった。ふたつに折りたたまれたかのように、身体が不自然な形に曲がっている。小さなピンクのバラがプリントされた白いキャミソールと、それに合ったコットンのパンツ。その両方が血だらけになっている。

「マーサ！」わたしは叫んだ。**嘘よ、嘘よ、嘘よ。**がっくりと膝をつきながらも、自分が甲高い声をあげているのがわかっていた。それでも、抑えることはできなかった。

なんとかできるはずよ。お医者さまならなんとかできるはずよ。そういう技術があるはずだわ。フォードだって治ったんですもの。そんな思いが、つぶやきとなって口からもれていた。それでも、完全に冷静さを失っていたわけではなかった。指紋を残してはまずいということを思い出したわたしは、指先まで袖を引きおろした。

マーサの肩は温かかった。でも、その肩をつかんで彼女を抱き起こした瞬間、悲鳴をあげそうになって口を押さえた。もうどうにもならない。完全に終わっている。おでこに穴があいていた。血さえ流れでていなかったら、すごくきれいな小さい穴だった。

わたしはピンクの毛羽織りのラグの上にぺたりと坐りこみ、マーサの上体を膝に抱えた。開いた窓のほうに顔を向け、風にうねる白いカーテンを見つめながら耳をすましてみた。これが誰の仕業だとしても、犯人はもうとっくに逃げてしまった。近づいてくるサイレンの音がかすかに聞こえている。まだ十ブロックくらい距離がありそうだ。下の階で足音がした。そして、誰かがドアを閉めた。さっき廊下で会った、虚ろな顔の男の子にちがいない。

わたしはマーサを見おろした。カールした前髪が逆立って、変な感じに分かれている。それがあまりにマーサらしくて、髪にふれずにはいられなかった。凍りついたような真っ白な顔の半分に、血が黒い筋をつくっている。たしかにマーサの顔だけど、驚きに満ちた表情と氷のような目は別人みたいだ。わたしの膝の上で、その身体がどんどん硬くなっていく。

わたしは膝を引き抜いて、マーサの身体をピンクのラグの上に横たえた。そのときに出た咳は、狂った動物の吠え声みたいだった。マーサの両親のことを考えた。あのふたりは生きているのだろうか? ふたりとも、いったいどこにいるのだろう?

マーサを置いていくのはつらかった。でも、もうすぐ警察が来る。そのときにここにいるわけにはいかない。

わたしは引きおろした袖でドアノブを拭い、階段を駆けおりた。近づいてくるサイレンの音が、耳のなかにひびきわたっている。外に出て、あたりを見わたしてみた。手入れの行きとどいた芝生に人影はなく、動いているのはポールではためいているベドラムの旗だけだった。四つの星もバカ気て見えるし、その配置も、斜め半分で青と赤に分かれているのも、何もかもバカみたいだ。この旗は、いったい何をあらわしているのだろう? 繁栄と統一? それとも、同じくらいバカバカしい他の何か? でも、繁栄と統一以上に無意味な言葉があるだろうか?

家の裏手のフェンスに向かって走りだしたわたしは、ずらりとならんでいる監視カメラの赤いライトがまたたいているのを見て、さらにスピードをあげた。フードをしっかり被って手で顔を隠し、自分の姿がかすんでいることを祈りながら全速力で走りつづけ、敷地の端まで来ると、そこに生えていたヤナギの木を利用してフェンスを乗りこえた。

そして、カメラに顔を向けないように気をつけながら、また走りだした。心臓が肋骨を激しく叩いている。その痛みはすごくリアルで、ほんとうに骨が折れてしまうのではないかと心配になるほどだった。

8

睡眠薬《ドリーマディン》の助けを借りて眠っていたわたしは、シューッという音を締めだそうと、毛布でしっかりと耳をおおった。でも、それがモノトーンのうなりに変わると、あきらめて瞼を開いた。目のなかにガラスの破片がつまっているような感じだった。毛布を押しのけて身を起こし、ベッドサイドの時計に蛍光色で表示されている数字をチェックする――『6：07 AM』。眠りに就いたのは五時過ぎだった。音のほうを見ると、パソコンの画面が古いテレビみたいに砂嵐状態になっていた。

寒気が走って、身体が大きく震えた。そして、そのあとは完全に固まってしまった。インビジブルが、また脅しをかけてくるにちがいない。わたしは砂嵐を見つめながら、身がまえていた。

そんなもの見る必要はないわ。ドリーマディンの効果がゆるみはじめているのがわかった。**電源を切ってしまえばいいのよ**。頭がくらくらしたけど、なんとかベッドから這いだして、パソコンの電源を切ろうとした。でも、ボタンを押しても何も起こらない。砂嵐が明るくなって、音が大きくなっただけだった。

もつれた巻き毛ごしに窓の外をのぞいてみた。わたしの部屋は、ベドラムでいちばん高い八十七階建てのビルの最上階にある。そのはるか下でも、同じことが起こっているみたいだった。マンションや家やオフィスの半分開いたカーテンやブラインドの向こうで、小さな画面がまたたいている。

いっしゅん後、砂嵐がやんだ。そして、あのマスクの男があらわれた。机もこの前と同じだった。「おはよう、ベドラム。さあ、起きろ、起きろ。おいしい朝食の時間だ。われわれインビジブルは、あらゆる場所に出現する。白い屋敷の少女は、不幸にも大きな志の犠牲者となった。こうしたことに犠牲はつきものだ。それでも嘆かずにはいられない。市長の娘に、しばし黙禱を捧げよう」男がだまり、頭をさげた。わたしは彼の茶色い巻き毛を睨んでいた。

「しかし、彼女のことはもういい」そう言った男の声は、明るいものに戻っていた。「このトランスミッションは、黒い服に身を包んだ少女、つまりベドラムのニュー・ホープに向けたものだ」

嘘でしょう。あらためて窓の外に目を向けてみた。どの画面にも彼が映っている。ベドラムじゅうの人が、目をさましているみたいだ。寝室にいるパパとママも、きっと見ている。街じゅうに流れているけど、これはわたしに向けられたメッセージなのだ。

「おまえが何者だろうと、必ず見つけだしてやる。事がさらに大きくなる前に出会えるよう祈っている」男がマスクの下で声を震わせて小さな声で笑った。その狂ったような笑い方も、この前と同じだ。画面に砂嵐があらわれて電源が切れた瞬間、鳥肌が立って腕がちくちくした。

　暗くなった画面に自分の顔が映っている。その唇は決然と引き結ばれていて、強烈な輝きを放つ目のなかで怒りが燃えていた。


　ようやくベッドに戻ったときも、激しくなった鼓動はおさまっていなかった。とりあえず目を閉じてみたけど、眠れないことはわかっていた。それなのに、ママに揺り起こされたときには八時になっていた。自分がぐっすり寝入っていたと知って、驚かずにはいられなかった。マーサの遺体がバンに乗せられてモルグに向かっているあいだ、わたしは眠っていたのだ。

「話があるの」そう言ったママの目は安定剤《ヴィヴィラックス》の効果でちょっとぼんやりしていたものの、声はしっかりしていたし背筋ものびていた。「また妙な放送があったわ。あなたも見た?」

どうしよう？　胃がひっくり返りそうになって、眠気が吹っ飛んだ。**パパとママは、わたしがニュー・ホープだって知ってるんだわ。**「ええと……見たことは見たわ。でも、半分眠ってた感じ」

ママがうなずいた。「ハリス、入って」ママは部屋の外に向かってそう言うと、ベッドの隅に浅く腰かけて心配そうにわたしを見つめた。ぱっちりお化粧しているし、注射の跡が消えた顔の皮膚はぴんと張っているし、ピラティス効果で身体は引き締まっているし、ブレザーはしっかりプレスされている。ママは今、ヘレン・フリートの鎧を身にまとっていた。わたしが身を起こすと同時に部屋に入ってきたパパは、エスプレッソのカップがふたつ載った小さなトレイを持っていた。

「リリィからだ」パパが礼儀正しく身をかがめて、湯気があがっている陶磁器のカップをママとわたしに差しだした。

「ありがとう」わたしはカップを受け取った。カフェインを飲めるのがありがたかった。

「アンセム、あなたを驚かせたり怖がらせたりはしたくない。でもね、ゆうべいやなことが起きてしまったの。それについて、あなたは知っておく必要があるわ」息がもれているような声で、ゆっくりとママが言った。わたしが取り乱すことを思って身がまえているみたいだ。

　わたしは必死で何も知らないふりをして、うなずいた。

「マーサが殺されたの」話しはじめたママは、自分が口にした恐ろしい言葉に怯んだようだった。「犯人はマーサを撃ったのよ。処刑するみたいにね」

「なんですって？　それって……」信じられないようなふりをして、かぶりを振ってみせた。「いやよ、そんなの」

「恐ろしいわ。あってはならないことよ。この先、マニーとベリンダが乗りこえなければならない苦しみを思うと……」ママの声がかすれた。ママは子供を亡くしている。わたしが生まれる前に、姉のレジーナがモラス湖で溺れ死んだのだ。その原因は、いまだにわかっていない。ママがわたしの手をぎゅっとにぎった。

「ふたりはどこにいたの？」話題を変えたくて、そう尋ねた。

「ふたりって？」ママがぽかんとした目で、こっちを見た。

「マニーとベリンダよ」わたしは咳払いをして背筋をのばした。「マーサが殺されたとき、ふたりはどこにいたの？」

「ウエスト・エグザビアで会議があって、向こうのホテルに泊まっていたらしい」パパが答えた。「あの夫婦は、会議に出たことを一生後悔しつづけるにちがいない」そう言ったパパの声はかすれていた。よく見ると、目が赤くなっていて瞼が腫れている。こんなふうに感情的になっているパパを見るのは初めてだった。年に一度、レジーナのお墓参りに行くときだって、いつも冷静だ。

「少し前になるが、犯罪者どもを警察に引きわたしていた女の子のことをおぼえているかい？　ニュー・ホープとか呼ばれている子だ。警察は、あの女の子が事件に関わっていると考えているようだ。市長公舎の警備員は姿を消している。どういうわけなのか、警察はまだ突きとめていないようだがね。しかし、監視カメラに逃げていく数名の男が映っていたそうだ。女の子らしき人影も映っていたようだが、動きが速すぎて確認ができないらしい。女の子は連中をとめようとしたんだろう。さっきのなんとかいう放送のなかで、あの男が女の子に語りかけていた言葉からも、それはわかる。ところで、ああいう放送をなんというんだ？」

「トランスミッション」そう答えたわたしの声は低くかすれていた。「あの人たちは、トランスミッションって呼んでるわ」

「マーサの身に起きたことは、ほんとうに恐ろしい」パパが言った。「しかし、連中が美術館にしたことを見ると、その力をさらに思い知らされるよ」

「美術館？」あの人たちは、他に何をしたの？

パパがうなずいた。「あの連中は……」パパの唇が怒りのせいで歪んだ。もう言葉が出ないみたいだ。

「どうしたの？」

「見たほうが早いわ」ママがそう言って立ちあがり、窓の前まで行ってブラインドをあげた。ベッドから這いだして窓辺に立ったわたしは、その光景を見て息を呑んだ。何ブロックか先に、夢のように美しい完璧な姿の美術館が見えるはずだった。でも、その半分が……なくなっている。焼けてしまったのだ。残っているのは、黒く煤けたコンクリートの基礎部分のみ。そこから、凍りついたイソギンチャクの触手みたいに、金属製のロッドがのびていた。灰色の煙とスモッグごしに、ドームの半分と、片側だけ残った白壁の翼《よく》が見えている。基礎部分だけになってしまった残りの半分の上で、小さな人影がいくつも動いている。たぶん警官だ。

パパもわたしたちのそばにやってきた。「警備員がふたり行方不明になっている。おそらく、そのふたりが犯人だ。しかし、何もわかっていない。こうなるまで、誰も何も気づかなかったんだ。連中が焼いてしまった美術品のことを考えてごらん。かけがえのないものばかりだ」

わたしはうなずきながらも、心臓がすごい速さで動いているのを感じて、エスプレッソを飲んだことを後悔していた。「でも、なぜなの？」

そう訊いてはみたものの、論理はわかっていた。持っているお金の半分を自分よりも貧乏な誰かに与えろと、あの人たちは言った。だから、ノースサイドの余分な財産を半分、焼いたのだ。

「あのクズどもが、ここまでやる理由はなんだ？」パパが小さな声でつぶやいた。「注目を浴びたい？それとも、ただ狂ってるのか？　誰が知るものか！」

「催し物の実行委員長として――」ママが言った。「今年、美術館に余分に資金をまわせるように、できるだけ手をつくしてみるわ。得られるかぎりの援助が必要なはずよ。あそこをあのままにしておくわけにはいかないわ。残った部分も、取り壊すことになるでしょうね」

わたしは街のなかにぽっかりとあいた大きな穴を見つめた。傷口のようにも見えるその穴から、黒い煙が立ちのぼっている。

「いずれにしても、アンセム――」パパが言った。「街には厳戒態勢が敷かれている。今日はサージに送ってもらいなさい。帰りも、彼が迎えにいく。バレエのレッスンは休みになるはずだ。だから、学校からまっすぐに帰ってきなさい。いいね？　あのろくでもない連中が捕まるまでの辛抱だ」

「わかったわ」わたしはうなずいた。でも、お金で買われているこの街の役立たずの警察に、インビジブルを捕まえることなんかできっこない。ギャビンの手書きのリストに、彼からお金を受け取っていた警官の名前がたくさん載っていた。そんな人たちに何かができるなんて、思うほうがどうかしている。

この街では、何かしたいと思ったら自分でするしかないのだ。

9

学校では、みんな真っ青な顔をしていた。瞼が腫れているのは、泣いたせいにちがいない。マーサのロッカーは祭壇みたいになっていて、その前に置かれたテディベアや、馬の置物や、写真や、手紙や、キャンドル、それに何十束ものブーケが、ロッカー六つ分の幅にまであふれていた。

「生徒のみなさんにお知らせします。臨時の朝礼を行いますのでチャペルに集まってください」バング校長の抑揚のない悲しげな声が、スピーカーから聞こえてきた。マーサのことを話すにちがいない。わたしは、自分も何か持ってくればよかったと思いながら、花束をよけて歩きだした。

　廊下のそこここで、女の子たちが泣いていた。ザラがチーム・アイスと呼んでいる下級生のグループの姿もあった。マーサの仲良しグループだ。彼女たちが抱き合って肩を震わせているのを見たわたしは、吐き気をおぼえてトイレに走った。そして、個室に駆けこんだとたん、胃のなかのものを吐きだした。

　そのあと苦い味に顔をしかめながら、水を流した。個室の冷たいタイルの床にうずくまっているわたしの耳に、洗面台の前でしゃべっているふたりの会話が聞こえてきた。

「だけど、やっぱり彼はすてきだわ」

「マーサを殺したのは彼じゃないと思う。仲間の誰かよ。それに、美術館のこともびっくりよね。度胸がなくちゃできないわ」

「すごい度胸よ。なんだかロビン・フッドみたい。不公平を正すために戦ってるのよ」

「まだ二十一歳だって聞いたわ」

ひとりがうっとりとため息をつくのを聞いて、空っぽの胃がよじれた。わたしは個室のドアを押し開けて、ふたりをまじまじと見つめた。思春期を迎えたばかりの十四歳の九年生だった。ひとりがピンクの口紅を振りまわしていて、もうひとりがブラシを使ってきらきらのアイシャドウを塗っている。

「ほんとうは四十歳の不細工男なんだって」わたしは言った。「しかも、若い女の子の頭を撃つのが趣味みたいよ」どちらも金髪だったけど、よりきれいな金髪の背が低いほうの子のおでこに人差し指を突きつけて、引き金を引く真似をしてみせた。「バン、バン。たしかに度胸はあるわ」

「やめて」彼女がわたしを睨みつけながら、あとずさった。「あなたには関係ないでしょう」

「頭に拳銃を突きつけられるのがいやなら――」手を洗いながら言ってやった。「殺人者に熱をあげるのはやめたほうがいいわ。一生が台無しになるわよ。愚かだし、悲しいわ」

ほんとうよ。身をもって学んだんだから、嘘は言わない。刺激的で危険なギャビンに熱をあげた結果が、これよ。

「どうでもいいわ」ふたりがぶつぶつ言いながら、慌てて出口に向かった。背の高いほうの子は、口紅を落としたことにも気づいていない。わたしは黒い口紅のケースがタイルの上を跳ねながらころがっていくのを見つめていた。ドアが閉まると、ひとり残されたわたしは鏡のなかの自分と向き合った。目の下がくぼんでいて、頬は色をなくしている。でも、目だけは生きいきとした緑色に輝いていた。激しい感情をおぼえたり、暴力を振るったりすると、こんなふうになるのだ。

他の生徒たちにまじってチャペルへと向かった。みんないつもより声を抑えてしゃべっている。オリーブ・アンが金色の髪を片側にかきあげて、誰かを抱きしめようと大きく手をひろげるのが見えた。その相手は、ブロンドの巻き毛の背の高い男の子。嘘でしょう。よりによって今日が、ちょっと早めに退院したウィルの復帰の日だなんて最悪！

わたしは足を速めて人混みを縫い、庭を歩く集団の右端に出ると、そこからはずれないように気をつけながら彼の横顔をのぞき見た。

やっぱりウィルだ。何週間か前、うちのカレンダーに丸じるしをつけておいたのに、すっかり忘れていた。この週末に、彼はウィーピー・バレー病院のリハビリ・センターから出てきたのだ。落ち着いているみたいだし、見た目もすっきりしている。でも、気のせいか、少しおどおどしているようにも感じられた。久しぶりの復帰で、緊張しているのかもしれない。

ウィルに見つかりたくなかったわたしは、みんなから離れてベンチのあいだに身を押しこんだ。ベンチは張りだし屋根があるチャペルの右側の部分と向き合うようにならんでいるから、ここにいれば様子がわかる。ウィルがオリーブ・アンと連れだってチャペルのなかに消えるのを待つあいだも、彼の後頭部から目が離せなかった。

ウィルの姿が見えなくなると、ケータイを取りだした。そして、『今、どこ？』と打ちこみ、ザラに送った。

『急《せ》かさないで、アンセム。もうすぐ着くよ』

でも、ザラはなかなかあらわれなかった。ただ、みんなの泣き声がひびきわたっているチャペルのなかで待たずにすんだことが救いだった。なかの様子は、扉の下の隙間からもれてくる音でわかった。まず、バング校長先生があまりに早く天に召されたマーサのことを話し、それからカウンセリングについてくどくどとしゃべった。そのあとマーサの親友のジョジョがスピーチをするために立ちあがったみたいだけど、ちょっと何か言っただけで、あとはずっと泣いていた。

最悪だ。また気分が悪くなってきたけど、煮えたぎるような怒り以外、もう吐くものなんか残っていない。

メールから十分後、ようやく丸石を踏みしめてあらわれたザラは、動揺しているみたいだった。

「ひどい話だよね」ザラがそう言ってチャペルを示し、そのあと手をぐるりと振りまわした。庭を、学校全体を、街を、世界を示しているのだ。スミレ色の目は赤くなっているし、瞼は腫れている。わたしは、驚かずにいられなかった。こんなふうに感情的になっているザラを見るのは初めてだ。「かわいそうな生意気マーサ。チーム・アイスのなかでは、いちばんいい子だったよね」

「うん」わたしは同意した。泣きそうになって声がかすれてしまったけど、涙はなんとか抑えた。

「あの子が七歳くらいのとき、いっしょにパパたちのチャリティー・ゴルフに連れていってもらったのをおぼえてる？　あの子ったら、ゴルフバッグのなかに入って出られなくなっちゃったんだよね」

声をあげて笑ってみたものの、泣き声にしか聞こえなかった。「マーサのことは、いろいろおぼえてる」特に、どんな死に方をしたかは忘れない。そう思った瞬間、あのときの彼女の凍りついた目が浮かびあがってきたけど、なんとか心から締めだした。完全に消し去ることはできなくても、そんな記憶にとらわれないように気をつけなくてはいけない。そうでなければ、どうにかなってしまう。

「インビジブルは、また事をおもしろくしてくれたみたいだね」ザラが、もううんざりと言わんばかりの顔をした。

「こんなことが起きるなんて、誰も思ってなかった」思えるはずがない。わたしは誰も信じていないし、あらゆるところに危険が潜んでいることも知っている。そのわたしでさえ、ここまでは予想していなかった。

「ザラ」もう話題を変えてもいい頃合いだ。「ウィルを見かけたの」

彼女が眉を吊りあげた。「どんなふうだった？　まだ狂ってる感じ？」

わたしはチャペルをさして答えた。「気味が悪いほど落ち着いてた。ヘッドライトに照らされたシカみたいな感じ」

「芝居だよ、絶対」ザラがため息をついた。「リハビリは受けたかもしれない。それでも、中身は変わるもんじゃないよ。いやなやつのままにきまってる」

わたしたちはようやくチャペルに入り、いちばんうしろの空いている席にすべりこんだ。デビィ・ルネルが、祭壇で泣きながらマーサを褒めたたえているところだった。

「マーサは、ほんとうにいい人でした。悪口なんて、けっして言いませんでした。天使みたいなマーサが、今……今……」泣きくずれたデビィの小さな泣き声が、マイクをとおして聞こえている。

わたしはあたりを見まわした。先生たちもみんな、涙で目を光らせている。低学年で世界文明を教えているパーキンズ先生は、抑えようともせずにピンクのハンカチに顔をうずめて泣いていた。

そのとき、目の前を白いものがよぎって、スカートのプリーツのあいだに落ちた。花だった。わたしはそれを手に取って眺めた。茎を二センチ五ミリくらい残して切ったデイジーだった。天井を見あげると、その真ん中に防水シートが張られていた。三隅で吊ってあるようで、残りのひと隅からデイジーがさらに何輪かこぼれている。

カテドラル・デイ・スクールが、こんな演出をするとは思えない。特に、チャペルではありえない。ここは厳粛な朝のミサや卒業式や授与式が行われる場所だ。

バング先生のアイディアなのだろうか？　わたしはザラに向かって天井を指さし、目で驚きを伝えた。

でも、そのとき防水シートのもうひと隅がほどけて、デイジーが降りそそいできた。そのなかに小さな紙切れがまじっている。

デビィは頑張ってスピーチをつづけていたけど、もう耳には入ってこなかった。それでも、彼女が口をつぐみ、そのあと「これはなんなの？」と叫んだのは聞こえた。

デビィが紙切れを振りまわしている。髪に落ちたデイジーをつまみとりながらしゃべっているみんなの声が、どんどん大きくなっていった。

「これは悪戯なの？」デビィが叫んだ。「こんなの、おもしろくもなんともないわ！」

床に落ちた紙切れを拾いあげ、ブルーのボールペンで書かれた手書きの文字を読んでみた。その瞬間、血管のなかで血が凍りそうになるのを感じた。

『慎ましやかなデイジーのように、インビジブルはひと雨ごとに大きく育つ。
諸君、われわれはどこにでもあらわれる。インビジブルは、あらゆる場所に出現する』

「行かなくちゃ」わたしはさっと立ちあがり、いちばん端の席に坐っていたザラの膝をまたいで通路に出た。外に行って、インビジブルが近くにいないかたしかめる必要がある。でも、通路はあっという間に人でいっぱいになっていた。みんな外に出たいのだ。

バング先生の声がマイクをとおしてはっきりと聞こえている。「整列して退場してください。問題の捜査を行いますので、このあとの授業は休講になります」

説教壇のうしろにもうひとつ出口があったはずだ。それを思い出したわたしは、信徒席のまわりをとおって、まっすぐその出口に向かった。でも、他にも同じことを思いついた生徒がおおぜいいた。

「やあ、レッド」右うしろから低い声で言われた。あまりにも耳に近すぎる。足を速めて、人混みのなかをさらに押し進もうとしたけど、うまくいかなかった。ウィルが追いついて横にならんだ。「ぼくと……ぼくと話したくないのはわかっているよ」途切れとぎれに彼が言った。

わたしは横目でウィルを見た。ブルーの目はすっきりと澄んでいて、血走ってもいないし狂気の色も見えない。彼は不安げにほほえんでいた。「やめてくれない」わたしは言った。とにかく外に出たかった。

「謝りたかっただけなんだ。何もかも、ごめん。完全に自分を失っていた。でも、もうだいじょうぶだ。こうして立ちなおれたのは、きみのおかげでもある。できたら……なんて言うか……そのうちでいいから、友達に戻りたいんだ」

「立ちなおってくれて、よかったわ」固い口調で応えた。ほんとうに立ちなおってくれてよかった。それは本心だ。でも、ウィルを信じられるかというと話は別だし、いっしょに何かしたいなんて絶対に思わない。見張られたり、隠し撮りされたり、それを材料にかぞえきれないほど脅されたりしたことを、すっかり帳消しにするなんてできるはずがない。友達になんて絶対に戻れない。

わたしは人だかりの穴を見つけて、出口へと足を進めた。

でも、ようやく外に出たときには、庭は機動隊員でいっぱいになっていた。もうチャペルの壁に梯子までかけていて、六人が屋根にあがっている。グレーのつなぎにガスマスク。輝いている大きなサブマシンガンは、ウージーだ。

振り向いたわたしは、拡声器と向き合うことになった。機動隊員が、その向こうで叫んでいる。「**整列してチャペルから出てください。写真を撮ることは禁止します**」

インビジブルは、もう遠くに行ってしまった。

10

ザラと連れだって行きつけの食堂、スクランブル・ヨークに向かって歩いていると、わたしを呼ぶ耳なれた声が聞こえてきた。

通りの向こうに目を向けたわたしは、顔が熱くなるのを感じた。「フォード！」どんなに彼に会いたかったか、今初めて気がついた。

「やあ。たまたま近くにいてサイレンを聞いたものだから。だいじょうぶなのかい？」心配そうに目をくもらせているけど、頬は健康そうに輝いていて活力に満ちている。

いっしゅん言葉が出なかった。あの撃たれた日以来、外を歩いている彼を見たのは初めてだ。「たまたま近くにいたなんて嘘ばっかり」ようやくわたしは言った。こんなによくなった彼を見て、すっかり感動していた。「わたしの無事をたしかめにきてくれたんでしょう？」

「いけないかな？」フォードが弱々しくほほえんだ。「殺された女の子が、きみと同じ学校の生徒だって聞いたんだ。妙なことになってきたな」

「来てくれてうれしいわ」わたしは言った。ほんとうにうれしかった。

「それで、だいじょうぶなの？」フォードが爪先で跳ねながら、ザラのほうにちょっと身体を向けた。彼女は、戸惑ったような笑みを浮かべて、無言のままずっとそこに立っていた。「やあ」フォードが手を差しだした。「フォードだ。きみは、あの有名なザラだよね？」

「当たり。その有名人はわたしみたい」ザラが手をのばして、彼と握手した。「あなた、撃たれた男の子でしょう？　アンセムは、すごく心配してたんだよ。だけど、ぜんぜん聞いてなかった。ほんとに、すごく……うーん……」ザラがわたしのほうを向いた。**イケてるね**。彼女が声には出さずに唇でそう伝えながら、ショックを受けているふりをして目を見開いてみせた。そのあと、またフォードのほうに向きなおってザラが言った。「アスリートっぽいね」

左右交互に爪先飛びをくりかえしながら、フォードが肩をすくめた。「元アスリートだ」

「ねえ、**フォード**」ザラはその名前を、エキゾチックなご馳走を口にするように――あるいは、すごいジョークのオチを言うように――呼んだ。「わたしたち、食事に行くところだったんだ。食べながら、学校でのさっきの騒ぎのことをしゃべろうと思ってさ。いっしょに来なよ」

ザラがわたしを引っぱって歩きだしながら、身をよせて耳元でささやいた。「今まで会わせてくれなかったなんて、ひどいよ！」

わたしは鼻で笑って、フォードの腕をつかんだ。いっしゅんだけど、自分の部屋で死んでいたマーサのことを忘れられたし、迫りくるインビジブルの胸が悪くなるような気配も無視できた。ザラとフォードといっしょにいられて、とにかく幸せだった。元気になったフォードがここにいて、大好きなふたりをついに引き合わせることができたのだ。

スクランブル・ヨークに着くと、わたしたちは赤いビニール張りの狭苦しいボックス席に落ち着いた。ザラに言われるまま、わたしはフォードのとなりに坐った。わたしをどぎまぎさせて喜んでいる彼女に、「やめて」と目で訴えてもみたけど、そんなふうにできることがうれしかった。生きているフォードが、元気で顔を輝かせてそばにいる。三人とも――ふたつの卵を使った目玉焼きと、トーストと、ハッシュブラウンズにコーヒーがついて四ドル九十五セントの――失業者スペシャルを注文した。

「それで、学校で何があったの？」フォードがザラに訊いた。わたしはウエイトレスが乱暴にテーブルに置いていったコーヒーに無言のままクリームを入れ、それを一気に飲み干した。しゃべっているふたりを見つめながらも、なんだか落ち着かなかった。それでも、ザラのほうがうまく話せることはたしかだ。

「マーサ・マークスの事件については知ってるんだよね？」ザラが訊いた。

「ああ、知ってる」彼がわたしからザラに視線を移した。「その子は、きみたちの友達だったのかい？」

「友達っていうより、知り合いっていう感じ」ザラが答えた。マーサの虚ろな冷たい目を思い出したわたしは、テーブルの下で思わずぎゅっと手をにぎりしめ、またそれを開いた。こんな日に、つかのまでも幸せな気分になった自分が赦せなかった。「とにかく、朝礼でマーサの追悼式みたいなことをやったんだ。その最中に、インビジブルが悪ふざけを――」

「悪ふざけじゃないわ」わたしはザラをさえぎった。「あれは脅しよ」

「なんでもいいけど、とにかく『インビジブルは、あらゆる場所に出現する』とかなんとか書かれた紙切れが降ってきて、親愛なる機動隊がやってきて、あとの授業なんかは全部なしになって、生徒は帰っていいことになった。それで、わたしたちは今ここにいるわけ」ザラがため息をついた。どうやら、彼女にとってインビジブルは、まだ漠然とした存在でしかないらしい。マーサのことがあってさえ、外国の政治家や微分積分学の準備コースと同じくらいにしか感じていないのだ。いっしゅんだけど、彼女をうらやましく思った。

「紙切れ？」フォードが太い眉をしかめた。「おれが通ってたハイスクールだったら、紙切れが降ってきたくらいじゃ、絶対に休校にはならないね」

「どこのハイスクール？」ザラが訊いた。

「ウエストベッド」

サウスサイドにある、かなり大きな公立のハイスクールだ。生徒がナイフを持って喧嘩をするというそのハイスクールのことを、カテドラルでは〝ウエストデッド〟と呼んでいる。フォードがどこの学校を出たのかなんて、とっくに知っていてよかったはずだ。彼の過去のことをいかに知らないかに気づいて、なんだか急に変な気分になった。

「あの人たちはマーサを殺したのよ」わたしは小さな声でフォードに言った。「それなのに今朝、学校に自分たちの存在をアピールしに来たの。それって、いったい——」

「失業者スペシャルをお持ちしました」ウエイトレスの声に、会話がさえぎられた。

それからしばらく、わたしたちは無言のまま、一年ぶりの食事にありついたかのように食べつづけた。フォードは目玉焼きをはさんだトーストを、トッピングたっぷりのピザを食べるみたいに頰張っている。そんな彼を見て、うれしかった。撃たれて以来、小鳥が餌をついばむようにしか食べられなくなっていたのだ。

わたしも彼に負けないくらいのいきおいでハッシュブラウンズをやっつけ、バタートーストで卵をすくいとっては口に放りこんだ。ものすごくお腹が空いていたし、フォードがそばにいることで心地よさをおぼえていた。彼ならば、わたしがどんなに食べても気にしないでいてくれる。

「オシッコに行ってくる」ザラが唐突に言った。「すぐ戻ってくるよ。ねえ、アンセム、わたし、カードしか持ってないんだ。払っておいてくれる?」

わたしはうなずいた。それで、フォードとふたりきりになった。お皿はもう空っぽになっている。

「何を考えてるのさ」フォードが肘でわたしの脇腹をつついた。

「痛い!」

「ごめん」彼が言った。「ただ、きみとレストランにいるなんて信じられなくてさ。しかも、有名なザラもいっしょにね」

「わかるわ。わたしも信じられない。これって、すごいことよね」わたしは彼の手を両手で包みこんだ。指で関節を撫でたり、ぎゅっとにぎりしめたりしながらも、手を放したくなくなっていた。

「フォード、わたしあそこにいたの。でも、間に合わなかった」

「あそこって？」

わたしは一気に話した。悲鳴を聞いてマークス邸に行ったことから始めて、マーサがおでこを撃たれていたことまですっかり話した。言葉につまりそうになるわたしの手を、フォードがしっかりとにぎっていてくれた。「あの人たちを見つけなくちゃ」

「わかった」フォードがうなずいた。「手伝うよ」

何も話す必要がなくなると、ふたりはただだまって見つめ合った。フォードの表情は、真剣そのもので落ち着いている。わたしも同じような顔をしているにちがいない。レストランじゅうのすべてが、くっきりと見えてきた。動きも、すごく遅く見える。お皿がカタカタ鳴る音に、指紋だらけの窓から射しこむ日射し。フォードがわたしのほうに身をよせると、シートが軋んだ。

気がつくと、すぐ横にウエイトレスが立っていた。

「お支払いをお願いできます？　そろそろテーブルを空けてほしいんですけど」腕時計を見ながら、ウエイトレスが言った。

「ああ、もちろん」フォードが背筋をのばして答えた。キスしようとしているところを――ほんとに？――ウエイトレスに見つかって、慌てているみたいだった。

今度は、わたしが彼の肩を思いきりつついた。

「痛い！」彼が叫んだ。ふたりは笑いをこらえながら、支払いをすませた。

外に出ると、暖かな春の日がパステルカラーの午後に溶けはじめていた。やわらかな甘い雰囲気がただよってはいるものの、すべての輪郭が鋭くなっていて、ほんのちょっとじっとりしている。彼に手をにぎられて、期待に胸が高鳴った。

「とにかく用心して」気がつくと、フォードのがっしりとした腕に肩を抱かれていた。そのままそっと抱きしめられたわたしは、彼のちくちくする頬を顔に感じて、胃がひっくり返りそうになっていた。そのあと、彼がキスをした。気づかいが感じられるやさしいキスだった。わたしはそれに応えて、両手で彼のやわらかな短い髪を撫でた。フォードにキスをされて、お腹にパンチを食らったような気分になっていた。彼を求める気持ちが、より複雑な深いものへと変わっていく。わたしたちは、路上のニレの木の下でキスをしつづけた。しかも、そこは十一歳のときから、サージとパパとママと来ていたレストランの真ん前だった。

この瞬間が永遠につづいてほしかった。フォードの腕がわたしの肩を包みこみ、その指が髪を探っている。アドレナリンと、マーサが殺されたことへのやりきれなさと、フォードへの思いが、身体のなかで同時にうなりをあげていた。ちょっと身を離すと、くらくらした。笑いがこみあげてきて、声をあげて笑った。すごくいい気持ちだった。

「何がそんなにおかしいんだ？」フォードがささやき声で訊いた。

「ただ……なんだかすごく……いい感じだと思ったの。あなたのことよ。それに、こうしてここにいられるのがうれしくて。わたしたち、いい感じだわ」そう言っているうちに、膝ががくがくしてきた。

フォードがうなずき、やさしい目でわたしを見つめた。「よくわかるよ」

「いちゃつくなら他でやりなよ」食堂から出てきたザラが言った。フォードとわたしはぎこちない笑い声をあげて互いから離れた。それでも、しばらく彼の熱を肌に感じていた。

「なるほどね。彼がフォードなんだね。すごくかわいいじゃない」セラフの後部座席におさまるとすぐに、ザラが言った。さっき留守電をチェックして、それぞれのパパとママからの電話に気づいたふたりは家に連絡を入れた。それで、パパが食堂の前までサージを迎えにこさせたのだ。フォードは車に乗るのをことわって、快復後初めてのトレーニングをしにボクシングジムへと向かった。「アンセムにボーイフレンドができちゃった」彼女がうたうように、わたしをからかった。

「しーっ」運転席のサージを指さして、彼女をたしなめた。「彼はボーイフレンドじゃないわ」否定してみたものの、顔が赤くなっているのがわかった。

「なんとでも言えばいいよ。でも、わたしの目はごまかせないよ。フォードは、すごく……いい人……だと思う。百パーセント応援するよ。相手が彼なら、心から祝福してあげる」

「ほんとうにウィルとよりを戻さなくていいかな?」冗談を言ってみた。

「うーん、私立のハイスクールのいやらしさを象徴するような、パパに首根っこをつかまれてる狂った男の子と付き合うか、あなたのことを病みあがりの女の子を気づかうような目で見るセクシーなボクサーくんと付き合うか? 難しい選択だけど、わたしならフォードを選ぶ」真面目っぽく彼女が言った。「フォードにボクサーの友達はいないのかな?」

「ダンドーはどうしたの?」ショックを受けたふりをしてみたけど、わたしがショックを受けていないことはザラにもわかっている。誰と付き合っても、彼女はすぐに飽きてしまうのだ。長くても、たいてい一週間か二週間しかつづかない。

「なんだか苛つくようになっちゃってさ」彼女が言った。「歯が気持ち悪いんだ。笑い方も気にさわる。

それに変なシャツを着てるんだよ。Vネックなんて信じられる？　オエッて感じ」

「最悪」そっけない口調で答えた。「よく今まで我慢したね」ザラとのあいだに、もう距離は感じていなかった。わたしは大好きな親友に、今ここで、この車のなかで、何もかも打ち明けてしまいたくなっていた。わたしが川に落ちたことを知ったら、ザラはどんな反応を示すだろう？　ハチドリの心臓のことを聞いたら、彼女はなんて言うだろう？　それに、わたしにどんなことができるかを知ったら……？

いつか、彼女に披露してみせたらおもしろいかもしれない。

でも、そのときザラのママから電話がかかってきて、わたしは現実に引き戻された。学校であんなことがあったせいで、ザラの両親もうちのパパとママも死ぬほど心配しているみたいだ。インビジブルは、どんどん身近に迫っている。

「わかった、わかったってば。車のなかよ。もうすぐうちに着くとこ。だいじょうぶ、わたしは無事だから！」電話を切ったザラが、うんざり顔で天を仰いだ。「休校になったって聞いて、ママは発狂寸前になってる」彼女はため息をついた。「うちによっていかない？　メリンダ・タークの監視のもと、いっしょに午後を過ごすっていうのはどう？」

「楽しそうだけど、パパとママはわたしをうちに置いておきたがってるみたい。あの声の感じじゃ、パパはまちがいなく青筋を立ててるよ」

同じように感じているしるしに、ザラがため息をついた。「狂ってるとしか思えないよ」

「でも、親には心配する権利があるのかもよ」インビジブルの動きをつなぎあわせて、あの人たちが次に何をするつもりか見破ることができたらと思いながら、わたしは言った。「ねえ、あの花とメッセージが書かれた紙切れに、どんな意味があるんだと思う？」

「花はお詫びのしるしかもね。ほら、マーサのこと」ザラは爪をかみながら、窓の外を眺めていた。迎えを待っているカテドラルの生徒が何人か、ニュースタンドの外をうろついている。セラフの色のついた窓ごしに、新聞の見出しが目に飛びこんできた。

『市長の娘、寝室で殺害――暴力的な社会運動参加者一味の仕業か』
『狂気のインビジブル、美術館を爆破』
『インビジブルがニュー・ホープに挑戦――当局は困惑』

「だったら、〝インビジブルはひと雨ごとに大きく育つ〟とか、〝あらゆる場所に出現する〟とかいうあのメッセージはなんなの？　謝ってるなんて、ぜんぜん思えない」わたしは寒気をおぼえながら、新聞から目をそむけた。

「たしかにね。自分たちのほうが上だってわたしたちに思い知らせて、怖がらせようとしたのかもね。それにしても、必要なときにニュー・ホープはどこにいるんだろう？」ザラが不満げにため息をついた。

顔が赤くなったのをザラに気づかれないよう祈った。車は、もう彼女の家の前にとまっていた。わたしは一カ月くらい前、シンジケートのメンバーを捕まえるために、夜なよな出歩いていたときのことを思い出した。あのころは、まだ死んだギャビンの復讐をしているつもりでいたのだ。

このところ、シンジケートは鳴りを潜めている。新聞にも、あの人たちのことはほとんど載っていない。サウスサイドで起こった二、三の強盗事件と、みんながインビジブルのメッセージに夢中になっている隙に起きた数件の窃盗事件と、ハデス――あらゆる密売品のブラックマーケットになっている、かつてはモールだった廃屋同然の建物――の近くで起きたドラッグの売人の縄張り争いのことが、シンジケートの仕業として報じられていたくらいだ。ボスを失った今、シンジケートは再編成の真っ最中にちがいない。でも、インビジブルが大見出しを独占しているせいで、紙面の隅っこに追いやられているだけなのかもしれない。

「じゃあね」ザラが小さな声で言った。「ねえ、楽しみなよ。あなたは楽しんでいいんだよ。こんなときだからって、遠慮することないからね。ボクサーくんと幸せになりな」

感謝の気持ちがこみあげてきて、目の裏がちくちくした。「ありがとう」わたしがそう言うと、ザラはちょっと高すぎるプラットフォーム・シューズのせいでふらつきながら、玄関に向かって歩きだした。春の日射しのなか、チェックのスカートが揺れている。

「アンセム」運転席と後部座席を隔てていたパーティションをおろしながら、サージが言った。「ゆうべ、何があったんです？」

「インビジブルが何をしようとしていたのかはわからない」わたしは認めた。「でも、とにかく、あの人たちはマーサを至近距離から撃ったのよ。わたしは市長の家に着いていた。でも、間に合わなかったの」

「素人集団ではなさそうですね」

わたしはうなずいた。「ぜんぜんちがう。一度やり遂げたら、何度でもくりかえすでしょうね。学校で何が起きたか聞いた？　あの人たちは、みんなが怖がる存在になろうとしてるのよ。でも、何をしようとしているのか、さっぱりわからない」

ぼんやりと顎をこすりながら、サージがうなずいた。「しかし、シンジケートとはまったくちがいます。金のために動いているようには見えません」

「同感だわ。あの人たちの目的は、お金なんかじゃない」

通りを曲がってトールン・ストリートに出ると、渋滞が始まって車はほとんど動かなくなった。見るともなく窓の外を眺めていると、歩道を走っている男たちの一団に目がとまった。一歩ごとに膝を高くあげて、集団でジョギングしているみたいだ。二十人くらいいるかもしれない。たいして注意を払っていたわけではないけど、全員がソックスも靴も含めて黒ずくめなのが印象に残った。ピアスをしている者もおおぜいいて、何人かの黒く染めた髪が日に照らされて青っぽく輝いていた。

走りながら、互いに気合いを入れ合っている。「いいぞ！」「燃えろ！」「その調子！」

その一団が見えなくなると、わたしはフォードのことを考えはじめた。キスをしただけなのに、もっといっしょにいたくなっている。それでも、恋しくてたまらない気持ちを抑えて、先をいそがないつもりでいたことを自分に思い出させた。今だって、先をいそぎたくなんかなかった。

フォードにメールを送ろうとして、ポケットからケータイを取りだそうとしたそのとき、飛行機の轟音みたいな音がして車が揺れた。雷よりも、ずっとすごい音だった。

それから、また轟音がひびきわたり、また車が揺れた。わたしはフロントガラスの向こうに目をやった。丘のてっぺんに、ノース・ベドラム発電所が見えている。そこから火の玉があがり、明るい午後の空にキノコ雲がひろがった。

「だいじょうぶ？」わたしはサージに尋ねた。

彼がうなずいた。熱がぴかぴかの車を揺るがしながら波のように駆け抜けていく。不意にサージがハンドルを切り、渋滞を抜けて道端のバス停に車をとめた。

「降りて様子を見てきます」サージはそう言うと、グローブボックスに隠してある拳銃を取りだし、ジャケットの内ポケットに入れた。わたしも彼につづいて車を降りた。トールン・ストリートは長くてまっすぐな通りで、ベドラム・ヒルへとつづいている。そのてっぺんまでは、数ブロック。そこにある発電所は、すでに炎に呑みこまれていた。跳ねあがる炎と、巨大な白い火花。不吉な黒い煙が、真っ青な空にもくもくとまっすぐ立ちのぼっていく。ほとんど美しくさえ見える光景だった。

あらゆるところに車がとまっていて、みんな通りに立って燃えだした発電所を眺めている。あたりにはプラスチックが燃える臭いと煙の臭いが立ちこめていて、クラクションの音が鳴りひびいていた。

とつぜん、黒ずくめのジョギング・グループのことが頭に浮かんだ。**燃えろ**と、ひとりが言っていた。履いていたのはジョギングシューズではなく、時代遅れの革のドレスシューズ。あんな靴を履いてジョギングする人間がどこにいる？

「歩道を走ってたグループを見なかった？」あたりを見まわしながら、サージに訊いた。熱くなった歩道から少しでも遠ざかろうと背のびをしているせいで、筋肉が突っ張っていた。

「見ました」彼が答えた。「ひじょうに妙でした」

首をのばしてみたけど、彼らの姿はとっくに消えていた。トールン・ストリートはこの先で二本に分かれている。あのグループがどっちに行ったかなんて、知る術はなかった。

「あなたを家に送る必要があります」サージが騒音に負けじと声を張りあげて言った。通りはアパートやオフィスや店からあふれだした人々で騒然となっていた。「電気を失ったら、街の動きは完全にとまってしまいます。暴動のころと同じです」

暴動。わたしが生まれる前も、赤ん坊だったころも、街は暴動だらけだった。ザ・ホープがみんなを煽っていたのだと、パパは言っている。賃金の引きあげや、サービスの向上――誰もが街に何かを強く求めていたのだ。警察は権力を振るって、そうした暴動を押さえこもうとした。当時は夜間外出禁止令と電力不足のせいで、みんな不自由な思いをさせられたらしい。

わたしはうなずいた。トールン・ストリートにとまっている車は、このあともおそらく一日じゅう動かない。でも、うちはここから歩ける距離にある。

どこもかしこも、家事や仕事を放りだして外に飛びだしてきた人たちでいっぱいになっていた。みんな、炎に包まれた発電所を呆然と眺めている。懐中電灯を手に店のなかを歩きまわっている者もいたし、略奪者にそなえて野球のバットを手に戸口に立っている店員もいた。

遠くにジョギング・グループの姿が見えないかと、もう一度あたりを見まわしてみたけど無駄だった。これだけ時間があれば、どこにだって逃げられる。そのあいだにも、通りを包む雰囲気に変化があらわれだしていた。さっきまでショックを受けて呆然としていた人たちが、恐れはじめていた。それに、みんな怒っていた。マッチが擦られた今、街が燃えつきるのは時間の問題だった。

11

夕暮れになると、停電の影響がはっきりとあらわれだした。真っ暗になったノースサイドに引き替え、いつもは薄暗いサウスサイドが明かりの祭典を行っているかのように輝いている。わたしはテレビの音を聞きながらキッチンの窓ガラスにおでこを押しあてて、はるか下の通りを眺めていた。灰が渦巻く通りは、熱を含んでいるにちがいない。そこには走りまわっている機動隊員がいるだけで、歩行者の姿はなかった。

わたしは午後じゅうずっとうちにいた。何時間か前にママの社交友達のフィリス・シェルツとフェルナンダ・クエストがやってきて、仮面舞踏会をどうするか、向こうの部屋で話し合っている。舞踏会は今週の土曜日に開かれる予定だった。でも、街がこんな状態では延期するしかないだろう。

隊列を組んでノースサイドじゅうの暗い通りをパトロールしている機動隊が、アリみたいに見える。あしたも学校は休み。いつもの暮らしは、できなくなっていた。フリート・タワーは緊急用の発電機をそなえているおかげで、今は電気が使えている。でも、もちろん長くはつづかない。燃料はサージが確保してくれたみたいだし、リリィがいつもより高いお金を出して缶詰や保存食品をたっぷり買ってきてくれた。だから、世界の終わりにそなえて用意した貯蔵庫にいるようなものだ。いつ電力が回復するかについては、何も報じられていない。「仕掛けられた複数の爆弾によって、発電所は完全に破壊されてしまいました」と、ニュース・キャスターが言うのを聞いて、テレビに目を向けた。

「警察はマーサ・マークスさん殺害の容疑者について氏名などは公表していませんが、インビジブルの犯行ではないかとの声が多く聞かれています」キャスターが、テレプロンプターに目を向けながらそう言った。

「ノースサイドでは、四カ所の病院が発電機を使って診療をつづけています。主要交差点ごとに設けられたモバイル専用の充電ステーションには、数時間待ちの長い列ができている模様です」キャスターは、さらにしゃべりつづけた。わたしは窓ガラスに鼻をくっつけて、サウスサイドの通りを眺めた。どこもかしこも明かりがついていて、輝かしく栄えているように見える。動きがとまって色をなくしたこのあたりとは大ちがいだ。

まわりは真っ暗で、川の向こうは明るく輝いている。サウスサイドの人たちは、いつもこんなふうに街をながめていたのだ。ノースサイドの街灯は壊れていないし、数もずっと多い。お店や会社だって、たくさんある。何にしても、ノースサイドのほうがずっと明るかった。

テレビの画面には、インビジブルの過去のトランスミッションが映しだされていた。わたしは手掛かりを求めて、それを見つめた。背景になっているカーテン。机に掛かっている旗。徐々にカメラを上に向けて男の手を写しだす、そのやり方。この手に見おぼえはないだろうか？

考えるのよ。わたしは自分に命じた。

シンジケートの誰か？　わたしは小さく首を振った。いいえ、ありえない。インビジブルは、シンジケートとはまったくちがう。それは初めからわかっていた。

「ほんとうに残念ね」フェルナンダがママにそう言っているのが聞こえた。玄関に向かって廊下を歩いているみたいだ。「こんなに頑張ったのに」

「取りやめになったわけではないわ。延期するだけよ」ママが言った。「わたしたちは恵まれているのよ。少なくとも水が使えるし、非常用の発電機もあるわ。それに、子供たちが無事でいてくれるんですもの」

「そうね、ほんとうだわ」フェルナンダがつぶやくように言った。「あのかわいそうな子供の母親だったらと思うと……」

「恐ろしいわ」ママが言った。「ほんとうにぞっとする。市長とベリンダは取り乱しているようよ」

手を見おろすと、腕に鳥肌が立っていた。家に帰ってきた市長とベリンダがどんな光景を目にしたか、わたしにははっきりとわかっていた。

翌日、マダム・ペトロフスキーがリハーサルをすると言ってきた。ノースサイドでは依然として停電がつづき、学校は休みになっている。わたしは午前九時にうちを出て、歩いてバレエ・スタジオ、セブン・スワンズに向かった。発電機を使ってふつうに機能しているビルも十何棟かあったものの、活気を失った通りには陰鬱な空気がただよっていた。聞こえるのは、あたりを延々と歩きまわっている機動隊員のブーツの音だけ。機動隊の一団とすれちがうたびに、彼らの視線を感じた。ヘルメットのシールドはあげてあったから、こっちを見おろしているバカみたいな目は見えた。どの機動隊員も、腰にぶらさげている棍棒に指をかけている。

ゆうべ、街は恐ろしいほど静まりかえっていた。八時以降の外出は禁じられていて、緊急の場合と市役所の職員以外、例外は認められないということだった。フリート・タワー周辺を歩いている人を窓ごしに何人か見かけたけど、みんなコートに身を包んでうつむいたまま先をいそぎ、あっという間に暗闇に消えていった。

リハーサルに行けるのがうれしかった。わたしたちが〈四季〉を踊ることになっている発表会まで、もう六週間を切っている。つまり、集中できる何かがあるということだ。動きたくて身体がうずうずしていた。ママとうちで坐っているなんて、退屈なだけだ。

ヘムロック・ストリートを歩いていると、巨大な目の落書きがあった。縦は一・五メートル、横は三メートルほど。あまりにリアルに描かれているせいで、人を見すかすようなその冷たい目が、歩くわたしの動きをまばたきもせずに追っているように見えた。場所は、ベドラム銀行の裏の煉瓦の壁。黒と白で描かれた目の下に、『インビジブルは見ている』と紫で書かれている。震える手で虹彩の部分にふれてみた。ペンキは、まだ乾いていなかった。

わたしは慌てて手を引っこめ、歯ぎしりをしながらまた歩きだした。誰だか知らないけど、これを描いた人間はさっきまでここにいたのだ。それなのに、わたしはまだあの人たちを見つける手掛かりさえつかんでいない。今朝も、ずっとインビジブルのトランスミッションを見ていたのに、ぴんとくるものは何もなかった。背景の壁にも、これといった特徴はなし。あんな壁から場所を特定するなんて不可能だ。

レベル6の十二人全員が、いつもの調子を出せずにいた。コンスタンスはひどく取り乱しているようで、手も脚もぐたぐたになっていたし、リヴのフェッテはスローモーションにしか見えなかったし、ジェシーはカウントを大きくはずして、みんなの前で二度、そのパートをひとりで踊らされた。

初めの二時間、わたしは強力すぎる心臓をたしなめ、新しくそなわった能力を抑えて踊っていた。鏡に囲まれたスタジオに集中して、フォードのことも、マーサの部屋で見たもののことも、街じゅうの静まりかえった通りにインビジブルが落書きした人を見すかすような目のことも考えなかった。

でも、リハーサルがのびて三時間目に入ると、集中力が途切れはじめた。

そして気がついたときには、宙に浮いている時間がちょっと長くなりすぎていた。わたしは、着地の遅れに先生が気づいていないことを祈りながら、慌ててみんなに動きを合わせた。ふつうの人間が、こんなに長く跳んでいられるはずがない。鏡を見て、自分でさえそう思った。

先生のほうにそっと目を向けてみた。そして、先生がコンスタンスの姿勢をなおすのに夢中になっているのを見て、胸を撫でおろした。

集中するのよ。わたしは自分に言い聞かせた。ふつうの人間らしく動かなくちゃだめ。

そのあとは、他の子たちに合わせるのに八十パーセントくらい集中した。わたしたちは、シャッセのところを何度も何度もくりかえした。うまくこなすには調和を乱さないように力を抑える必要があったけど、なんとかなりそうだった。少なくとも、最初の十分はカウントどおりに動けていた。スピードは、みんなとぴったり合っていたと思う。

でも、同じパートをくりかえして十一回目か十二回目になると、また集中力が途切れ、スクランブル・ヨークの前の歩道に心が戻っていった。フォードのことで頭がいっぱいになったわたしは、脚を高く蹴りあげすぎていたし、ジャンプも高く跳びすぎていたみたいだ。宙に浮いている時間が、ほんの少し長すぎた。

「アンセム！」グランジュテの着地と同時に聞こえてきた先生の怒鳴り声で、わたしは現実に戻った。

「派手に踊る必要はありません」

先生がそう言うのを聞いて、みんながわたしを睨んでいる。そんな視線は気にもならなかったけど、動きが不自然にならないように、これまでの倍、気をつけなければいけない。

わたしは、あまり体力がないティッシュ・タンガーという眉の濃い小柄で黒髪の後輩を選んで、彼女よりも高く跳ばないようにと自分に言い聞かせ、彼女と同じように動くことにした。

レベル6のみんなと踊る自分の姿を鏡でチェックしながらも、インビジブルは何者なのだろうかと、考えつづけていた。

この二日間、インビジブルの二本のトランスミッションを何度も見なおした。手掛かりを求めて、コマ送りで再生してもみた。それで、ニュー・ホープをさがしていると言ったマスクの男のうしろの壁に、大きな『D』の文字が書かれていることに気がついた。その文字は、落書きにしてはまっすぐでふつうすぎた。それは、今朝の発見だった。わたしは画面を静止させて、『D』を拡大してみた。そして、『D』で終わる言葉を、机の上にあった封筒の裏に書いてみた。

『DEAD——死んだ』

『END——おしまい』

『BAD——悪い』

『DOOMED——運のつきた』

そして、答を見つけたわたしは思わず立ちあがった。

『CONDEMNED——使用禁止』

わたしは確信した。この文字なら、サウスサイドのそこらじゅうで見かける。川の向こうには、使用禁止になった建物が何百棟もあるのだ。ノースサイドでさえ、川の近くに行けば、取り壊されるときを待っている使用禁止の倉庫を見つけるのは難しくない。わたしは『D』の横にある、メタリック・マーカーで飾り書きされた文字に目を凝らしてみた。小さすぎて読み取れなかったけど、見おぼえがあるような気がした。でも、どうしても思い出せなかった。それは、今朝も今も同じだけど、なんだかそこまで出かかっているような気がする。

ようやくそれがわかったのは、踊りながらスタジオを横切っているときだった。あの押しつぶしたような文字と、メタリック・マーカーと、独特の飾り書き。

思い出した。**ラスルダウン**だ。

ラスルダウンというのは、ローランズの落書き画家の名前だ。わたしがフォードからボクシングの手ほどきを受けていたジミーズ・コーナーから一ブロックのところにある大きな壁に、ずらりとならんだ窓つきの建物から顔やぎょろ目が飛びだしている絵が描かれている。その壁の隅にメタリック・マーカーで、彼のサインがしてあった。間隔がつまった押しつぶしたような文字だった。ラスルダウン。ローランズのレオナルド・ダ・ビンチだ。筆跡は同じ。まちがいない。

インビジブルは、洪水のせいで人が住まなくなったローランズのどこかで、トランスミッションを撮ったにちがいない。

「アンセム！」先生の怒鳴り声で、いっしゅんにして鏡張りのスタジオに意識が戻った。先生の真っ赤な顔に、疑いと苛立ちの色が浮かんでいる。壁ぞいにぐるりとキャンドルを灯してあるのと、エアコンが使えないせいで、スタジオのなかは蒸し暑くなっていた。「わたしの部屋に来てちょうだい。お話があります」

「あらら」コンスタンスが小さな声でうたうように言った。「ミス・プリマ・パーフェクトも、これでおしまいかもね」

わたしは彼女を無視して、床に目を向けたまま先生のあとについて歩きだした。でも、心は、あの机がある部屋に戻っていた。ここからローランズまでは何ブロックくらいあるだろう？　二十ブロック？　もっと？

「嘘は聞きたくありません。正直に話してちょうだい。どんなドラッグを使っているんですか？」先生が訊いた。声ははっきりしているし、言葉は明確。勘ちがいのしようがなかった。「こんなことは容認できません」

「えっ？」わたしは先生の顔を呆然と見つめた。ドラッグを使っていると思われていたなんて、ショックだった。「そんなもの使っていません。誓います」

「ふつうの状態で、あんなふうに動けるはずがありません」先生はそう言いながらも、わたしの目を探るように見つめていた。「あんなに高く跳べるなんて不自然です」

「ああ……すみません。でも……こつを見つけたんです」

踵が八センチくらいあるキャラクター・シューズを履いている先生が、不信感をみなぎらせてわたしを見おろすように立っている。いつもの黒いショールは椅子の上に投げだしてあって、きれいな筋肉がついたカラメル色の細い肩と腕があらわになっていた。その腕は今、黒いキャミソールの前で組まれている。

風とおしの悪い部屋のなかに、沈黙が重く熱くただよっていた。

「いいでしょう」長々とわたしを見つめたあと、先生がきっぱりと言った。「注意して見ていることにします。あなた方が不法なドラッグを使っているとわかったら、すぐに手を打ちますからね。容赦しませんよ」

わたしはぽかんとした顔をつくってうなずいた。十代の女の子がよく使う武器だ。「はい、すみませんでした。もう二度と、あんなふうには動きません」前屈みになって目をぼうっとさせ、レッスンに戻るようにと言われるときを待った。

でも、頭のなかでは、もう半分ほど川をわたり、ローランズに向かって飛ぶように走っていた。

12

ローランズの通りを歩くわたしの心臓は、すごいいきおいで動いていた。サージの拳銃はブーツとソックスのあいだにしのばせてある。時刻は午前二時三十三分になっていた。

フォードがトレーニングしているジムは、このすぐ近くだ。それでも、今夜の探検のことは彼に話さなかった。元気になった今、フォードは絶対についてくる。そんな危険を冒すわけにはいかない。この前、彼はわたしを助けにきて撃たれたのだ。

このあたりは、どこもかしこも湿っぽくてカビ臭くて、どの建物にもわたしの肩くらいの高さに黒い線がついている。前回の大洪水で、そこまで水があがってきたというしるしだ。

わたしはまず、川とフリーウェイとオリアンダー・ウェイにはさまれた地域のまわりをぐるりと巡ってみた。それから来た道を反対にたどり、通りや路地を一本一本調べてまわった。すごい速さで駆けていたから、爪先はほとんどアスファルトにふれていない。わたしの姿は霞のようにしか見えていないはずだった。数年前の洪水のとき、何週間も水浸しになっていたせいで、もうローランズにはほとんど人が住んでいない。ここにあるのは、使用禁止になっているか、使用禁止にすべき建物ばかりだ。

近ごろ、洪水に見舞われるのはサウスサイドばかりだけど、わたしが生まれる前はちがったみたいだ。そのころ、洪水に悩まされていたのはノースサイドで、川から遠くないうちのあたりが、特にひどかったらしい。当時のノースサイドは、ひと冬に少なくとも一度、水浸しになっていた。

不動産開発業を始めたパパは、まず同業者たちと手を結んで、川の北側の地盤を高くするための再開発計画を立てた。「その際にかしこく振る舞って、春の大洪水のあとに〝捨て値〟で土地を買い占めたんだ」と、パパはいつも自慢している。いくつかのゴミ処理場からトラックでゴミを運んで、その上に土を重ね、地盤が高くなったところですっかり舗装したらしい。

そうしてつくられた丘の上にビルが建ち、それによってパパはベドラムの不動産王と呼ばれるようになったのだ。少なくともパパとママは、そう言っている。その話なら、どれだけ聞かされたかわからない。でも、ノースサイドの丘にビルが建つようになって、サウスサイドが洪水に悩まされるようになったことは、ふたりとも口にしなかった。

当然ながら、誰もが再開発されたノースサイドに住みたがるようになった。そして、その数年後にふたたび大洪水が起きると、余裕がある者たちは荷物をまとめてサウスサイドをあとにした。そうしてサウスサイドはどんどんさびれ、危険な場所になっていったのだ。

何年か前の洪水で、ローランズは何週間も水浸しになっていた。そのせいで、今、電気がとおっているのは、小高い丘になっている中心部のほんの何ブロックかだけだった。ジミーズ・コーナーは、そこにある。今この瞬間、フォードはそこでトレーニングに励んでいるのかもしれない。

何かが動くのを視界の隅にとらえたわたしは、両方の踵をどすんと地面について、ゴミ箱のうしろで立ちどまった。金網のフェンスの向こうにひろがっている空き地の、のび放題にのびた草のなかで、動物がすばやく動いた。黒い毛のなかにうもれているふたつの輝く小さな目が、興味深げにこちらを見つめている。ただのアライグマだった。そのアライグマは、別の何かのふりを——あるいは存在していないふりを——しているつもりらしい。

わたしも同じだわ。そう思いながら、黒いウインドブレーカーのポケットに手を入れて、マスクが入っているのをたしかめた。古い衣装を切って、目が見えるように穴をあけただけの、幅十センチほどの黒いメッシュの長い布だ。それでも、目と鼻が完全に隠れてくれるおかげで、驚くほど効果があった。そのマスクを着けてクロゼットの鏡の前に立ったとき、妙に誇らしい気分になったのをおぼえている。それに黒いフードをあわせれば、変装は完璧だ。

わたしはゴミ箱と空き地から離れ、今度は何ひとつ見逃さないように、スピードをゆるめて走った。通りの先にドラッグの密売所が見えた。ベドラムでは、一足の靴を靴紐でまとめて電線に吊してあるのが、そのしるしだ。電気はとおっていないのだから、電線はただの飾りみたいなものだ。

わたしは、走るのをやめて歩きだした。何気なく見えるよう祈りながら、呼吸をととのえることに集中し、荒い息を抑えた。ドラッグ中毒者にいいところがあるとすれば、従順なところと無防備にしゃべってくれるところだ。

虚ろな目をした顔色の悪いティーンエイジャーがふたり、建物の前の煉瓦づくりの階段に坐りこんでいた。ひとりは女の子で、となりにいる男の子の髪を編んでいる。わたしが近づいていっても、どちらも何も言わなかったし、手をあげて挨拶したりもしなかった。彼らの物憂げな目は通りに向いているものの、心のなかに潜んでいる風景を――もしかしたら深い裂け目を――見つめているみたいな感じだ。女の子の指が、男の子の汚れた金色の髪をゆっくりと器用に編んでいく。コーンロウにしているのだ。小さな輪ゴムがつまった袋が、階段の上に置いてある。そこに貼られたメガマートのラベルに、四十二本入り四十二セントと書いてあった。

ふたりから三メートルのところで、それ以上近づくのをためらった。見た目ほどドラッグ漬けになっていないとしたら、よそ者に敵意を向けるかもしれないし、もっと悪ければあらゆる手を使ってわたしのポケットを空っぽにしようとするかもしれない。

「ハーイ」わたしは言った。

男の子は目をあげずに、小さく手を振った。

「ハーイ。あんた、クスリを買いに来たの？」女の子が、満面に営業用の笑みを浮かべた。「ぺぺを連れてこようか？　こんなこと、もうやめなきゃと思ってたところなんだ」

「いいの……ぺぺをわずらわせないで」左右交互に軽く片足跳びをしながら、慌てて答えた。「昔の知り合いをさがしてるだけだから」

「ふーん」女の子は肩をすくめながらも、手をとめずに五つ編みをつづけた。その器用さに感心せずにはいられなかった。「モルドランズには、人なんかたいしていないよ」

「そうよね。だけど、彼はここにいるはずなの」そう言いながらも、前にこのあたりで見かけた、あの使用禁止の文字とサインのことを考えていた。今夜ここに来る前にも、二カ所でそれを見つけた。ひとつは、剝げかけた黒い壁に銀色のスプレーで描かれた『ラスルダウン』の文字。そしてもうひとつは、ガラスが割れてオシッコ臭いただの箱になってしまった、かつての電話ボックスに黒のマーカーで書かれた『Wダウン』の文字だ。Wダウン――それはラスルダウン《Wrastl Down》のショート・バージョンだ。

「シェイ！」上の階から誰かが呼んだ。「角まで行ってチップスを買ってこい！」

女の子は目を細めて上を見た。

「わかった」腰をあげた彼女が、髪を引っぱって男の子を立たせた。「あんたが払ってよ」彼女は男の子に言った。

彼は鼻を鳴らし、彼女のあとについて歩きだした。

「ねえ……この何週間のあいだに、見なれない男がうろついてるのを見かけなかった？」角に向かっていっしょに歩きながら訊いてみた。

「撮影の機材を持った連中なら見かけたぜ。映画かなんか、撮ってたみたいだ」男の子が言った。どうやら言葉がしゃべれるらしい。

「それ、わたしがさがしてる人たちみたい。その映画に出ることになってるの」そう言った瞬間、さっきとちがうことを口走ってしまったことに気づいてたじろいだ。わたしはシェイと男の子の物憂げな態度を真似、虚ろな表情をつくろってごまかそうとした。でも、ふたりともドラッグのせいで、何も気づいていないかもしれない。「その人たちは、どこにいたの?」

男の子がいやな咳をした。彼が側溝に痰を吐くのを見て、わたしは目をそむけた。「アイビー・ストリートに出て、角を曲がると――」

「その先は、チップス代を払ってくれたら教えてあげるよ」シェイが男の子の脇腹を肘で突きながら言った。「ハイになりすぎだよ。頭がまわってないじゃない」彼女が男の子にささやいた。

「ハイになんかなってるもんか」男の子のコーンロウは、すでにほどけはじめていた。「できるものならなりたいよ」彼は鼻を鳴らした。「ただ、考えるのはきらいなんだ」

ミニサーヴに着くと、わたしに買わせたいものを次々とシェイが指さしていった。ドラッグのせいで力が抜けている分、その腕の動きは荒っぽかった。「スノポップを四つ……あっ、待って、六つにする。それから、ここにあるジャンボクリスプ。それに、チョコバズ……三缶ね」だまって彼女に言われるまま棚から商品を取っていくと、たちまち腕はいっぱいになってしまった。チップスは六袋で、ブレインフリーズ・アイスは二カップ。そうした品物のお金をすべて払って、店員に袋につめてもらった。動作の鈍さから察するに、店員もドラッグをやっているにちがいない。そろって店の外に出ると、わたしは咳払いをした。「オーケー、その撮影班をどこで見かけたか教えて」

「二、三日前のことだ。あいつらは廃院になった病院のなかにいた。ジプサム・ストリートの病院だよ。ERの入口のあたりで見た。どこもかしこもカビだらけ。ほら、余分にあるからさ。絶対、こいつが必要だ」男の子がジーンズのポケットを探って、くしゃくしゃになったブルーの手術用マスクを取りだした。折り目に汚れがついている。わたしに向かってまばたきをしてみせた彼が、よろめいて縁石から落ちた。「ひどすぎ」シェイがため息をついた。「あんた、知りたいのはそれだけ？　だったら、行くよ」

「ありがとう」わたしは男の子に言った。勘ちがいかもしれないけど、彼がドラッグ中毒者バージョンのホープ・サインをしたような気がした。胸の前にかかげた手の指が、クロスしている。

彼の目をのぞきこんだわたしは、そこにたしかな輝きを見た。彼が咳きこみながら笑っている。

わたしは小さく首を振って唇に指をあて、あとずさった。手を振った彼の目は、もう輝いてはいない。ここまでハイになっている人間に、正体を見破られるはずがないと思いたかった。

病院のなかは、どこもかしこも暗かった。ERの待合室のリノリウムの床は、てかてかの泥ですべりやすくなっていて、壁に生えた黒や緑や灰色のカビが大理石模様を描いている。手術用マスクを着けておいてよかった。汚れてはいても、病院の空気を吸うよりずっとましだ。ポケットから黒いメッシュのマスクを取りだして、目をおおった。狂ったアライグマの外科医といった感じだけど、マスクをしていれば顔を見られる心配はない。聞こえるのは、パイプからもれている水がしたたる音だけ。その水滴が、涙のようにゆっくりと壁を流れていく。

カビと泥でべたべたになっているストレッチャーを押しのけて、ERの奥につづく両開きドアを開けてみた。こんな不潔なところに、ほんとうに人がいるのだろうか？　一歩ごとにさらに暗くなり、ネズミの鳴き声が大きくなっていく。不意に踵がすべって、全身に震えが走った。深い泥のなかに足を踏み入れてしまったらしい。何歩か進んでみたものの、また足をすべらせてしまった。壁の手すりをつかまなかったら、顔からころんでいたにちがいない。

そのあと、わたしはぴたりと動きをとめた。背骨が凍ってしまったかのようだった。誰かがバズビールのCMソングを口笛で吹いている。

それに合わせて、頭のなかに歌詞がよみがえってきた。口笛は上から聞こえてくる。それに、足音も聞こえる。わたしは暗い廊下を進み、階段をさがして片っ端からドアを開けていった。

盛りあがりたけりゃ　バズビール
もっとほしけりゃ　バズビール
パーティだったら　バズビール
バズ　バズ　バズ　バズ　バズビール

階段を見つけたわたしは、数段ごとに足をとめて耳をすましながら、慎重に二階へとのぼっていった。口笛は、まだつづいている。

そして、二階にたどり着くと、ゆっくりと廊下につづくドアを開けた。二階は、下ほど泥だらけでもなければ、荒れはててもいなかった。壁がカビにおおわれているのは同じだけど、床は乾いていて埃さえ積もっている。

廊下の先の角で、何かが動いた。影？　ネズミ？　それとも人間？　わたしは頭のなかでバズビールのCMソングをうたって気持ちを落ち着かせながら、サージの拳銃をブーツから取りだした。黒いプラスチックが温かくなっている。人を撃つことを思うと胸がむかむかしたけど、必要ならば撃つつもりだった。

他に選択肢がなければ、やるしかない。

　ゆっくりと曲がり角に近づき、片目をのぞかせて、廊下の曲がった先を探ってみた。その瞬間、背筋を冷たいものが駆けおりた。六メートルほど先に誰かがいる。気がつくと、息をとめていた。動くこともできなかった。

　男だ。わたしほど若くないけど、そんなにちがわない。泥におおわれた靴を履いたその男は、痩せてはいても強そうだった。弾力がありそうな茶色い巻き毛には見おぼえがあった。インビジブルのトランスミッションでしゃべっていた男にまちがいない。

　手が汗だらけになっているのを感じながらも、心を奮い立たせた。行くの？　それとも、こうして凍りついたまま壁にへばりついて立ちつづけている？

　そのとき、男が廊下の中間あたりの部屋に入っていった。こっちの姿は見られていない。

　わたしは床に足がふれないよう、すごいいきおいで廊下を跳んだ。目眩がするほどのスピードだった。

　部屋の前に着地したときには、心臓が痛いほどの速さで動いていた。かつて病室だったその部屋の入口には、手指消毒剤が入ったプラスチック製のディスペンサーが置きっぱなしになっている。でも、部屋のなかにベッドはなかった。あるのは机だけ。そこにはあの旗が掛かっている。

　男は入口に背を向けて、三脚の上のカメラを調整していた。歳は、たぶん二十歳くらい。男の子といったほうがいいような感じだ。机の上の照明が、朽ちかけた部屋にそぐわないほどの明かりを放っている。もう息がつまりそうだった。彼に近づいていくわたしの目に、壁の落書きが映った。『使用禁止』の文字と、それを飾る『ラスルダウン』のサインだ。

　トランスミッションで男が被っているマスクが、机の上に上向きに置いてある。白いプラスチックの硬い殻を顔に被るなんて、意気地なしの証拠だ。

耳鳴りをおぼえながら、そこに立ちどまって見ていると、彼が苛立たしくなるほどゆっくりと振り向いた。マスクをしたわたしを見つめる彼の表情は、くつろいだ感じで落ち着いていた。

「ようこそ」彼が手を差しだして、まばたきした。「初めまして」

こんなふつうっぽい男の子がインビジブルのリーダーだなんて、信じられなかった。

笑みを浮かべた口元から汚れた歯がのぞいている。その目には、ドラッグをやっている人間特有の虚ろな色が浮かんでいた。「想像してたとおりの女の子だ」

わたしはうなずいた。血が高速で身体じゅうを駆けめぐり、手足の先や鼻の頭が期待にうずきだした。

「だったら、わたしが何をするつもりかわかってるのね」

返事を待たずにジャンプした。

拳銃は、ウエストに差しこんである。空中で蹴りあげた泥だらけのブーツの足先が、相手の肩に命中した。その衝撃でよろめいた彼が机にぶつかり、プラスチック製のマスクが床に吹っ飛んだ。何かが折れる音が聞こえた。たぶん彼の肋骨だ。

喉の奥から途切れとぎれの低いあえぎ声がもれている。

それでもインビジブルのリーダーはまっすぐに立ち、腕を振りまわして反撃を始めた。拳が首に当たったけど、動きの鈍い蛾がとまったくらいにしか感じなかった。わたしは、その手を叩くようにして払いのけ、彼の身体を押しやって、机の向こうに落としてやった。驚くほどの弱さだ。でも、こっちを見あげたリーダーの口元には、不思議なことに痛々しい笑みが浮かんでいた。

ベドラムの旗を机から引きはがして、彼のほうに移動した。動きが速すぎて、霞のようにしか見えなかったにちがいない。

「嘘だろ」その声には恐怖がにじんでいた。「何者なんだ？」

「あなたたちに猛烈に腹を立てている、ただの女の子よ。想像とちがった?」答を待たずに、右腕を肩より少し高めにたもってうしろに引き、思いきりパンチを繰りだした。フォードに教わった、相手をノックアウトするやり方だ。こめかみにパンチを食らった彼は、驚くべきいきおいで壁に激突した。目はまだ開いていた。でも、そのまま床に沈みこむとすぐに、瞼が引きつるように動いて、そのまま目を閉じてしまった。

わたしはバズビールのCMソングを口ずさみながら、鍵を使って旗を細長く引き裂いた。サテンはじょうぶだから、ロープ代わりになってくれる。スプリンクラーのヘッドが取りつけられた金属パイプが、天井にのびていた。わたしはまずリーダーの手首と足首を縛り、そのあと切り裂いた布を二本つなぎあわせて、それを金属パイプに引っかけた。そして、その長い布の両端を、それぞれ彼の手首と足首に巻きつけてしっかりと結ぶと、ほどけないかどうかたしかめてみた。ロープの結び方は、九歳のときにガールスカウトで習った。こんなことが役に立つ日が来るなんて、思ってもみなかった。

ロープの結び方と、やさしさと、火のおこし方。ガールスカウトで学んだことは、思っていたよりずっとだいじだったみたいだ。

うしろ手に縛られているせいで、彼の肩は反り返っていて、頭がだらりと垂れている。わたしはマスクを拾って、その顔に被せた。インビジブル。マスクを被ったインビジブルのリーダーが、自分の部屋にいる。

わたしは三脚からカメラをはずしてウインドブレーカーの内側に隠すと、残りの二台がオフになっているのを二度たしかめて、部屋を出た。ドアを閉め、『327号室』と書きとめる。

そして、廊下を歩きながら、警察のホットラインに電話をかけた。「ローランズ病院の327号室に、インビジブルのリーダーがいます」

カメラを手で押さえながら、上へ上へと階段を駆けあがっていく。そして、五階分あがってようやく屋上にたどり着くと、ドアを押し開け、タール紙を敷きつめた屋根の上を駆け抜けながら、あたりに目を走らせた。給水塔の上にアルコーヴがあった。小柄な人間が隠れるのに、ちょうどいい大きさだ。

アルコーヴにおさまったわたしは、手術用のマスクをはずしてポケットに入れた。でも、もうひとつの黒いマスクは着けたままにしておいた。なぜか、それを着けていると護られているような気がする。あとは、警察のヘリコプターが来るのを待つだけだ。

到着までに二十分かかった。腕時計を見ていたからまちがいない。上空に浮かんだ二機のヘリコプターから何十人もの機動隊員が、すばやく屋根に降りたった。みんなヘルメットのシールドをおろして、ウージーをかまえている。

「さあ、始まるわ」誰にともなくつぶやいたその声は、暗い夜にひびきわたる耳を聾するほどのヘリコプターの音に呑みこまれてしまった。「これで最後よ」

これで終わりにするつもりだった。終わりになることだけを望んでいた。シンジケートがギャビンを失ったように、インビジブルもリーダーを失った。あとは警察がなんとでもすればいい。

わたしは、スポットライトより高い位置で回転しているヘリコプターの羽を見ていた。ヘルメットを被った機動隊員が六人がかりで、ストレッチャーを吊りあげている。その上には、プラスチック製の白い手錠をかけられた茶色い巻き毛の男の子が、意識を失ったまま横たわっていた。自分のなかで緊張が解けていくのがわかった。その感覚は、衝撃にも似ていた。たぶん、これを〝安堵感〟と呼ぶのだ。

13

病院の脇についている非常階段を駆けおりたときには、午前四時を過ぎていた。ウインドブレーカーの内側に隠した嵩張るカメラを片方の腕で抱えて、ローランズを走り抜けながら、目眩と勝利感をおぼえていた。何かが――たぶん、〝想像してたとおりの女の子だ〟と言われたことが――心に引っかかっていたけど、無視するよう自分に言い聞かせた。

気がつくと、足が自然に六ブロック先のジミーズ・コーナーに向いていた。

戸口にたどり着いたわたしは、立ちどまって二階の窓を見あげた。明かりはついている。耳をすますと、頑丈なサンドバッグを叩く音が聞こえてきた。バシッ、バシッ、バシッ、バシッ。

この音なら、よく知っている。子守歌や、学校の鐘や、いつも乗っている車が走りだすときの音同様に、耳になじんだリズムだ。ロー、ロー、ハイ、ロー。ロー、ロー、ハイ、ロー。

彼のリズムだ。

フォードに会えると思うと皮膚がざわつき、胸に甘ったるい温もりがひろがりだした。その温かさが、腿に、そして膝におりていく。

わたしはジーンズのポケットから鍵束を取りだし、ここでのトレーニングを始めたときにフォードからもらった鍵をつまみだした。この鍵一本で、ジミーズ・コーナーにあるすべてのドアが開けられる。一分と経たずに、階段を駆けのぼり、足をゆるめてドアを押し開けた。

フォードは、大きなサンドバッグの前にいた。いつか、わたしが部屋の向こうまで吹っ飛ばした、赤いサンドバッグだ。あの夜、ふたりは初めて、わたしのありえない力を目の当たりにしてショックを受けたのだ。ステップからのワンツーをくりかえす彼の顔は、真っ赤になって汗がしたたっていた。表情は、真剣そのもの。わたしが来たことにも気づいていない。

わたしは部屋の真ん中にあるリングのほうに移動し、ロープをつかんで自分を支えた。彼を求めて気持ちが高まっているせいか、彼の顔を見てほっとしたせいか、力が抜けてしまったのだ。初めは完全にプラトニックだったのに、とつぜん強烈に相手に引きつけられるなんて不思議すぎる。まるで、皮膚の下に無数の小さな磁石ができてしまったみたいだ。

手に巻かれた白い包帯と、縫い目のまわりに穴があいたグレーのタンクトップと、白いラインが入ったいつもの黒のトレーニングパンツ。タンクトップの胸のあたりが汗で濡れている。バシッ、バシッ、バシッ、バシッ。**右、右、左、右**。

汗まみれの顔には野性味と半端ではない集中力を感じさせる表情が浮かんでいて、首から肩にかけて血管が浮きでている。

こんなふうにそっと彼を見ているのは、親密すぎるような気がしてきた。わたしは咳払いをして言った。

「フォード」

戦闘モードのまま顔をあげた彼の目は、半ば閉じていて入りこんでいる感じだった。その表情がやわらぐのを見て、頬が熱くなるのを感じた。

「グリーン」それは、フォードがつけたわたしのニックネームだ。

すべらかな片方の頬に笑くぼができた。近づいてくる彼の手は、まだぎゅっとにぎられている。くっきりと盛りあがった筋肉は、もう以前とほとんど変わらない。でも、トレーニングを再開してたった数日で、どうしたらここまでになれるのだろう？　四十八時間ここにいつづけて、ウエイトトレーニングに励んでいたとか？

目の前に立ったフォードは、背が高くて堂々としていた。わたしは、自分がかすかに揺れているのを感じた。ふたりのあいだに電気が走り、小さなうなりをあげている。でも、彼はわたしにふれてさえいない。今はまだ。

「来てくれてうれしいよ」かすれた声で彼が言った。

わたしは震える手でウインドブレーカーのジッパーをはずし、そっとカメラを取りだすと、すぐ横のマットの上に置いた。

「これは？」

長い沈黙が流れた。どう説明したらいいのだろう？「お土産」

「なんの？」彼がゆったりとした笑みを浮かべるのを見て、とろけそうになった。「いったい何をしてきたんだ？」

「ちょっと片づけてきたの」そう答えたわたしの声には安堵感がにじんでいた。でも、もしかしたら誇らしさだったかもしれない。「インビジブルのリーダーを」

フォードの口がぽかんと開いた。「そんなに簡単に？　それで、今やつはどこにいるんだ？」

「機動隊員たちといっしょにいるわ。意識を失ってる。ああ……少なくとも、ちょっと前までは意識を失ってた。目をさましたら頭痛がするはずよ」

「すごいじゃないか」そう言ってうなずいたフォードの目が、誇らしげに輝いた。でも、そこには暗い色もにじんでいた。「助けはいらなかったんだね」軽い口調で彼が言った。「声をかけてくれれば――」

「ひとりで行く必要があったの」わたしは彼をさえぎった。「だって……あなたは、すごく具合が悪かったから」ゆっくりと、すごくゆっくりと、フォードに近づいて、その両腕をつかんだ。彼の上半身の熱が感じられるほど、ふたりは接近していた。

「もうよくなった」フォードの温かい息が髪にかかった。「これまで、こんなに元気だったことはないくらいだ」そのあと、彼がわたしを引きよせた。もうふたりのあいだには、身に着けている服以外、何もない。「無事でよかった。そいつは、きみに打ちのめされたわけだ」その声が低くひびいた。彼の唇がわたしの首筋をさまよっている。そして、ついにふたりは唇を合わせた。

熱帯の暴風雨とキスをしているみたいだった。湿っていて、ワイルドで、強烈で、何が起きるかわからない。

気がつくと、わたしはリングのロープに背中を押しつけられた状態で、脚を投げだして床に坐っていた。膝の裏が床のやわらかなビニールにふれている。どこまでがフォードで、どこからが自分なのか、もうわからなかった。

これまで語らなかったことを、ふたりは今、手と唇を使って語りだしていた。

ぴったりと押しつけられたフォードの身体を感じて、心臓がよじれ、跳ねあがり、すごいいきおいで動いている。彼が少しだけ身を離して、胸の傷に手を当てた。移植のためにジャックスがメスを入れた跡だ。彼が硬くなった関節で、その傷をやさしく撫でている。

わたしの口から小さなあえぎ声がもれた。

それから、ふたりはまたキスをした。両方の脚をフォードの腰にからめ、動きを合わせながら、彼の匂いを吸いこんでみる。

ロープは、もうふたりを支えてはくれなかった。すべるようにマットに倒れこんだわたしの上に、フォードがおおいかぶさってきた。血と汗と埃――リングのマットには、かつての試合の匂いが染みついていた。わたしはフォードの上になって、彼の頭を抱いた。肌が燃えるように熱くなっている。目を閉じると、彼の身体がさらに熱くなっていくのがわかった。わたしは、もう他のどこかに行っていた。初めての場所ではなかったけど、こんなふうに感じたのは――

フォードが悲鳴をあげた。驚いて目を開いた瞬間、彼に押しのけられてしまった。その力は、かなりのものだった。吹っ飛んだわたしは、リングの端にどすんと尻もちをついた。

「痛い」わたしは眉をひそめたまま凍りついた。何がなんだかわからない。ただ、無言でまばたきをくりかえすしかなかった。

「ごめん」そう言って立ちあがったフォードが、行ったり来たりを始めた。彼は真っ赤になっていた。顔だけではなく、首も肩も真っ赤だった。真剣そのものの妙な表情を浮かべていて、首に血管が浮きでている。そのあと何か言いかけたみたいだけど、口を閉じてしまった。

「どうしたの?」わたしは訊いた。

とつぜん元気を失ったフォードが、つらそうに肩をすくめて顔をそむけた。

「わたし、何かいけないことをした?」そう尋ねたわたしの声は小さくなっていた。

「きみのせいじゃない。いけないことなんて、してないよ」フォードが顔をそむけたままうなだれ、壁に向かって答えた。「ごめん」彼が振り向いた。「ただ……今のおれは、いつものおれじゃない」その声には、後悔が色濃くにじんでいた。手をぎゅっとにぎりしめているせいで、腕が赤紫になっている。その色がこんなに際立って見えるのは、白い包帯のせいだ。そこに書かれた答をさがそうとするかのように、フォードが傾斜した天井を見あげた。救いようがないほど混乱しているみたいだ。「ごめん。おれがどんなにうれしいか……こんなふうになれてどんなにうれしいか、きみにはたぶんわからないだろうな。ずっと、こうなることを望んでいたんだ。ただ、なんていうか……自分を取り戻す必要があるみたいだ」

「わかった」うなずいたものの、どうしたらいいのか見当もつかなかった。彼は、いったい何を隠しているのだろう？　いつもなら、フォードのことは誰よりもわかる。それなのに、今は何も伝わってこない。

「また別の夜に試してみよう」距離をたもったまま、彼が言った。わたしが近づくと、彼はあとずさった。

「ごめん」

「フォード」もう一度、言ってみた。「話して。いったいどうしたっていうの？」

彼は首を振った。「帰ってくれ。だけど、悪く思わないでほしい。わかってもらえるかな？」それから、さらに声を落としてつづけた。「きみに夢中なんだ。出逢ったその日から、ずっと。ただ、時間が必要みたいだ。今は……」

訊きたいことは山ほどあったけど、それを呑みこんでカメラを拾いあげた。フォードの言葉なら信じられる。彼には、進み方が早すぎたのかもしれない。こういうことについて、男の子がどう思っているものなのかは、ぜんぜんわからない。男の子に関するわたしの知識なんて、せいぜい針の先くらいのものだ。フォードが時間をかけたいと思っているなら、それでいい。わたしもそうしたかった。ただ、変な感じがするのがいやだった。ふたりのあいだに、よくないことが起こっているような気がする。

わたしは手を振って、ぎこちない足取りでドアに向かった。

「きみがインビジブルのリーダーを見つけたなんて信じられないよ、グリーン。ほんとうにすごいよ」立ち去りかけたわたしに彼が言った。

「今度、ビデオを見せてあげる」部屋を出る直前、彼が笑みを浮かべた。でも、その表情は、つらくてたまらないのにそれを隠そうとしているみたいで、すごく変だった。そんな顔を見たくなかったわたしは、さっと彼に背を向けた。

14

翌朝、寝坊をして目ざめたわたしは、空腹のせいで力を失っていた。指先から爪まで、かすかに青くなっている。ふらふらと部屋を横切って、机の抽斗に隠しておいた箱からオートミール・クッキーをつまみだし、味わいもせずにかみくだいた。そして、しばらく待っていると目眩がおさまってきた。

バスルームに行くと、ついに電気が回復したのがわかった。何度かスイッチを入れたり切ったりして、反応の早さと、その明るさを楽しんだ。発電機では、こんな反応も明るさも望めない。

完璧だわ。顔を洗いながら、わたしは思った。インビジブルのリーダーを捕まえると同時に、電気が回復した。

部屋を出て廊下を歩いていると、キッチンでリリィと話しているパパとママの声が聞こえてきた。

「前の娘さんと同一人物でしょうね」

「まちがいないね」パパが答えた。「しかし、いったいどんなドラッグを使ってるんだ？」

「何を言ってるの、ハリス？」ママが鼻を鳴らした。「市場に出まわっているお薬のなかに、わたしが知らないものがあると思う？」

「あるにちがいない。ドラッグも使わずに、こんなふうに走れる人間はいない」

わたしは凍りついた。そして、廊下の壁に背中を押しつけたまま、**ここにいることを気づかれませんように**と祈った。キッチンの三人は、わたしが映っている映像を見ているにちがいない。パパとママが、自分の娘ではないかと疑いだしたらどうしよう?

「誰だか知りませんが、すばらしい娘さんじゃないですか」リリィがきっぱりと言った。

「女の子っぽい小柄な男かもしれないぞ」パパが何かを食べながら、考え深げに応えた。「ああいう連中を相手にひとりで戦えるなんて、どんな女の子なんだ?」

パパが何も気づいていないことを知って安心するべきなのに、身体がこわばるほどの怒りをおぼえた。わたしは足を踏みだしてキッチンに向かい、戸口に立って大きなあくびをしてみせた。

「こういう女の子よ」ママが、音を消してあるテレビを指さして答えた。見ると、暗い通りをありえないスピードで走っている人間が映っていた。たぶん、監視カメラの映像だ。あまりに動きが速すぎて、かすんだ筋のようにしか見えていない。アングルのちがう、いくつかのざらついた白黒映像を、チャンネル4のニュース・ランドアップがつなげたらしい。

そのあと、画面が切り替わって司会者が映しだされた。タッチペンを振りまわして、スクリーン上に円を描いている彼の唇は動いているものの、消音になっているせいで何を言っているのかはわからなかった。そのあと、さっきの画像がスローモーションで流れだした。司会者が丸で囲った人物に矢印をつけたけど、その姿はまだかすんでいる。それから、さらにスローモーションになり、人物が切り取られて拡大されると、鼻の形と、目をおおっている黒いマスクと、脚が見えてきた。ざらついた白黒画面に、フードを被った女の子らしい姿が映しだされている。

マスクをしていてよかった。これからは、夜に出かけるとき、必ずマスクをしなくてはいけない。フードは跳ねていたけど、髪はちゃんと隠れている。監視カメラの映像は、どれも白黒だった。

「おはよう、子猫ちゃん」パパは手をのばして、わたしのもつれた髪をくしゃくしゃにすると、またテレビに視線を戻した。

「なんてすばらしいんでしょう」映像を見ながらリリィがため息をついた。「警察は、必死でこの娘さんをさがすでしょうね。どうしてこんなに速く走れるのか、知りたいにちがいありませんよ」

わたしは椅子に坐ったまま、身震いした。ジャックスが言ったとおりだ。逆らったら秘密をばらすといって脅したウィルも、まちがってはいなかった。ニュー・ホープはわたしだと誰かに見抜かれたら、この人生は終わる。血液や骨髄や脳を調べられ、あれこれいじりまわされるにちがいない。そんな毎日が、何年もつづくのだ。

それに、わたしが何もかもしゃべったら、ジャックスのこともわかってしまう。それで、医者として名声を得られるかもしれないけど、こんな移植を人間で試すなんて危険すぎると判断されれば、責任を問われることになる。

でも、今のところ、わたしの秘密は暴かれていないようだった。

一時間後、わたしはエレベーターに乗っていた。ママがつけている香水のせいで、エレベーターのなかは甘いレモンの香りでいっぱいになっている。今日のママの装いは、グレーのシルクのシャツドレスにヒール。鎖骨がちょっとだけのぞいていて、いつも以上に痩せて見える。わたしたちは、もちろんママの希望で、仮面舞踏会のためのわたしのドレスをつくりに行くところだった。インビジブルのリーダーが捕まったということで、延期が決まっていた舞踏会が、数日遅れで開かれることになったのだ。美術館再建のための資金集めという目的を持ったその舞踏会の会場は、損傷を受けずに残った美術館の舞踏室。何を着ていくかなんてどうでもよかったけど、ママがふつうの暮らしに戻りたいと思っているなら、それにしたがいたかった。

どんどんさがっていく階数表示を見あげていたママが、不意にわたしの手をつかんだ。驚いたなんてものじゃない。最後にママと手をつないだのがいつだったか、思い出せないくらいだ。

「もうだいじょうぶ。何もかも、うまくおさまるわ」いくら眠い朝でも、そのしゃべり方はぼんやりしすぎていた。「学校も、あしたから始まるそうよ」

「よかった」わたしはそう言ってママの細い指をにぎりかえした。でも、何がだいじょうぶなのか、さっぱりわからなかった。ゆうべのフォードの顔が頭に焼きついていた。とつぜんわたしを押しのけて、帰ってくれと言ったあのとき、彼の目には恐怖の色が浮かんでいた。「ママも、ほっとしたでしょう?」

「ええ、ほっとしたわ」うなずいたママの顔のまわりで、金色の髪が揺れている。こっちを向いたママの目には、不安の色が浮かんでいたけど、それはいっしゅんで消えた。虚ろな目に戻って、ママが言った。「マーサを殺した犯人には、一生刑務所に入っていてほしいわ。そんな人間があたりにいて、何かを企んでいるなんて怖くてたまらないもの」

わたしはうなずいた。ママは、まだ怯えているのだ。その恐怖を抑えるために、ヴィヴィラックスを余分に飲んでいることは、表情のないしゃべり方でわかる。

エレベーターの扉が開いて、わたしたちはロビーに足を踏みだした。色ガラスをはめこんだ壁をとおして射しこむまばゆい光が、フリート・タワーのロビーを虹色に染めていた。

「いい一日になりますように」朝を担当しているドアマンのキャスが、帽子に手をあてて笑顔で言った。

「ありがとう」わたしも笑みを返した。

フリート・タワーの前のフォックスグローブコートは、やわらかな春の日射しに満ちていた。日の光が、こんなに黄色く温かく感じられる時季は他にない。たくさんの人が、ビルの外に出て歩きまわっていた。この数日、通りは気味が悪いくらい静かだったけど、それもついに終わったのだ。年配の女性がママに手を振りながら言った。「すてきじゃない?」

「ほんとうに」ママが、にっこり笑って答えた。ヴィヴィラックスのせいで少しぼんやりしてはいても、その笑顔には安堵の色がはっきりとあらわれていた。それでも、目と口のまわりの皺がいつもより目立っていることもたしかだ。インビジブル騒ぎで夜に出かけられなかったせいで、いつもの注射が受けられなかったのだ。今のママは、ほとんど年相応に見えた。こんなに実年齢に近い感じのママを見るのは初めてだった。「仮面舞踏会にはおいでになるの、レオラ?」

「ええ、もちろんよ」女性が答えた。「絶対にうかがうわ。すばらしい企画ですもの」

わたしたちはフォックスグローブコートを歩きつづけた。今日は、誰も彼もが外に出ているみたいだ。みんな笑みを浮かべて、太陽のまぶしさに目を細めている。ハイタッチしている制服姿のドアマンもいた。小さな女の子が自分よりも幼い男の子を追いかけて、広場の真ん中にある木のまわりを走っている。六歳か七歳くらいに見えるその女の子は、きらきらの黒いマスクをしていた。たぶん、ニュー・ホープの真似をしているのだ。

「グリーンはどう?」ママが言った。「あなたのドレスのことよ。あなたはエメラルド色が、よく似合うわ。それに春らしくていいじゃない。何かの始まりを感じさせる色よ」

歩きながらスズカケノキの若葉をつんだわたしは、そのやわらかさに驚いた。「グリーン? いいわね」もちろんだ。グリーンと聞くだけで、フォードのことを思ってしまう。変なニックネームだけど、彼はわたしをグリーンと呼んでいる。

そのとき、不意に閃いた。こんなことを思いつくなんて、狂っているとしか思えない。でも、その閃きが、ゆっくりとひろがっていくうちに、すごくいい考えのように思えてきた。

「ママ」わたしは怖ずおずと言った。「舞踏会にボーイフレンドを招待したいの。かまわない?」

ママがぴたりと足をとめた。ママの気分をだいなしにしてしまったのだろうか? ギャビンとのことがあったから、ママはまた恐れているのかもしれない。ギャビンはママが認めるような男の子じゃなかったし、彼のせいでわたしは何日も行方不明になっていたのだ。

「もちろん、かまわないわ」ためらいながらも、ママは言った。それから、何かだいじな話をしようとするかのように、咳払いをした。「もう……ウイリアムとの交際をすすめたりはしないわ。そんなことはするべきじゃないって、よくわかったの。それに、あの人とのお付き合いでも、あなたはつらい思いをしたんですもの。ほら、あの……」

ママは、それ以上言えないみたいだった。あの誘拐された人。わたしたちが身代金を払わなかった人。ギャビンの身に何が起きたか、ママはほとんど何も知らない。パパとママには、ギャビンは解放されたと話した。そして、そのあとふたりは別れたことになっている。もう心配したくなかったふたりは、その言葉を信じたかったにちがいない。だから、そのまま信じているのだ。

それがママのやり方だ。わたしはうなずき、小さな声で言った。「ギャビンね」

「もちろんよ。ギャビンのこと」偽名だとわかっていても、ママが彼の名前を口にするのを聞くのは変な感じだった。「とにかく、かまわないわ。あなたがそうしたいなら、誰でも連れていらっしゃい。学校のお友達?」

声が弾んでいる。知りたくてたまらないにちがいない。でも、フォードについてママにくわしく話す勇気はなかった。会えば、気に入ってくれると思いたかった。

「きっとママも好きになるわ」そんな言葉で質問をかわした。いっしゅん、今のおれは、いつものおれじゃないと言ったときの、フォードの姿が浮かんできた。あのとき、彼の首には血管が浮きでていて、顔も首も肩も真っ赤になっていた。とにかく、舞踏会に招待しよう。そうすれば、新しい心臓が他の臓器とつながったように、ハチドリのＤＮＡと人間の細胞が融合したように、わたしのふたつの世界もひとつになるかもしれない。すべてがほんの少し形を変えて、今よりいい何かが――ものすごくすてきな何かが――新しく生まれる可能性だってある。

「きっとね」ママが言った。トールン・ストリートに向かって角を曲がったとき、ヒールを履いたママの足がぐらついた。仕立屋までは、あと半ブロック。

「すごくいい人なの」わたしは手を振り払い、日射しのなかをくるくるまわりながら落ちていく若葉を見つめていた。

15

仕立屋のミスター・タナカは、ざっくりとした地模様と繊細なすべらかさをあわせ持つエメラルドグリーンのシルクシャンタンで、わたしのドレスをつくってくれた。数日後、仮面舞踏会が開かれる美術館の舞踏室に足を踏み入れたとき、そのドレスは第二の皮膚のように身体になじんでいた。裾に飾り結びがたくさんある、布をふんだんに重ねたふわふわのロングスカートに、左右が微妙に非対称になっている細身のボディス。身体に貼りつくようなデザインの効果で、そっとタップを踏むように動いている心臓のすぐ上に、かすかな谷間ができている。

ドレスなら、物心ついたころからずっと着ているけど、こんなふうにドレスを楽しめたことは一度もなかった。いつもは、コスプレ感覚で大人になりきり、挙げ句の果てに人をだましているような気分になって落ちこんでしまう。もっと子供のころは、なりきる相手がお伽噺のお姫さまだった。でも、今夜このドレスを着ているのは……わたしだった。人をだましているような気分にはならないし、子供じみてもいない。今夜のわたしは、まあまあな感じだ。

そう思えるのは、仮面を着けているからかもしれない。こめかみに向かって猫の目のように先が細く尖っている、銀色の仮面だ。髪はいい感じに乱して、頭のてっぺんに盛ってある。

わたしたちは時間ぴったりに会場に着いた。入口に立ったとたん、パパとママは待ちかまえていた年輩の女性につかまってしまった。派手なブルーに染めたアンシンメトリー・ボブの髪と、その色に合ったアイシャドー。おどけた感じに見える唇は、注射で形づくったのが見えみえだ。

わたしはその女性に礼儀正しくほほえむと、その場を離れ、徐々に集まりだした人たちを縫うようにして、広い舞踏室のまわりを歩きはじめた。ウエイターに銀のトレイを差しだされたわたしは、ナプキンを手に、何かで巻いたりシュー生地に包んだりした様々なオードヴルをつまみとった。

フォードとは、ここで落ち合う約束になっている。美術館の入口で、リストに彼の名前が載っていることを二度たしかめた。

こうして見るかぎり、この舞踏室は爆破の影響を受けていない。天井には紫のガラス球が吊してあって、壁にはベドラムの一流芸術家たちによる選りすぐりの大作が飾られている。ママとフェルナンダの働きで、このパーティには〝ヒール・ザ・シティ〟というタイトルがつけられた。そのほうが、美術館再建のための資金がたくさん集まるからだ。

オリーブ・アンと、彼女の母親でありカテドラル・デイ・スクールの校長でもあるウィニフレッド・バングの姿が目にとまった。オリーブ・アンは白いミニのカクテルドレスに、白いクジャクの羽根がついたぴかぴかの白い仮面という出で立ちで、バング先生は暗い色調のピンクのスーツを着て、棒がついた月の形の仮面を手にしていた。部屋の隅にいるふたりは、小さな声で喧嘩をしているみたいだった。すぐ前にマーサ・マークスのための祭壇が設けられているのに、そこに飾られている写真には目を向けてもいない。唇を引きつらせて怒っているふたりの顔は、同じように歪んでいた。

わたしは祭壇を無視して歩きつづけた。直視するには悲しすぎる。

学校の友達も、ぽつぽつと見えはじめていた。仮面を着けてはいても、何人かはわかった。わたしは、きらきらの赤い布で目をおおっているカーリー・フラントに手を振った。彼女のママはノースサイドに何軒もあるブティックのオーナーだ。ラクロス選手のジーン・キーナーもいた。いつも男子チームでプレイしている彼女だけど、シルバーのドレスを着て、棒のついたフルフェイスの黒いマスクを手に持った姿は、すごくすてきだった。こんなふうにドレスアップした友達を見ていたら、なぜか悲しいような切ないような気分になってきた。もうすぐ、わたしたちは卒業する。そうしたら、ほとんどの子たちが、ただの〝前の知り合い〟になってしまう。どんなにさみしくなるだろう？

「めちゃくちゃかっこいいよ！」うしろからザラの声が聞こえた。振り向いたわたしは、彼女ならではのきわどい格好を見てうれしくなった。

「あなた……革の遊び着で来たのね」

「うん。でも、ぴかぴかだよ。あっ、強くハグしないでね。どこか切れちゃうとまずいからさ」ジョークだ。ザラの指にはハサミをかたどった指輪がはまっていた。彼女は大きなダイヤモンドみたいに輝いていた。まるで歩く宝石だ。黒い革のショートパンツにも、ストラップレスのトップにも、クリスタルがちりばめてあって、おでこから鼻先までをほとんどおおいつくしている仮面にも、同じくらいクリスタルがついていた。黒い髪はピンカールでセットしたにちがいない。さわってみると、コンクリートみたいになっていた。たっぷりワックスを塗って固めてあるのだ。

「時間がかかったでしょう？」緊張が少し解けた気がする。ここでフォードに会うのだと思うと不安でたまらなかったけど、ザラといっしょにいる今は少しくつろげた。「すごくすてきよ」

「何時間もかかった」彼女がため息をついた。「ピンもすごくいったしね。あなたも、すごくいい感じだよ。そういう髪型、大好き」ザラがわたしのくしゃくしゃの髪を軽く叩き、巻き毛を耳にかけてくれた。いっしゅん、お互いの髪をいじり合った、九歳のころに戻ったような気がした。「それに、そのドレス！左右がちがってるところがかっこいいよ。ほんと、死ぬほどいい感じ。ああ、ほんとうに死んじゃった。それで、霊になって生き返った」

「ありがとう。でも、死なないで」わたしは手をひらひらさせて、飾り結びがついたスカートを軽く叩いた。

きらきらの仮面からのぞいているザラの目が、わたしの背後の何かに向いた。「彼、頑張ってきたみたいだね。あなたのボクサーくん」

振り向くと、ドアのそばに立ったフォードが、まっすぐわたしを見つめていた。借りもののタキシードを着て、黒いネクタイを締め、白いラインが入った黒のスニーカーを履いている。

すごくフォードらしかった。

ザラといっしょに彼に近づいていきながらも、顔に血がのぼっていくのを感じていた。いそがずに歩く必要があった。スカートを踏んでころんだらたいへんだ。わたしにも彼にも注目が集まるようなことはしたくない。フォードは、きっとすごく緊張している。

でも、彼はすてきなだけじゃなく、くつろいでいるように見えた。タキシードなんて初めてにちがいないのに、少しも窮屈そうに見えなかった。

わたしたちは、ドレスやタキシードを着て仮面を着けた——親しい友達かもしれないし、ぜんぜん知らない誰かかもしれない——人たちのあいだを縫って、ようやくフォードの前にたどり着いた。わたしとザラを見た彼が、息がとまったふりをして咳きこんだ。「ごめん。ふたりがあんまりきれいだから、どうしたらいいのかわからなくてさ」冗談を言いながらも、彼はわたしを見つめていた。

「同じ言葉をお返しするわ」わたしは小さな声で言った。彼のそばにいられてうれしかった。ジミーズ・コーナーでの出来事のあと、電話やメールはしていたものの、顔を合わせるのはこれが初めてだった。ふたりのあいだには、あの夜におぼえた熱さと違和感が、今もそのまま残っていた。

「ウィルが見たら、すっごく焼きもちを焼くね」ザラが耳元でささやいた。

「ウィルのことなんて、どうでもいいわ」わたしはフォードを見つめたまま答えた。ウィルがどう思おうと、もう気にもならない。今夜、気がかりなのは、フォードが楽しく過ごせるかどうかだけだった。ノースサイドの人間たちのなかで、彼が疎外感をおぼえないように、そしてパパとママとの初対面が悲惨な結果に終わらないように、したかった。

「来てくれてありがとう」彼だけに聞こえるように言った。「タキシードやなんかを借りるの、面倒だったんじゃない？　でも、すごく似合ってる」

フォードがあとずさった。「ちょっと変な匂いがするんだ。ごめん」

近づいてみると、たしかに匂いがした。かすかだけど、なんの匂いかすぐにわかった。「あ、あ、あなたがつけたわけじゃないのね？」わたしは彼に笑みを向けた。カテドラルの五年生から八年生くらいの男の子たちが、よくこんな匂いをさせている。少し大人になって、濡れた身体でナツメグのなかをころがった犬の匂いみたいだと気がつくまで、男の子たちはこのコロンを使いつづけるのだ。

「ちがうよ。おれの前にこれを借りたやつが盛大に振りかけたんだ」

「そんなに匂わないよ」彼を安心させてあげた。「それに、あなたがつけてると悪くない感じ」

フォードが真顔になって身を傾け、わたしの耳元に口をよせた。「グリーン、この前の夜のことだけど——」

「気にしないで」彼をさえぎって言った。「わたしはぜんぜん気にしてない。あなたが来てくれて、とにかくうれしいの」

「ただ……もうだいじょうぶだってことを知ってほしくてさ。ああ、おれのことだよ」

「成り行きにまかせればいいじゃない」今ここで、あの夜の話はしたくなかった。今はただ、楽しみたかった。「こうしてあなたが来てくれたっていうのは、ものすごいことよ」

フォードは何か言いかけたけど、ザラにさえぎられてしまった。

「みんなに紹介しなくちゃね」ザラはフォードと腕を組んで、部屋の奥へと歩きだした。「すばらしいクラスメイトたちに、わたしが紹介してあげるよ。アンセムはすごく恥ずかしがり屋で真面目すぎるからさ。せっかくの機会をだいなしにしちゃうか、おどおどして変な感じになっちゃうか、どっちかだよ」

そのとおりだと思ったわたしは、ふたりのあとについていった。ザラが紹介役を引き受けてくれて、ほんとうによかった。

ザラがフォードをセリーナ・スウェリングとアネット・ゴッツに紹介するのを見ていた。カテドラルの序列のなかで、オリーブ・アンとクレメンタインのほんの少し下に位置するふたりだ。どちらも、すごく踵の高いスティレットヒールを履いているせいで、フォードと握手をしながらもころびそうになっている。彼と軽口を叩き合っているふたりの唇が、たっぷりと塗ったグロスのせいできらきらと輝いていた。

「彼、すごくかわいいじゃない、アンセム」ザラがフォードを連れて歩きだすと、アネットが妙に細かい歯をむきだしにして、笑顔で言った。ゴールドの仮面を着けている彼女の茶色い巻き毛は、ゴールドの羽がついたヘアバンドで押さえてある。「よかったね。それに、あなたのドレスすてきだわ」そう言って彼女はわたしの手をぎゅっとにぎった。

「ありがとう」わたしは、彼女の温かい仕草に驚いていた。本心のように思えたけど、八年生のときから、**数学の宿題をちょっと見せてもらえない？**と言われる以外、彼女とはしゃべったこともなかった。「あなたもすてきよ」

卒業間近になって、みんな張りつめていたものがゆるんだみたいだ。校内のつまらない縄張り争いや、バカげたラベルづけは、もうどうでもよくなってしまったのだ。

ウエイターが運んでくる銀のトレイからマッシュルームボールやキャビアの載ったトーストやチーズパ

フをつまみながら、会場内を歩きまわっていたわたしたちは、気がつくとマーサの祭壇の近くに来ていた。一列にならんだ火を灯したキャンドルと、引きのばしたマーサの写真——乗馬用のヘルメットを被っている彼女と、制服を着ている彼女と、プロムのドレス姿の彼女が写ったもの——がならんでいて、その下に家族写真が飾られていた。その一枚に引きつけられて、前に進んでみた。両親といっしょにビーチにいる十歳のマーサが写っていた。日に焼けた三人がそろって笑みを浮かべ、目を細めてカメラを見つめている。隙間があいた歯と、ブルーの目。このときのマーサの前には未来があった。それが今、失われてしまったのだ。ひとりの狂った人間のせいで。

怒りの波が胸を駆け抜けた。グリーンのサテンのハイヒールを履いていたわたしは、ぐらつきながらすばやく振り向き、フォードとザラの姿を求めてあたりに目を走らせた。市長もベリンダも今夜は来ていないみたいだ。マーサが死んだすぐあとに声明を出して以来、誰もふたりを見かけていない。

わたしは復讐したいという思いを必死で振り払いながら、人混みのなかを歩きだした。今はリラックスしてパーティを楽しむべきだ。広い部屋は人でいっぱいになっている。宝石をつけてドレスをまとった女の人や黒いネクタイを締めた男の人が、まわりじゅうを歩いているせいで、ザラとフォードの姿を完全に見失ってしまった。

ウエイターが人混みを縫うように歩きまわって、手際よく客に料理をすすめては、空になったトレイを満たしに戻っていく。

ふたりを見つけると、フォードがピンクシャンパンのグラスをわたしてくれた。「幽霊を見たような顔をしてるぞ」彼が言った。

「マーサのことを考えてただけ」わたしは背筋をのばしてほほえんだ。誰かを絞め殺したがっていることが態度に出ないよう、気をつけなければいけない。「ほんとうにだいじょうぶ」

シャンパンをちょっとなめ、そのあとごくりと飲んだ。泡が舌の上で消えていく。そして、すっかり飲み干したときには、ヒールの上の身体がちょっと軽くなっていた。まだ満たされていない胃にシャンパンは効いた。

ザラが耳元で笑っていて、フォードに肩を抱かれていて、ピンクシャンパンを飲んでいる――今は、それで充分だった。

「この人、めちゃくちゃ堂々としてたよ」ザラがわたしに言った。「オリーブ・アンでさえ、ケチをつけられなかったんだから」

「みんなほんとうに感じがいいね」フォードが笑顔でそう言うのを聞いて、ザラとわたしは吹きだしてしまった。

「なんで笑うの?」

カテドラルの生徒を形容するのに、**感じがいい**という言葉はふさわしくないけど、彼がそう思ってくれてうれしかった。「相手があなただからよ」わたしは言った。「すごいわ。来てくれて、ほんとうによかった」

そのとき、黒いレースのドレスを着たママが近づいてくるのが見えた。フォードに目を向けているママの顔にはわざとらしい表情が浮かんでいて、とりあえずは落ち着いているみたいだった。

「ヘレンに会う心の準備はできてる?」わたしは身をよせて、フォードの耳元でささやいた。

「お母さんのこと?」彼がささやき返した。

わたしはうなずき、ママが何人かの白髪の男の人に挨拶をしているあいだに、彼のグラスを横取りして、シャンパンを半分飲んだ。

「楽しみだな」フォードがネクタイをまっすぐになおした。わたしに向けられた彼の眼差しを見て、だいじょうぶそうだとは思ったけど、まだ心配だった。ママが彼を見下すような態度をとったら、どうしよう？　彼が変なことを言ってしまったら、どうしよう？

「だいじょうぶだよ」フォードと反対側の横に立ったザラが、そう言って手をにぎってくれた。部屋の隅で四重奏団《カルテット》がベートーヴェンを奏ではじめた。これが、パパとママの合図だったにちがいない。「フォードは、娘のボーイフレンドにしたい男の子ナンバーワンって感じだもの」

ママがわたしたちの前に立った。右手にシャルドネのグラスを持っている。「こんばんは」ママはフォードを見て眉を吊りあげた。「アンセムの母のヘレンよ。今夜は、ごいっしょできてとても喜んでるのよ」ママが何を思っているか、手に取るようにわかった。**ハンサムだわ。初めて見る顔ね。あらっ、スニーカーを履いてるの？**

「ああ……ママ、彼が……わたしの……」口を開いたものの、何を言っているのかわからなくなってしまった。シャンパンは、なんの役にも立ってくれなかったみたいだ。

まごついているわたしを救ってくれたのは、彼だった。「フォードです。初めまして、ミセス・フリート。お招き、ありがとうございます。すばらしいお嬢さんをお持ちですね」それだけ言うと、フォードはにっこり笑った。いかにも誠実そうな茶色い目が輝いている。

ザラの言うとおりだった。フォードは、人を魅了する方法を知っているのだ。

「ヘレンと呼んでちょうだい」ママが晴れやかな声で言った。「それに、そんなふうに言ってくださって、ありがとう。アンセムのことは、とても誇りに思っているの」

フォードは、美術館再建の資金調達のための苦労について、ママに尋ねはじめた。ママがそれに答え、そのあと彼のことを訊きはじめた。でも、質問は彼の希望や夢にかぎられていた。生まれや、ふたりが出逢った経緯については、訊かないことに決めているらしい。

それから、満面に笑みを浮かべてパパがやってきた。真っ白な輝く歯と、お洒落なスタイルにジェルで固めた髪。そっとフォードに目を向けてみると、彼は礼儀正しく手を差しだしていた。

「きみがアンセムの謎のお相手だな」パパがわたしにウインクしながら、フォードの背中を叩き、彼と握手をした。

「ミスター・フリート、お目に掛かれて光栄です」フォードが咳払いをして背筋をのばすと、身長がパパとほとんど同じになった。

「ぼくも光栄だよ、きみ」**光栄だよ、きみ？**　わたしはすばやくザラに目を向け、肩をすくめながら目を見開いた。思っていたより、ずっといい感じだ。パパもよけいなことは言わないようにしているみたいで、フォードのプライバシーにもわたしのプライバシーにも立ち入らずに、礼儀正しい会話をつづけている。

「美術館の破壊された棟を再建するのに、どのくらいかかると思う？　九カ月で完成するだろうか？」

「難しい質問ですね」フォードが笑いながら言った。彼は建築については何も知らないし、まちがったことは言いたくないにちがいない。

「九カ月で完成させるといって、工事に入札するつもりなんだ。ここだけの話だが、実際は十八カ月かかるだろうね。はっ、はっ！」パパは少しウイスキーを飲んでいる。そのせいで気がゆるんで、おしゃべりになっているみたいだ。ハリス・フリートの千ワットの笑顔が、銀河のあいだで仲間をさがしている宇宙船のライトなみに輝いている。

「だいじょうぶ、フリート・インダストリーズが落札しますよ」パパの冗談に調子を合わせて、フォードが言った。彼は質問攻めにあうこともなく、くつろいでいた。パパもママも、彼の出身地や意図を尋ねたりはしなかった。

サウスだろうがノースだろうが、関係ない。急に、そんな感じになっていた。少なくとも、今は、今夜は、そんな感じだ。パパもママも、ギャビンの一件で学んだのかもしれないし、わたしがフォードに本気で熱をあげていないことを祈っているのかもしれない。でも、単に今夜は喧嘩をしたくないだけだという可能性もある。たぶん、そのどれかだ。理由は何にしろ、とにかくうれしかった。

ザラがわたしの脇腹を強く突いた。どういう方法で美術館を再建するのがいいと思うか、フォードに尋ねたパパが、彼の意見に耳を傾けている。何基ものクレーンを使って、すべてを同時に吊りあげてはどうかというのが、フォードの考えだった。どんなふうにするのか、彼は両腕を使って説明している。顎を撫でながらうなずいたパパが、それにはトラクターとくさびと滑車も必要だと言った。「落札できたらきみを呼ぶよ。今の話を、あらためて聞かせてくれ」パパが冗談まじりに言った。

フォードがあげた笑い声は、本物みたいだった。お腹から出てくる彼の笑い声が、わたしは大好きだ。

「娘のボーイフレンドにしたい男の子ナンバーワン」ザラがささやいた。「言ったでしょ」

「フリート・インダストリーズについて、ずいぶん読ませていただきました。あの新しいスタジアムの建設プロジェクトのことです」フォードが言った。

そうなの？　ちらっと目を向けたわたしを無視して、彼はつづけた。「もうすぐ工事が始まるんですよね？」

パパがうなずいた。「頭痛の種は山ほどあるが、それが片づきしだい着工する。興味があるなら、そのうちオフィスによるといい。オフィスのなかを案内して、スタジアムの建設計画を見せよう」

「ほんとうですか？」フォードに目を向けられて、わたしは肩をすくめた。わたしも彼と同じくらい驚いていた。「ありがとうございます、ミスター・フリート。きっとうかがいます」

「ハリスと呼んでくれ」パパはフォードに笑みを向けてわたしにウインクすると、すぐにその場をあとにした。見ると、部屋の向こうから年配の男性がふたり、パパに手を振っていた。

「ごめんなさいね。あの方たちは、このパーティの出資者なの。話がしたいみたいだから行かなくちゃ」

ママは、ほほえみながらフォードにそう言うと、パパのあとを追って人混みのなかを歩きだした。

「なんとかなったみたいだ」フォードが言った。「感じのいいご両親だね」

わたしはうなずいた。パパもママも、そうしようと思えば感じよく振る舞える。ふたりがフォードの前で、感じのいい両親でいてくれてよかった。でも、パパとママがほんとうに彼を気に入った可能性だって、ゼロではない。この先、また彼に会いたいと思ってくれるかもしれない。フォードが、なんの無理もなくあたりまえに、うちに出入りするようになることだってありえる。

うれしくなったわたしは、フォードとザラと連れだって会場を歩きながら、ロングドレスに隠れてパドブレのステップを踏んでいた。ウエイターが気を利かせて、わたしの空になったグラスをシャンパンが入ったものと取り替えてくれた。シャンパンのせいで、ちょっとくらくらしてきたし、うきうきもしてきた。粉々になっていた人生がひとつになって、新しいすてきな何かが生まれようとしているのだ。

そんな思いに身をまかせていたわたしは、部屋の向こう端でシャンパンタワーがくずれてグラスが割れても、特に警戒はしなかった。女性の悲鳴を聞いても気にもならなかった。

でも、そのあと四人のウエイター――三人は男で、ひとりは女だった――が、足早に部屋の真ん中に向かって歩いてくるのが見えた。それほど不自然ではないものの、トレイを持っていないのが気になった。それに、腰に巻いている黒いエプロンも、なんだか変だった。何かの重みで引きつれて、凸凹になっている。

四人の顔には、ぞっとするような笑みが貼りついていた。

16

「うしろにさがってください」笑みを浮かべたウエイターのはっきりとした大きな声が、ベルのようにひびいた。四人は横一列になって前進している。

「聞こえたでしょう？　どうぞ、うしろにおさがりください」別のウエイターが言った。彼は笑っていない。口を歪めて、しかめっ面をしている。ていねいな言葉を使ってはいても、有無を言わせない口調だった。「今から短いトランスミッションをごらんいただきます。われわれのスポンサーからのプレゼントです」

照明が落ちて部屋が暗くなった。わたしは部屋の片側に追いやられてかたまっている人たちに目を走らせた。ママが怒りに顔をくもらせて、部屋の奥に向かって歩いている。その歩調は大股すぎて不自然だった。警備員を呼ぼうとしているにちがいない。プログラムがわかっているママがあんなふうに慌てているのだから、これは演出ではありえない。

入口に目を向けてみた。わたしたちが来たときには、あちこちに警備員がいたのに、タキシードを着て耳からワイヤーをぶらさげた、あの無表情な大男たちがすっかり姿を消している。

四人のウエイターが背にしている部屋の向こうの壁に、天井の細いスリットから大きな白いスクリーンがおりてきた。「見たくないな」フォードが言った。「それにしても、警備員はどこに行ったんだ？」

わたしは彼の腕に手を置いて、二手に分かれようとしらせた。そのほうが、広い範囲をカバーできる。

「様子を見てこよう」

三人置いた向こうにいるザラは、興味津々の〝お楽しみモード〟に入っているみたいだ。わたしは向きを変え、人混みを縫って部屋の奥へと進んだ。プロジェクターから白い光がひと筋、放たれている。暗いなかで窮屈そうに身をよせ合っている人たちの顔には、不安げな表情が浮かんでいた。フォードは、反対側に向かって歩きだしている。

そのとき、わたしの背後でトランスミッションが始まった。

やめて。

砂嵐のノイズを聞いて気持ちが沈んだ。何が始まるのか、どこかでわかっていた。振り向いたちょうどそのとき、上に向かって徐々に明るくなりだしたスクリーンの砂嵐のなかに、インビジブルの人を見すかすような冷たい目があらわれた。

そして、次に映しだされたのは、クレヨンで目鼻が描かれた稚拙な感じの白いマスク。そのマスクを茶色い巻き毛が縁取っている。**あの男だ。**ベドラム刑務所の重警備棟に入っているはずの、あの男だ。「わたしが自由の身でいることを知ったおまえたちの気持ちを思うと、哀れでたまらない。わたしが捕まって、ずいぶん喜んでいたようだ」プラスチックのマスクをとおして、不気味な笑い声がひびいた。脱獄したの？　それとも釈放された？

「しかし、わたしはおまえたちが思っているほど簡単には捕まらない」その言葉がナイフのようにわたしを切り裂いた。不意に、はっきりとわかった。あれでは、いくらなんでも簡単すぎる。わたしが捕まえたのは偽物だったのだ。

わたしは、心臓が船外エンジンよりも大きな音をたてているのを意識しながら、フォードのほうへと歩きだした。まわりには、ずっと前から知っている人たちがおおぜいいる。ここでウエイターたちに飛びかかるには、目撃者が多すぎた。

「プロジェクターを壊さなくちゃ」フォードの前にたどりつくと、小さな声で言った。「あの人たちをとめるには、暗くする必要があるわ」

わたしは年配の女性グループを回避するように、そのまわりをとおりすぎた。部屋の奥のプロジェクターの下にたどり着くまで、人の列があと三列ほど。薄暗がりのなかでも、すぐ横にフォードがいるのはわかっていた。

「誰もが幸せでいられる状況をつくりだすことは、けっして不可能ではないと、わたしは思いたい」物憂げにしゃべる男の声は、コンピュータで変えてあった。「街の不公平が正されれば、誰もが小さな幸福を見つけられる」

あなたを捕まえたと思いこんでいた。わたしは心のなかでそう言いながら、マスクの男を睨んだ。

「残念ながら、ほとんどの者が分け合うべき金を、まだ差しだしていない」彼はつづけた。「財産の半分を出してほしいと頼んだにもかかわらず、ちょっとした手助けがなければ実行に移せないらしい。そこで今日、われわれは集金に来た」

もう少しでプロジェクターの下にたどりつく。でも、そのとき人混みの中心あたりで騒ぎが起きた。部屋の手前のほうにいる四人とは別のウエイターが、部屋の真ん中に設えた台に置かれていた白いガラスの鉢を三人がかりで持ちあげている。鉢のなかには、今夜みんなが美術館再建のために寄付したお金がぎっしり入っていた。タキシード姿の男たちが鉢を取り返そうとウエイターにつかみかかると、人混みのなかから叫び声があがった。あまりに人が多すぎて、何が起きているのか見えなかった。

そのすぐあと、鉢が床に落ちて割れる音がしたかと思うと、さらに大きな叫び声や怒鳴り声があがった。ウエイターが客に殴りかかったみたいだ。最悪だけど、少なくともみんなの注意は引いてくれる。今、うしろにいるわたしたちに目を向ける者は、ひとりもいない。どんなに高く跳んでも見られる心配はなかった。

部屋の奥にたどりついたわたしは、フォードを見て天井を顎で示した。そこから、ひと筋の光が放たれている。

フォードはうなずくと、こちらに背を向けて床に跪《ひざまず》いた。わたしは助走をつけてジャンプし、彼の背中と肩で足を踏みきって、さらに高く跳んだ。心臓がすごい速さで動いている。必死で宙を蹴りながら思いきり手をのばし、その手がプロジェクターのレンズをつかむと、力いっぱい引っぱった。音をたててはずれたレンズは、次の瞬間、手のなかで力を失っていた。

部屋は真っ暗になった。みんなが叫び声をあげている。わたしはフォードといっしょに、人混みを避けて壁にふれながら走った。部屋の正面にたどりつくまでにかかった時間は、ほんの数秒。暗闇になれた目に、すぐそばに立っているウエイターの姿が影となって映った。わたしは震えながらも、その影に飛びかかった。ウエイターは声もあげなければ、ほとんどもがきもしない。わたしが彼を殴っているところも、首に手をのばしたところも、誰にも見られていないはずだった。

でもそのとき、すぐうしろからカチッという音がつづけざまに聞こえてきた。そして、そのあとシューッという音がした。なぜかウエイターの首をつかんでいる手から力が抜けていく。

「全部だ」叫び声にまじって、そう言う声が聞こえた。「早くしろ」

真ん前で、また何かが連続してカチッと鳴り、木の床に金属がぶつかる音がした。そのあと聞こえてきたのは、気体が噴きだすようなシューッという不気味な音だった。

そのとき不意に明かりがつき、まわりの様子が見えた。もう遅すぎる。

ガスマスクを着けたウエイターがふたり、白いぴかぴかの缶を次々に宙に投げている。どの缶からも、濃いピンクの煙が噴きだしていた。目の前にころがっている缶を見たわたしは、息をとめてよろよろとあとずさった。ウエイターがにやりと笑い、マスクを被った。

なんとかできるはずよ。そう思った次の瞬間、缶から噴きだしている有害なピンクの煙をたっぷりと吸ってしまった。口と鼻を手でおおってはみたものの、遅すぎた。もう、まともに考えることもできなかった。効果があらわれるのに充分な量のガスを吸ってしまったのだ。綿菓子とガソリンがまじったような味と、紛れもない恐怖の味がする。

足が床に糊づけされてしまったように感じた直後、わたしは身を震わせて笑いだした。大きな笑いの波が、絶え間なく肋骨を強打する。苦しくてたまらなかった。

ハッ、ハッ、ハッ、ハッ、ハッ。

笑い声が、まわりじゅうにひびきわたっている。みんな顔を引きつらせ、身体を震わせて笑っていた。

ヒッ、ヒッ、ヒッ、ヒッ。

ハッ、ハッ、ハッ。

何百人もの口からもれだす、マシンガンみたいなスタッカートの笑い声があたりを満たしている。そのヒステリックな笑い声がまざりあい、だんだんと苦痛の叫びのように聞こえてきた。笑いのせいで震えている胃が、激しく痛んでいる。暴力的にも思えるその感じをとめることはできなかった。

涙が顔に流れだした。ピンクの煙のせいで視界がぼやけ、すべてがビックリハウスの歪んだ鏡をのぞいているみたいに見えていた。人の顔はよじれて縦長になっているし、部屋は隅に向かって傾いている。叩いたら音が鳴りそうなくらい、何もかもがピンと張りつめていた。

耳のなかでひびいている自分の苦しげな**ハッ、ハッ、ハッ**の声が、耳の奥から脳へと伝わっていく。重心を失ったわたしは、気がつくと下に落ちはじめていた。

床に膝をついても、ガスの効果は振り払えなかった。わたしは肩を震わせて笑いつづけた。

わずかに残っている力をかき集めて、ほんの少し振り向いてみると、右うしろにフォードがいた。真っ赤になった顔を恐怖に歪めて、身をふたつに折って笑っている。彼もその場から動けなくなっているようだった。パパとママの姿を求めて、人混みに目を走らせてみた。着飾った人たちが、前のめりになってお腹を抱えて震えている。その大きく開いた口からは、吠えるような声や叫ぶような声がもれていた。みんな笑いすぎて死にそうになっているのだ。

それでもなお、トランスミッションが流れだしたのを見て、わたしはぞっとした。画像はすごく小さくなっている上にぼやけてもいたけど、音はかなり大きかった。

「この街の人間がみんな平等に暮らせる兆しが見えはじめるまで、おまえたちの最もたいせつな財産をあずからせてもらう」単調な声が言った。

ウエイターはどこにいるのだろう？　少し前から姿が見えなくなっている。ピンクの煙は、依然としてうねりながら天井に向かって噴きあげていたけど、必死の思いで床から膝を離し、なんとか立ちあがった。両手で口と鼻をおおってはいても、息を吸った瞬間、気を失いそうになるほどの苦しい笑いがこみあげてきた。それでも、とにかくまっすぐに立ちつづけた。

「今から四十八時間以内に、サウスサイドに一億ドル寄付してもらいたい。寄付がなされないまま四十八時間が過ぎたら――」その単調な声がとぎれると同時に、笑いの大波に襲われて床に倒れこみそうになった。「日を追うごとに、たいせつな財産が失われることになる」

わたしは自分に言い聞かせた。**わたしは、たいていの人よりも長く息をとめていられる。他の人にはできなくても、わたしにはできるはずよ。**

鼓動が激しく肋骨を打っている。足をあげて一歩踏みだすだけでもたいへんだった。それでも、身を震わせて悲痛な笑い声をあげている人たちのあいだを縫うようにして、ゆっくりと人混みの中心から端のほうへと進んでいった。顔には涙が流れているし、苦痛でしかない笑いの波が身体じゅうを駆けめぐっている。

足を引きずって歩きながらも、割れたシャンパングラスのかけらを蹴飛ばさなければならなかった。

そして、部屋の奥に目を向けたわたしは、〝たいせつな財産〟の正体を知ることになった。苦しそうに顔を歪めて震えながら笑っている子供たちが、十人ほどのウエイターに引きずられていく。子供たちは、たぶん八人か九人。歳はわたしと同じくらいか少し下に見える。ウエイターは全員、あらゆる方向に管が突きだしている、プラスチック製の呼吸装置がついたマスクを被っていた。**やめて、やめて、やめて。**距離がありすぎて誰なのかはわからなかったけど、このパーティに出ているのだから、街の有力者の子供にちがいない。**たいせつな財産だ。**ウエイターが力の抜けた子供たちの震える身体を、脇の下を抱えるようにして引きずっていく。その先にはドアがあった。

そこまで、三十メートル。わたしは、まだ息をとめていた。**行きなさい。**自分に命じた。**頑張って歩くのよ。**

両足にそれぞれ四十五キロの錘をつけているような感じだったけど、とにかく歩きつづけた。

部屋の奥に向かって足を引きずりながらも、酸欠のせいで星が見えだしていた。それでも、これ以上ガスを吸うことを恐れて息は吸わなかった。

あと二十メートル、十五メートル……。そして、九メートルのところに迫ったときには、ほぼ全員がドアを抜けようとしていた。ほとんどの子供が仮面を着けたままだったけど、着けてない子供も何人かいた。かなり小さな子供もふたりいる。一級下のセレスティアル・ディールもいた。そして、有名な両親を持つジャスパー・カウルに気づいたわたしは、胸が痛くなった。ジャスパーは、まだ十歳にもなっていない。

あんなふうに引きずられたら、小さくて華奢な彼の腕は折れてしまう。そのあと、ウィルがいるのが見えた。身長百八十センチ、体重八十六キロの大きくてたくましい彼を、エプロン姿のウエイターがふたりがかりで引きずっている。抵抗しようと足をばたつかせてはいるものの、その動きは鈍くて、笑いながら苦しげな叫び声をあげていた。

マスクを被ったウエイターにドアの外に引きずられていく直前、ウィルがまっすぐこっちを見た。涙が流れていたけど、燃えるように目が輝いていた。そこには恐怖の色とは別の何かがあった。**助けてくれ**と訴えていたのかもしれないし、**赦してくれ**と言っていたのかもしれない。

視界の隅が暗くなりだしているのを感じながらも、ふらつく足でドアに向かって必死で歩いた。息はできるだけ吸わないようにしていたつもりだけど、ガスのせいで反応が鈍くなっている。一分後、ドアの前にたどりついてみると、子供たちの姿は消えていた。わたしは廊下に出て思いきり息をすると、耳を全開にして足音を立てずに走りだした。ハッ、ハッ……ガスの効果の名残で、時々小さな笑い声がもれている。身体の大きな警備員が八人、白いプラスチック製のジップタイできつく手を縛られて、廊下で気を失っていた。

わたしは、いくつもの展示室をスローモーションで駆け抜けていった。古代ギリシャの——頭部のない女性や、腕のない少年や男たちや、抱き合っている恋人たちの——美しい大理石像をよけて、ジグザグに進んでいく。

あの子たちは、いったいどこに行ったの？　どうして、この脚は思いどおりに動いてくれないの？

ついに、わたしは破壊された棟の傷口ともいうべき部屋にたどりついた。三方の壁と天井が灰で真っ黒になっていて、奥の一面には壁の代わりにグレーの薄い防水シートが張ってある。その隅がぱたぱたしているせいで、被爆区域が見えていた。あらゆる方向に突きだしたワイヤーや金属ボルトに、薄い化粧板を被せてあるみたいだ。なんだか、全空間を使った現代美術の展示《インストレーション》を見ている気分だった。

部屋の奥に向かって猛然と走り、息をとめて防水シートをまくってみた。暗い夜のひろがりに、人影は見られなかった。子供もマスクをしたウエイターも、どこにもいない。影も形も見えないし、叫び声さえ聞こえなかった。

もうすぐ夜が明ける。何時間も寝返りを打ちつづけていた彼は、ついにベッドを出て窓辺に立った。街の明かりがとどいていないあたりに、星が七つ見えている。埃っぽい灰色を帯びた夜のエグザビアの眺めは、何かの兆しのようにも感じられた。

彼は振り向いて、暗い空間に目を走らせた。リビングとキッチンとバスルームに、ベッドルームがひと部屋あるだけだったが、今のふたりにはそれで充分だ。ここは街のはずれ。エグザビアのうねった小路や農地が始まる手前にCの形を描いて建つ、二棟の大きな煉瓦づくりのアパートの一室だ。暖房はしょっちゅうとまるし、蛇口から出てくる茶色い水は十五分沸かさなければ飲めない。その上、漆喰の天井にはいくつも穴があいていて、上の階の住人が風呂を使うたびに水がもれてくるし、裂け目だらけの床を歩くにはソックスが欠かせない。

それでも、とりあえず屋根はある。

家具は、どれも彼女がそろえた。遠くのどこかから引きずってきたラグと、ゴミの日に道端で見つけてきた椅子と、自分の金を使いはたしてしまう前に奮発して買ったふたりがけのソファ。それに、フライパンや鍋もいくつかある。

時計を見ると、午前四時六分になっていた。彼は、ふたりのベッドで眠っている彼女に目を向けた。最近カットした短い髪が、つんつんと立っている。

いっしょに暮らすようになって八カ月が経っていた。彼は川辺で、船からおろされた荷物をドックに運ぶ仕事をしている。夜に外出することは、このところ極端に少なくなっていた。彼が煽った暴動は、すでに手を離れていきおいづいている。みんな安全と、公平な扱いと、仕事を求めていた。夜の通りに残っている犯罪者を捕まえに外出するのは、もう月に二回くらいになっているのに、新聞には毎日のように彼の記事が大きく載っている。

彼がつけた火が、街じゅうにひろがっているからだ。それが大きな炎になることを、ふたりは祈っていた。そうなれば、何かが変わってくれるかもしれない。

彼は、またいつもの心配を始めた。もっと遠くに引っ越す必要があった。街を離れて、農業をして暮らすしかない。首に賞金を掛けられているのは彼だけではなかった。彼女もだ。ただし、彼女のほうは、生きた状態で捕まえるように求められている。

八カ月前、彼女は意を決してふたりのことを両親に話したが、うまくいかなかった。すぐに別れなければ外国の全寮制の学校に入れると父親に脅された彼女は、その夜のうちに目を泣き腫らして彼のところにやってきた。「もう二度と帰らない」彼女は言った。「これでよかったのよ。これからはふたりで暮らせる。なんだって好きなことができるわ」前の前に住んでいた、窓から兄弟橋の明かりが見えるアパートにいたときの話だ。

「おやじさんが、さがしにくるにちがいない」

そう言った彼に、彼女は鼻を鳴らして応えた。「来るでしょうね。だから、遠くに引っ越す必要があるわ」

それで、ふたりは今ここにいるのだ。まわりには、英語をしゃべる人間はほとんどいない。ここは夜中に住人が大喧嘩をするようなアパートで、バスルームの暖房用のパイプを伝って女性や赤ん坊の泣き声が聞こえてくる。みんな生きるのに忙しすぎて、レジーナ・フリートがすぐ近くにいることにも気づかない。娘を無事に連れ戻すためなら大金を差しだそうという父親を持つ女の子の存在にも、生きていようが死んでいようが連れてくれれば数十万ドル払うとシンジケートが言っている男の子の存在にも、誰も目をとめたりはしないのだ。

変装のために髪をブルーがかった黒に染めて、彼と同じくらい短くカットしているレジーナは、男の子のようなその髪型のせいで、以前の彼女とはほとんど別人に見えた。ここでの彼女は、十ブロックほど離れたぱっとしない市場に出かけて、少しでも安い食材をわずかばかり買って帰り、食事をつくっている。七階に住んでいるセリーナという女性に、乾燥豆に肉を少量入れて茹でる料理や、スパイスを利かせた米の料理を習ったおかげで、彼女がつくる食事は、料理人がいる家で育った娘の手料理とは思えないほどおいしかった。

彼はふたたび窓の外に目を向けた。動きたくてたまらなかった。外に出て歩きまわれば、心が落ち着くかもしれない。仕事に出かける時間まで、一時間弱。ベッドには、夜の寒さをしのぐために何とか手に入れた六枚の薄い毛布が掛かっている。いちばん厚手のものを最後に載せるという順番さえまちがえなければ、充分温かい。それでも、いまさら横になっても意味がない。彼の胸は不安でいっぱいで、息をするのも難しいほどだった。

落ち着け。彼は自分に言った。問題なんて何もない。うまくいくにきまってる。何か方法が見つかるはずだ。最近は眠れないこともたびたびだったが、そんなときはいつも心のなかでそう言っている。ヒツジをかぞえるように、何度も何度もそうくりかえす。

彼は音をたてずにジャケットを着ると、キッチンのカウンターに置いてあった財布をつかんだ。市場まで行ってみるつもりだった。あそこなら、こんな時間でもやっている。ミルクと焼きたてのパンを買ってこよう。おいしそうなものがあったら、それも買ってこよう。彼女が喜ぶような何かがほしかった。彼女の機嫌がよければ、引っ越しの話を切りだせる。悪いことが起きる前に、このアパートを出る必要があった。

ふたりの首に懸賞金が掛かっている以上、ここに住みつづけるわけにはいかない。

彼は忍び足で廊下に出ると、ドアを閉めて鍵をかけた。チェリーがいい。チェリーがあったら買ってこよう。

レジーナは廊下の足音で目をさました。その足音がドアの前でとまった。そう思った瞬間、彼女は警戒した。ここを知っている人間が何人かいる。ついにシンジケートがあの人たちから情報を得て、彼を捕まえにきたのかもしれない。薄暗がりのなか、彼を起こそうと手をのばした。でも、毛布と冷たい枕にふれただけだった。どこにいるの？　彼女は時計を見た。午前四時五十三分。早めに仕事に出かけたのだろうか？

さっと起きあがって、裸足のままバスルームに行ってみた。誰もいない。レジーナは小さなアパートのなかをくまなくさがした。狭いアルコーヴさえのぞいてみた。バカげているとは思ったが、必死の思いでクロゼットまで開いてみた。

彼はここにいない。

どうしたらいいんだろう？　レジーナは恐怖のせいで狂ったようになりながら、ドアを見つめた。それから、できるだけ音をたてないようにドアに近づいてみた。人の気配がする。怖かったけど、瞬時にして心が決まった。今度は、わたしが彼を護る番だ。

彼を捕まえにきたシンジケートの連中が押し入ってきて、ここに誰がいるかを知ったら、それを餌にして彼をおびきよせようとするにちがいない。何をするかわからない連中だ。レジーナは、自分が何をしているのか考える前に、ベッドの足下のほうに駆けより、そこに丸まっていた洗濯物の服を、選びもせずに拾いあげた。そして、大いそぎで寝間着の上に彼の青いスエットシャツとジーンズを着込んだ彼女は、ベッドの横にまわってマットレスに手を突っこんだ。彼がそこに切りこみを入れて、ものが隠せるスペースをつくったのだ。レジーナの手に薄い札束がふれた。これが、有り金のすべてだ。そのあと、さがしていたものを指が探りあてた。冷たい金属製の拳銃だ。それを取りだすと、さらに奥に手を入れてみた。もう一丁もここにある。つまり、どこにいるとしても、彼は武器を持っていないということだ。

二丁の拳銃を引きだすと、ちぎれたマットレスの詰め物がいっしょに飛びだしてきた。ひどく手が震えていたし、どうしたら撃てるのかもわからない。

それでも、弾がキッチンの抽斗に入っているのは知っていた。裸足でキッチンに向かって走りながら、ドア脇のコートラックに掛かっていたキャップを取って被った。少しでも強そうに見せたかったし、自分以外の誰かになったような気になる必要があったのだ。

短い距離なのに、二度も床の裂け目にジーンズの裾を引っかけて、ようやくキッチンにたどりついた。その箱は、抽斗のなかの鋏とビニール袋の束のうしろに隠されていた。レジーナは両方の拳銃に弾をこめた。信じられないくらい手が震えているのを意識しながら、息をとめて耳をすましてみた。ドアノブをいじっているのか、かすかに音がする。ドアが開いたら撃つ。すごくシンプルだ。難しいことは何もない。彼女にとっての問題は、すべてドアのこちら側にあった。いっしょに暮らしている男の首に懸賞金が掛けられている今、危険を冒すわけにはいかなかった。

バリケードにするために、できるだけ静かにテーブルを横向きに倒した。そのうしろに身を沈め、銃身をテーブルの縁に載せてドアに狙いを定める。震えをとめなさい。彼女は自分に命じた。やる必要があるのよ。先に撃たなければ、チャンスはないわ。
気味が悪いほど静かになっていた。もう、ドアノブを揺する音も聞こえない。きっと、あきらめて帰ったのだ。

そのとき、また音が鳴りだした。揺らしているだけではない。今度は鍵を開けようとしている。

でも、もう怖くはなかった。

手の震えもとまっている。彼を護るのよ。心の準備はできていた。わたしは、そのために生まれてきたの。でも、まちがった家に生まれてしまった。わたしがするべきことは、これだわ。彼を確実に逃がしてみせる。彼を護ってみせる。そうすれば、彼はこの街を救える。これまでいっしょに築いてきたものを護るの。ただ、それだけ。これがわたしの為すべきことよ。サウスサイドの何棟かの高層ビルに書かれた、子供の落書きが心に浮かんできた。『護り抜いてみせる』

レジーナは、運命が自分を導いてくれると信じていた。もう、恐怖はすっかり消えていた。なんといっても、彼女には心から信じている、運命以上に大きな支えがあるのだ。計画だ。彼女がいなくなったら彼が助けにくるという、ふたりで立てた計画だ。何をしてでも、彼はわたしを助けてくれる。

筋がとおっていないのは、わかっていた。それでも、そんな思いにすがっていれば、ドアが開いてもきっと落ち着いていられる。拳銃を持って暗いキッチンのテーブルのうしろに跪いていられるのは、そんな支えがあったからだ。日が出ていないのは小さな救いだった。ここはほとんど真っ暗だ。見つからなければ、相手は撃ってこない。レジーナは撃鉄を起こし、鍵がはずれる音に耳をすました。

17

舞踏会に集まっていた人たちは、そのあと何時間も警察によって美術館に足止めされてしまった。そろってフライパンで思いきり殴られたような顔をしたふたり組の刑事が順番にみんなに話を聞いているあいだ、わたしたちは延々と待たなければならなかった。わたしは怒りと疲れをおぼえながら、パパとママといっしょにキッチンに立って、カウンターにならんだ手をつけてもいない料理を見つめていた。あたりを歩きまわっているフォードが、時々足をとめて静かにそばに立っていてくれた。

こんなことは時間の無駄でしかない。わたしの番がきて、見たことを警察に話すころには、子供たちの足跡はすっかり消えている。

ようやく家に帰る許可がおりたときには、真夜中になっていた。それでも、とにかく子供たちをさがしだす計画を立てたかった。どうすれば跡をたどれるか、話し合う必要がある。だから、なんとかしてフォードとふたりきりになりたかった。

「ママ?」ガラスが飛び散っている舞踏室を歩きながら言った。「車に乗らずに、歩いてフォードに送ってもらっちゃだめ?　うんと気をつけるし、人どおりの多い明るい道しかとおらないって約束する。だって、デートのはずが……」

「だいなしになってしまった。ほんとうね」血走った目をしてママがうなずいた。「あの怪物一味のせいで、あなたたちのデートはだいなしだわ」ママは不安そうにわたしを見つめた。たぶん、恐怖の重さを量って、どうするべきか考えているのだ。「そうね。怯えながら暮らすなんて冗談じゃないわ。怖がったら負けよ」

「つまり……」

「つまり、フォードに送ってもらいなさいということ」美術館のキッチンで、気の抜けたピンクシャンパンを少し余分に飲んでしまったのか、ちょっと呂律《ろれつ》がまわらなくなっている。「早く行きなさい。パパが戻ってきたら、許してくれないかもしれないわ」

「ありがとう」わたしはそうささやいて、ママのやわらかい頰にキスをした。アイラインがにじんで、目の下に黒い影をつくっている。きっと、わたしも同じだ。それにしても、ママが許してくれたなんて驚きだ。フォードとふたりきりにしてくれるなんて、思ってもみなかった。しかも、こんな時間に……。こんなことがあったあとに……。

　フォードのほうに駆けだしたわたしは、途中でザラを見つけてさよならのハグをした。彼女がケータイで写真を撮りまくっていたのは知っていた。刑事に問いつめられて、学校新聞に載せるために撮ったのだと答えたらしいけど、かなり笑える。そのあと、わたしはフォードと連れだって、パパに出くわさないように裏の廊下をとおって外に出た。

　そのときになって初めて、ドレスがひどい状態になっていることに気がついた。細めになっているはずのところがたるんでいるし、長くのびた裾《トレーン》もよじれている。裂けているところさえあって、ウエストのあたりにシルクシャンタンの切れ端が包帯みたいにぶらさがっていた。

「すごい夜だったね」わたしは惨めな気分で言った。「そう思わない？」

「思うよ」この数時間、フォードはほとんど口を開かなかった。

「あの子たちを取り戻さなくちゃ」

「どうやって?」

「それがわかってたら、とっくに実行に移してるわ」わたしはフォードを睨みながらも、声に苛立ちが出ないように必死で抑えた。「もっと頑張るべきだった。もっと早くあのガスをなんとかできたら——」

「動けただけでもすごいよ」フォードがかぶりを振った。「おれは死ぬかと思った」

「ほんとうにひどかった。笑いすぎたせいで、お腹が痛いわ」腹筋をさすりながら、わたしは言った。いつもの筋肉痛ならそれでやわらぐのに、今夜はまったく効かなかった。

「おれもだ」

短い沈黙のあと、彼が言った。「それで……刑務所にいる男は? そいつは、いったい誰なんだ?」

わたしは苦いため息をついた。あまりの悔しさに頬が熱くなるのを感じた。「偽物よ。たぶん囮《おとり》だわ。もっと早く気づくべきだった……」怒りのせいで声がつまった。

フォードが足をとめて、わたしのほうを向いた。「そんなに自分を責めちゃだめだ。いいね?」

「でも、こんなことになったのはわたしのせいだわ。わたしがバカなことをしたせいで、みんなはもう安全だと思ってしまったのよ。そうでなければ、パーティは開かれなかった。インビジブルに機会を与えたのは、わたし——」

「やめろよ」彼がわたしの口を手でおおった。「そんなことを言っても何もならない」

「そうね。子供たちがどこにいるか、話しましょう。あの人たちの目的ははっきりしてる。それに、組織化された集団よ。あれだけの人質を隠すには、それなりの広さがある人目につかない場所が必要だわ」

「子供は何人いた?」フォードが訊いた。

「わからない」憂鬱な気分で答えた。「八人か九人だと思うけど。すぐに名前が公表されるはずよ」わたしはどこかに監禁されている子供たちのことを思った。

「トランスミッションにヒントがあるかもしれない」フォードが言った。

「でも、トランスミッションに映っているヒントは罠である可能性が高いわ」

フォードはうなずいた。だまっているところを見ると、何か考えているにちがいない。そのあと、唐突に彼が言った。「さっきは何を訊かれた？」

「刑事に？」

「ああ。おれは、あのパーティで何をしてたのかって、しつこく訊かれた。このあたりの人間じゃないのに不自然だって言われたよ」

「最低」わたしはつぶやいた。「無能な刑事よ。わたしと話してるときは、ふたりとも退屈そうだったわ。あの人たちの顔を見たかどうか、そればかり訊いてた。見たにきまってるじゃない。みんな見たわよ」

「『わたしがニュー・ホープです』って、言ってやればよかったのに」フォードがそう言って、ふざけ半分に肩をぶつけてきた。「そうすれば、もっと真剣に話を聞いてくれたと思うよ」

「たぶん、信じてくれなかったでしょうね」かすかに笑みを浮かべて応えた。

「フォード」ウエイターたちのぼうっとした目と妙にきびきびした動きを思い出して、わたしは言った。「あの人たち……ちょっと変じゃなかった？　ドラッグをやってるんじゃないかしら？」

フォードは無言でそれについて考えているようだった。しばらくして、彼が言った。「そうかもしれない。あいつは、そうやって連中を働かせているのかもしれないな」

「あいつ？」

「インビジブルのリーダーだよ。あいつが手下の連中に何かを与えているんじゃないだろうか。自分の絶対的な立場を守るためにね。手下連中の体力増強のため、リーダーへの依存度を高めるため、疑問を抱かずに働かせるため……可能性はいろいろ考えられる。昔の話だけど、シンジケートの大物にハマーという男がいたんだ。そいつは、手下全員に同じドラッグを与えていたらしい。ハマーに背いたら、極上のドラッグをもらえなくなる。そのドラッグには何かがくわえてあったみたいで、街で手に入れるものより強力だったんだ」

わたしはうなずき、それについて考えた。たぶん、インビジブルのメンバー全員が同じドラッグをやっているのだ。

わたしたちは川ぞいを歩いてリバーフロントまで来ていた。ノースサイドの倉庫街だ。ママに約束した明るい道とはぜんぜんちがう。誰かが街灯に石を投げたのか、電気がとおっていないのか、あたりはかなり暗かった。倉庫の影のせいで、ほんとうに真っ暗なところもある。何が潜んでいても不思議ではなかった。

何かが近くにいる。わたしには、その音が聞こえた。すぐ前を歩く靴音がする。誰かが、ずんずん歩いている音だ。フォードに視線を向けてみたけど、彼は気づいていないみたいだった。非常線が張られて、機動隊員が配置されているにちがいない。

影のなかからヘルメットを被った機動隊員が三人あらわれた。そのなかのひとりがミラー・シールドをあげ、わたしたちに疑わしげな視線を向けた。汗ばんだおでこに黒い髪を貼りつかせたその機動隊員が、ベルトから何かを引き抜くのを目にして、わたしは身をこわばらせた。拳銃かもしれないし、電気矢発射《テーザー》銃かもしれない。でも、どちらでもなかった。片方の端にガラスの平べったいディスクがついている、小さな筒のような装置だった。「ここで何をしている?」彼が言った。

わたしはフォードを見た。彼は怒りもあらわに唇を引き結んでいる。

「うちに帰るところです」

「ここは通行禁止だ。どうやってこのあたりに入りこんだ?」目がすごく小さなその機動隊員は、まるでブタみたいだった。

「美術館から歩いてきた」フォードが答えた。「何が悪いんだ？」

「指紋を採らせてもらおう」機動隊員はフォードの質問を無視して、ガラスのディスクがついた装置をわたしのほうに差しだした。「人差し指をガラスに載せなさい」

「いいわ」わたしは言われたとおりにした。いっしゅん後、ブザーが鳴ってディスクが緑に変わった。

「きみの番だ」機動隊員がフォードに言った。

「いやだね」フォードがそう言うのを聞いて、機動隊員がまわりに目を走らせた。他に人影は見えない。このあたりにいるのは、わたしたち三人だけだった。機動隊員の指が耳の近くにあるヘルメットのボタンの上をさまよっている。応援を呼ぶつもりにちがいない。

　でも、彼はすぐに手をおろした。「協力してもらえないなら、不審人物として連行するまでだ」

「不審人物？」フォードが怒鳴った。彼の腕に手を置くと、タキシードのジャケットが不自然なほど温かくなっていた。「フォード」落ち着かせようとして、静かに呼びかけた。「言われたとおりにして。二秒くらいで終わるわ」

「わかった」小さな声でそう言うと、フォードは深呼吸をした。機動隊員の前で冷静さを失わずにいるには、ありったけの力をかき集める必要があるのかもしれない。彼がディスクに指を載せると、ブザーよりも大きなサイレンが鳴り、ディスクが緑ではなく赤に変わった。機動隊員がフォードから離した装置を地面に向けて、懐中電灯のように照らした。その瞬間、地面に文字が浮きあがった。

『前科三犯
軽窃盗罪　車両重窃盗罪　暴行罪』

「昔のことだ。ガキのころのことだよ。その罪なら、すでに少年院でつぐなった」フォードが言った。

「そんな人間が、真夜中に女の子を連れて、ただノースサイドを歩いているというのか？　そのタキシードは、どこで盗んだ？」

「関係ないだろ」フォードはうなるようにそう言うと、とめる間もなく機動隊員の手首をつかみ、それをひねりあげた。装置が吹っ飛び、そのあと歩道に落ちる音がした。ガラスのディスクが割れたにちがいない。すべての動きがとまり、いやな静寂がおりた。フォードと機動隊員が睨み合い、相手の出方をうかがっている。

「フォード」その場の緊張をやわらげたくて、そっと言ってみた。いくらなんでも、まずすぎる。このままでは、フォードは電気矢発射銃で撃たれてしまうかもしれないし、もっとひどいことになるかもしれない。ベドラムでは、機動隊員と揉めたら刑務所行きになる。「ねえ、機動隊員さん、彼はそんなつもりじゃ――」わたしは必死だった。もう何が起きても不思議ではない。この状況を、なんとかする必要があった。

「おまえのようなちんぴらが街をうろつけないようにするのが、われわれの仕事だ」機動隊員が、わたしを無視してフォードに言った。彼は怒りもあらわに歯を食いしばって、ヘルメットのシールドをおろすと、ベルトにとめつけてある何かをつかもうとした。フィアーガスかもしれないし、電気矢発射銃かもしれないし、手錠かもしれない。でも、彼の指がそれを探りあてる前に、フォードが彼を強く押しやった。そのあまりのいきおいに、機動隊員はバランスを失い、とまっていた車に顔から激突した。

「やめて！」フォードが何をしようとしているかに気づいたわたしは、慌てて彼の拳をつかんだ。その手は、わたしの指を焦がすほど熱くなっていた。咄嗟に手を離したものの、不安でたまらなかった。

血のにじむおでこを押さえながら、機動隊員がゆっくりと振り向いた。制服を着た機動隊員がうめくなんて、変な感じだ。

「ここを離れるのよ。**今すぐに**」わたしは目を怒らして、吐きだすように言った。視線の先のフォードはリングの上のボクサーを思わせる不自然な足取りで、小さな円を描くように歩いていた。真っ赤なお皿みたいになった目を、たった今刺激的な夢からさめたみたいに、ぱちぱちとしばたたかせている。彼が道端によって側溝に何かを投げこんだ。金属が、その底にぶつかる音がした。たぶん機動隊員の拳銃だ。指紋を採る装置もいっしょに捨てたのかもしれない。

戻ってきたフォードがうなずき、向きを変えて走りだした。**速すぎる**。わたしほどではないけど、これでわかった。彼は、ただ快復したわけではない。強化されたのだ。そして、わたしと同じように自分を抑えられなくなっている。

わたしは、彼を思いやる気持ちと燃えるような怒りのせいで鼓動が激しくなるのを感じながら、フォードを追って駆けだした。

「ごめん」十ブロックほど走ったあとで、フォードが言った。ふたりは、うちからそう遠くない道を歩いていた。「つい興奮しちまった」

わたしは足をとめて彼を見つめた。まだ恐れていたし、信じられない気持ちでいっぱいだった。でも、彼の手は異常に熱かった。それに、あんなふうに怒りを爆発させるなんて不自然だ。「刑務所行きになるところだったのよ。いいえ、終わったわけじゃない。この先だって、捕まったら刑務所行きになる」

「あいつは、しゃべらないよ。恥をかくことになるからね」フォードが言った。「それに、機動隊は忙しすぎて、おれになんかかまってる暇はない。インビジブルのことで手一杯だ」

わたしは彼を睨みつけた。怒鳴りたい気分だったけど、声を荒らげないように必死で頑張った。「そうだとしても、あんなことをするなんて愚かすぎるわ。完全に自制を失っていたじゃない」

フォードはうなずいた。真っ赤なお皿みたいになっていた目は、もう元に戻っている。

「何が起きているのか、そろそろ話してくれてもいいんじゃない？」わたしは自分を抱きしめるように腕を組んで、夜の寒さに少し震えていた。

フォードが地面に目を落としたまま、小さな声でしゃべりだした。今はそんなことはしたくなかったけど、彼の声を聞くには身をよせなければならなかった。「ジャックスの輸血は効いた。ものすごく効いた。だけど、その強化血液が……おれを変えてしまった」彼の声がうわずった。心臓をゴムではじかれたような気がした。そういう変化なら知っている。わたしも、それを抱えて生きているのだ。

頬の内側をかんで怒りを抑えながら、彼にうなずいてみせた。これでわかった。あの夜、わたしを追い返したのはそのせいだったのだ。

顔をそむけずにはいられなかった。この瞬間、わたしはジャックスを憎んだ。どんなことをしてでもフォードを治してほしいと思っていたけど、それが悪い結果を生むなんて思ってもみなかった。新しい心臓がわたしを変えてしまったように、輸血がフォードを変えてしまった。ふたりは同じだ。**強化されたのだ。**フォードも、もうふつうの人間ではありえない。それ以上の、そしてそれ以下の、何かになってしまった。

もう沈黙に堪えられなかった。「わたしはあなたのことを怖いなんて思わない」

「怖がるべきだ」彼が目を合わせずにいった。

「何を心配してるの？　わたしを殺してしまうとか？」

彼の喉の奥から苦しげな音がもれた。その視線は、わたしのうしろの壁に向いている。汚れた壁によりかかったまま、不安な気持ちで彼の答を待った。

「今夜のことは、ほんとうのおれがしたんじゃない。ジムでの出来事と同じだ。ただ、あのときのほうがましだった。とにかく……抑えが効かないんだ」

「だいじょうぶよ。わたしにはわかる――」

「いや、わかってない！」フォードが鋭い口調でさえぎった。「そういうことじゃないんだ。激しい感情に駆られると……つまり、さっきみたいに怒りをおぼえたり……他にも、ほら、ジムできみと……」彼は口をつぐんで、空を見あげた。「マットの上にいたときとか……。そういうふうになると、まずいことが起こる。とにかく興奮して、その感情に呑みこまれてしまうんだ。抑えるなんてできない。何かの入口に向かって突き進んでる感じだ。扉を抜けたらどうなるのかなんてわからない。それでも、自分をとめられないんだ」

「とめるって、何を？」小さな声で訊いた。

フォードがちらっとわたしを見て唾を呑み、それからまたしゃべりだした。「突き進むのをとめられない。扉を抜けて、新しい暴力的なおれになってしまうのをとめられないんだ。今だって、きみに何をしてしまうかわからない。自分に自信が持てないんだ」彼の声はかすれていた。「きみといると、よけいにひどくなる。ごめん。おれには時間が必要だ」

「わかった」きっぱりとそう言ったものの、すごく怒っていたし、受け入れる気もなかった。わたしはすでに固い殻を被りはじめていた。フォードに対して、やさしい感情だけを抱いていたころのように、ふたりのあいだに壁を築こうとしていた。「それなら、友達としてあなたを支えて――」

「きみは理解していない」彼がつらそうな目でわたしを見た。「おれはひとりでこれに対処する必要があるんだ。しばらくは会えない」

「でも……そんなのおかしいわ」理性的に聞こえるように言った。傷ついているのを悟られるのはいやだった。完全に関係を絶つなんて、彼にできるはずがない。それとも、できるの？「わたしたちは友達よ。何より、まず友達だわ。ただ終わりにするなんて、できないはずよ。たとえあなたの身に……」恐ろしすぎて、それ以上は言えなかった。

「できるさ。きみを危険にさらすわけにはいかない」

口を開いたけど、言葉が見つからなかった。フォードが打ちひしがれたように、こっちを見つめている。わたしを締めだそうとしているのが、はっきりとわかった。彼は、わたしが立てようとしていた壁の十倍くらい厚い壁を、ふたりのあいだに築いてしまった。彼のなかのグリーンの存在は、もう完全に消されてしまったのだ。

「あなたが言ってること、めちゃくちゃだわ」どうして、無駄な言葉を重ねるのだろう？　彼の心は、もう絶対に変わらない。

「そうかもしれない。それでも、今はそうするしかないんだ」戦闘モードになっているフォードの唇は引きつっていた。こんな顔は、ボクシングのリングでしか見たことがなかった。

「わかった」そうは言いながらも、心を変えてくれることを祈って、最後にもう一度彼を見た。こんなのはバカげていると気づいて、今の言葉を撤回してほしかった。何か言って、わたしへの気持ちが変っていないことを確信させてほしかった。

でも、フォードは硬い表情を浮かべたまま、押しだまっているだけだった。完全に拒絶されてしまったと知って、お腹にパンチを食らったような気分だった。これがフォードが選んだ、ふたりの関係の終わらせ方なのだ。仮面舞踏会のせいだ。パパとママに会わせたのがまちがいだった。誰かのコロンが染みついた借り物のタキシードを着るなんて、苦痛以外の何ものでもない。その上、刑事たちには容疑者扱いされた。だから、付き合っていくには、ふたりはちがいすぎると思ってしまったにちがいない。

別の何かを求めて彼の目を探ろうとしたけど、こっちを見ようともしてくれない。ただ、その顔に苦痛の色がよぎるのが見えただけだった。

よせばいいのに、気がつくと手をのばして彼の肩にふれていた。自分が勘ちがいをしているのだと思いたかった。ほんとうはフォードも終わらせたくないのだと、思いたかった。「ふたりで、それについて話すべきなんじゃ——」

「頼んでるんじゃない」フォードが声を荒らげてさえぎり、わたしの手を振り払った。「もう会わないと言ってるんだ。うちに帰れよ、アンセム」彼はいっしゅん目を閉じて、顔をそむけた。

「いいわ」わたしはゆっくりとあとずさり、彼に背を向けて歩きだした。呼吸が乱れないように頑張った。冷静さを失うのはいやだったし、心がよじれそうなほどの痛みに屈するわけにもいかない。

振り向いてみると、フォードは拳をにぎったまま、動こうともせずに灰色の路地に立っていた。その目は、まっすぐわたしに向けられている。

「さよなら」わたしは小さな声でそう言うと、寒い夜の街を走りだした。こんなにさみしいと思ったことはなかった。

18

翌日、ニュースは連れ去られた子供たちのこと一色になっていた。全部で九人。五人はカテドラルの生徒で、四人はレイクサイド・アカデミーの生徒だった。新聞によれば、みんな有名なお金持ちの子供で、年齢は九歳（カウル製紙一族の御曹司、ジャスパー・カウル）から十八歳（テニス・チャンピオンのピート・ウェザーズとメガマートの跡取り娘であるパッティ・セルズのひとり娘、アストリッド・ウェザーズ）。よく知っているのはウィルだけだけど、他にも顔を知っているカテドラルの下級生が三人いた。ひとりはハントレー自動車の資産を受け継ぐ家の息子で、九年生のハンサムなシェルドン・マンデル。そして、二度も停学になりながら、有力なディール・ホテル一族の一員であるおかげで退学にはならない、一級下のやんちゃなセレスティアル・ディール。もうひとりは、女優のミーカ・ポストとブロークン・ボトルズ（パパとママが若かったころに活躍していたバンドだ）のリード・ボーカルであるレジナルド・エルダーを両親にもつミック・エルダーだ。彼はまだ七年生だけど、ろくに読み書きができないことなどどうでもいいと思えるくらい、ハンサムでかわいかった。

とにかく全員が、注目されている有名な家の子供たちだ。だからこそインビジブルに選ばれたのではないかと、ニュースの司会者は考えているようだった。有名人の子供が連れ去られたとなれば、マスコミは絶対に大騒ぎする。

午前中、ふた家族が記者会見を開いて、サウスサイド子供病院に多額の寄付をしたことを発表した。

「そうするべきだと考えたからです」ミーカ・ポストが言った。カメラの前の彼女は、きれいな顔を腫らして震えていた。「今日、子供病院に七百万ドル寄付したことを、わたしたちは誇りに思っています。そして――」彼女は緑の目を輝かせて、まっすぐカメラを見つめた。「一刻も早く息子が帰ってくるよう望んでいます」

次にピート・ウェザーズが、個人的な責任と、街のためにするべきことについて話した。「多くの友人が、かなりの寄付をしはじめています」日に焼けた整形だらけの完璧な顔は表情に乏しかったものの、時々つまる声に娘への思いがあらわれていた。「お願いです、みなさん。できるだけの寄付をしてください。その金は、正しい目的のために使われます。子供たちは、みなさんの助けを必要としています」

警察のヘリコプターが絶え間なく空を飛んでいた。マークス市長も記者会見を開いて、「われわれがあの狂った連中を捕まえて子供たちを取り戻すために働いているあいだ、みなさんはいつもどおりに過ごしていただきたい」と市民に呼びかけた。薬を飲んでいるのは見えみえだし、どっぷりと苦しみに浸りこんでいる彼の目のまわりには、黒い輪ができていた。

カテドラルは休校にならなかった。学校に行く以外にすることがあるだろうか？　寝てばかりのママとうちにいる？　そんなのはごめんだ。だから、わたしは学校に行った。でも、生徒は悲しい話ばかりしているし、先生は感情的になっていて、ぜんぜん集中できないみたいだった。みんな、連れ去られた子供たちのことで頭がいっぱいになっているのだ。ようやく授業が終わると、わたしはバレエのレッスンに向かった。

何人の子供が生きて戻れるだろうかと思うと、暖かい日だったにもかかわらず震えが走った。フォードが言っていたとおり、おそらくインビジブルのメンバーは全員が同じドラッグをやっている。わたしは、その線にそって手掛かりを追ってみることに決めた。サウスサイドの誰かに訊けば、何かわかるかもしれない。

いつもだったら、いっしょに行ってほしいとフォードに頼むところだけど、彼のことは考えないようにした。もう、ひとりでやるしかないのだ。


レッスンが始まる五分前にスタジオに着いたわたしは、狭い更衣室でブーツとソックスを脱ぎ、稽古着に着替えた。スタジオをのぞくと、髪をおだんごにしたレギンスとレオタード姿のレベル6の仲間が五人、タブレットを持ったコンスタンスのまわりに集まっていた。

インビジブルのトランスミッションを見ているにちがいない。**まただ**。スタジオの静まり方でもそれはわかったたし、砂嵐の音がしているからたしかだ。でも、今回は事情がちがう。向こうには人質がいるのだ。

わたしはレオタードの上にショートパンツをはいて、ハイネックのタンクトップでかすかに残っている傷跡を隠すと、更衣室をあとにためらいながらみんなに近づいていった。

「彼女はすごいわ」コンスタンスが言った。スエット地のホットピンクのカットオフに白いスポーツブラを着けた彼女は、踵をつかんで片足をあげ、フラミンゴみたいに立っていた。

リバティ・スーエルが感嘆のため息をついた。「優雅であると同時に、すごく怖いわ」

身をかがめるとタブレットの端っこが見えた。その画像を見た瞬間、あまりの驚きに心臓がうなりをあげはじめた。ローランズ病院の二階の部屋で偽物のリーダーを捕まえた夜の、わたしが映っていたのだ。

あのとき、まわっていたカメラがもう一台あったということだ。

手術用のマスクを着けて、目に黒いメッシュの布を巻いたわたしが、偽物のリーダーに飛びかかっている。でも、すっかり顔がおおわれているおかげで、自分でも誰だかわからないくらいだ。

タブレットにさらに近づいたそのとき、本物のリーダーのマスクにおおわれた顔が画面にあらわれた。

カーブを描くマスクから、顎と髪がのぞいている。声はいつもどおり変えてあって、ロボットがしゃべっているみたいに聞こえた。今回、彼のうしろの壁は真っ白で何も描かれていない。どこであっても不思議ではなかった。

「ベドラムの諸君。このマスクの少女に関する情報をよせてもらいたい。われわれは彼女に話がある。彼女の正体について何か知っていたら、ネットに動画を投稿してしらせてほしい。謝礼ははずむつもりだ」

マスクが動くのを見て、うなじの毛が逆立った。マスクの下で、彼がにやりと笑ったのだ。わたしにはそれがわかった。不満の声をあげていたスタジオの女の子たちは、彼がふたたびしゃべりだしたのを見て口を閉じた。

「さて、それよりもだいじな問題について話そう。今日、サウスサイド子供病院と、サウスサイド孤児支援協会と、サウスサイド食糧支援センターと、サウスサイドの複数の学校に、記録破りの寄付があった。それについては満足している。ノースサイドの何百人もの住人がわれわれの要求に応えてくれた」彼はここで笑いだした。ぜいぜいあえいでいるようにしか聞こえない笑い声だった。「その親愛なる友人たちの名前は、確認ずみだ」彼が咳払いをした。「しかし、まだ充分ではない。あすの夜中までに、サウスサイドの公共事業プロジェクトへの寄付が一億ドル集まらなかったら、最も幼い友人であるジャスパー・カウルに別れを告げることになる」

子供たちの映像がカラーで映しだされたのを見て、苦いものがこみあげてきた。九人とも壁にもたれて、ぐったりしている。目は、退屈と寝不足のせいでぼうっとしていて、見るからに不潔で、お腹を空かせているみたいだった。セレスティアルが、顔の前で手を振り動かしている。虫を追い払っているかのようにも見えるけど、そうやって手が身体にくっついていることをたしかめているのかもしれない。他の子供たちは、虚ろな表情を浮かべてぼんやりと前を見つめていた。ただひとり、九歳のジャスパーだけは眠っていた。女の子のほうに頭をあずけて眠っている彼の汗に濡れた金色の髪が、べったりと頬に貼りついている。

気がつくと、わたしは震えていた。手だけでなく歯さえも、怒りと恐怖のせいで激しく震えている。

この子たちを見つける必要がある。残された時間は、たったの三十時間。

自分の動画を撮ってネットに流し、マスクの女の子はわたしだと公表したらどうだろう？　わたしが名乗りでれば、子供たちを返してくれるだろうか？　いずれにしてもインビジブルはそんな取引は持ちかけていない。それに、これも罠だという可能性もある。

「もうたくさんです」赤いスカーフをなびかせ、アクセサリーをジャラジャラいわせて、先生があらわれた。「タブレットをしまいなさい。ここでは、インビジブルのことは忘れてください。いいですね？」先生はそう言って、コンスタンスのタブレットに不満げな目を向けた。

みんな、慌ててバーの前でストレッチを始めた。トゥシューズのリボンを結びだした子もいる。わたしは、そんな仲間のひとりひとりの顔に目を走らせた。みんなわたしには目もとめずに、おしゃべりをつづけている。

「彼女、すごく優雅だわ。あの男の首を蹴ったときの格好を見た？　この世のものとは思えないわ。それに、強いなんてものじゃない」

「あんなふうに動けたらと思うわ」リバティ・スーエルが言った。

「そうね。あなたは、特にそう思うでしょうね」コンスタンスがからかい半分にそう言って、片方の眉を吊りあげた。

「それにしても誰なのかしら？」サディ・ロックウッドが言った。

「きっと、プロのファイターに育てられたサウスサイドの女の子よ」コンスタンスが答えた。「悪と闘うためのトレーニングを受けているにちがいないわ」

「彼女の情報を流す人がいないといいんだけど」第一ポジション、第二ポジション、第三ポジションと足を動かしながら、クラリッサ・ベンダーが小さな声で言った。そろそろバー・レッスンが始まろうとしていた。

わたしもクラリッサと同じ気持ちだった。**情報を流す人がいませんように。**

「誰かが流すわ」いつも知ったかぶりをするコンスタンスが言った。

「誰がそんなことをするっていうの?」リバティが訊いた。

「お金が欲しい人」コンスタンスは肩をすくめた。たぶん、彼女の言うとおりだ。

バットマンの脚を振りあげながらも、女の子の肩に頭をあずけて眠っていた、小さなジャスパー・カウルしか見えていなかった。有名なお金持ちの家に生まれた小さな男の子の幸運が、厄に変わってしまった。グランジュテで跳んだわたしは、あとにつづく仲間たちの様子をうかがった。驚いたことに、みんないつもどおりで、わたしに不審の目を向けたりはしていない。このうるさいくらいうなりをあげている心臓の音も、誰にも聞こえていないみたいだ。


レッスンが終わると、サージの車が待っていた。

「トランスミッションを見ましたよ」わたしがドアを閉めるとすぐに、彼が言った。わたしはすぐには応えずに、学校用のナップサックの横に置いたバレエバッグをいじっていた。バックミラーをのぞくと、サージの黒い目がこっちを見ていた。その片方の眉が吊りあがった。

むっとした車内を満たしている沈黙には、いろんな思いがこもっていた。

「役に立ちそうな情報を手に入れました」

「情報？」

「二カ月ほど前に起きた、一連の脱走事件についての記事を読んだんです。重度の精神病患者が送りこまれるウィーピー・ヒルズの重警備病棟から、かなりの人数の若者が脱走しています」

「ウィーピー・ヒルズ？　それって、ウィーピー・バレーみたいな病院なの？」

「似てはいますが、ウィーピー・ヒルズは個人経営の病院ではなく州立病院です。あそこに入るのは、治療費や入院費を払う余裕がない精神病患者ばかりです」

サージが茶色い封筒を差しだした。なかを見ると、脱走についての記事が入っていた。何人かの写真に丸がつけてある。見おぼえのある顔を見つけて、わたしは背筋をのばした。競技場のアリーナにいた金髪の男の子だ。


『ウィーピー・ヒルズの一連の脱走事件につながり？

過去四カ月のあいだに、ウィーピー・ヒルズ州立精神病院内にある犯罪者収容のための重警備病棟から、二十一歳以下の若者が十八名脱走しているが、警察と病院の職員はそのすべてにつながりがあるのではないかと疑っている。昨夜も十六歳から二十歳の患者五名が、ゴミ処理システムをとおって病院から脱出した模様。いずれも衝動的かつ暴力的な傾向があり、誇大妄想の診断を受けている。武器は携帯していないものと見られるが、危険であることに変わりはない』

それ以外の記事は、コピーの文字がつぶれていて読めなかった。

「共通点に気づくはずです」

みんなドラッグ中毒でウィーピー・ヒルズに送られていた。ほとんどはドルーピー中毒だけど、いろいろ調合した初めて名前を聞くドラッグや、大麻や、ボッドモッズをやっていた者もいた。

「ドラッグね」わたしはうなずいた。フォードが言ったとおり、インビジブルのリーダーは、自分の絶対的な立場を守るために、ドラッグを使っているのかもしれない。ゆうべのことを思い出したくなかったわたしは、かすかに首を振った。傷は、まだ少しも癒えていない。

「脱出した患者の家族をさがせば、何か聞きだせるかもしれないわ」わたしは集中しなおして考えた。

「でも、ドラッグの取引にくわしい誰かに話を聞いたほうがいいかもしれない。ああいう人たちは、みんなどこかでつながってるものよ」口のまわりに靴墨を塗って、ぼうっとした目をした、あの人たちの顔が浮かんできた。

サージがうなずいた。「時間もたいしてありませんからね」

窓の外をバンカーズ小路の景色が流れていく。そのネイビー・ブルーとグレーの風景のなかに、白と黒がぽつぽつと混じっている。人の顔と、歩道に開きはじめた傘だ。とつぜん降りだした大雨が、フロントガラスに落ちてきた。

車は道を折れて、フォックスグローブコートに入った。目の前にそびえるフリート・タワーはスポットライトに照らされていて、ふたりのドアマンが傘をさして外に立っていた。その近くには、拳銃を持った警官が三人、彫像みたいに立っている。また、みんなが警戒を始めたのだ。

「パパとママは、気づいていると思う?」

「気づいていないでしょう」サージが答えた。

「誰も気づいていないなんて……不思議だわ」

「人は見たいものしか見ないものです。目の前のものにも気づかないということも、めずらしくありません」

「ジャスパー・カウルは死んじゃうと思う?」小さな声で訊いた。

答は返ってこなかった。その沈黙は、気休めを言われるよりもつらかった。また、苦いものがこみあげてきた。サージが身をかがめてシートの下に手を入れ、取りだしたものをわたしに差しだした。ジッパーつきのベルベットのポーチだった。

開けてみると、思ったとおり拳銃が入っていた。黒のつや消しの軽い小型拳銃。弾もひと箱入っている。わたしは何も言わずに、バックミラーごしにサージを見てうなずいた。拳銃なんか持ちたくなかった。こんなものは使いたくない。サージだって、拳銃なんかわたしに持たせたくないはずだ。それでも、拳銃が必要だというのは事実だし、どちらもそれがわかっていた。

「ありがとう」フリート・タワーの玄関は、すぐそこだ。心臓がすごいいきおいで動いている。何かする必要がある。今すぐに。「あとで、車を出してもらえる?」

運転席のサージが静かに言った。「勉強会に出かけるんですね? もちろん、お送りします」

パパとママになんて言うかは、もう考えてあった。緊急の勉強会を開くのだと言えばいい。中間試験の前だから絶対に疑われない。車を降りる直前、バックミラーのなかのサージと目を合わせた。「勉強はハデスでするつもり。あそこに、力になってくれる知り合いがいるはずなの」

リビングルームに足を踏み入れたわたしに、ママが手を振りながらだらしのない笑みを向けた。ファンデーションを塗っていない首が、ワインのせいで赤くなっている。白いL字形のソファに坐ったママのとなりには、ザラの両親のアッシャーとメリンダのターク夫妻がいて、反対どなりにパパが腰掛けていた。四人は身をよせて、パパのノートパソコンのワイドスクリーンをのぞいている。

「最低でも、ひと家族五十万ドル。可能ならば、もっと。そのくらい、お願いしていいと思うわ」メリンダが言った。目には疲れがにじんでいても、深みのあるオリーブ色の肌と銅色の髪が、明かりのなかでつやつやと輝いている。

「おかえりなさい、アンセム」ママが手を振り動かしながら言った。「調子はどう？」

「いい感じよ」パソコンの画面をのぞいてみると、表計算のソフトが表示されていた。「何をしているの？」

「寄付についての計画表を作成しているんだ」アッシャーが答えた。「誰も子供を……」言葉をにごした彼の目が、漠然と部屋の隅に向いた。口にされなかった言葉が、静まりかえった部屋のなかでうなりをあげている。誰も子供たちを死なせたくはない。

「ターク家とフリート家は、もう寄付したの？」最後の瞬間まで待っていてほしくはなかった。

四人がいっせいにうなずいた。「子供病院にね。かなり気前よく寄付したわ」メリンダが言った。「でも、それで充分かどうかはわからない」

「アンセム、われわれは常に多額の寄付をしている。それは知っているはずだ」娘のまちがった発言を咎めるかのように、パパが言った。「無理強いされるまでもなく、寄付はあたりまえにしている。わざわざ言い立てるようなことではない」

「もちろんよ。わかってる」なんとなく身じろぎしながらも、バレエバッグのなかの拳銃が気になっていた。意識しまいとしても無理だった。パパやママの前にバッグを置くなんて、もってのほかだ。

「それに、探偵会社にも資金を提供している。警察は役に立たないからね」パパが言った。

わたしはうなずきながら考えた。みんな、もうひとつの呼びかけについてはどう思っているのだろう？つまり、マスクの少女についての情報をよせるようにという呼びかけだ。「あの女の子を見つけだそうとする人はいるかしら?」

「いないでしょうね」メリンダが答えた。「みんな彼女の味方よ。他の誰にもできないことをしてくれているんですもの」

「警察よりずっと役に立つ」パパがぶつぶつと言った。「警官どもが大手を振って通りを歩いているのが、不思議でならない。連中が監視している目の前で子供たちが連れ去られるなんて、滑稽にもほどがある。その上、市長は使い物にならない。理由は歴然としているが――」

「ハリス、もうやめて」ママが悲しげにさえぎった。「それについては、さんざん話したじゃない。ここで蒸し返しても、なんの助けにもならないわ」

「アンセム、きみはだいじょうぶなのかい?」アッシャーがそう言ってほほえんだ。彼のことは五歳のときから知っているけど、いつも場の雰囲気を明るくしてくれる。「二メートル以内に妙な連中を近づけてはいけないよ。ザラにも、きつく言ってある。あの子には、近づいてきた男のどこを蹴飛ばせばいいか、教えてあるんだ」

「もういいわ、あなた。望みもしない男が接近してきたらどこを蹴飛ばせばいいか、女はみんな心得ているものよ」メリンダが薄笑いをした。

わたしも心からは笑えなかった。

「みんな……ちゃんと寄付するかしら?」顔に血がのぼるのを感じながら口にしたその言葉が、宙で震えている。

「見込みは薄いね。拒む人間もいるだろう。しかし、インビジブルの言うことを、そのまま信じていいものかどうかも疑問だ」アッシャーが言った。「『これをくれたら、こうする』と言っておいて、得るものだけ得て……何もしない。よくある話だ。連中が子供たちを解放するという保証は何もない。それでも、みんなに寄付を呼びかけて、子供たちが帰ってくるよう祈るしかないんだ」

「みんなお金は出すと思うわ」ママがそう言って、ソファのクッションにもたれた。「充分な額が集まるように祈るのみね」

　パパとママに対して、やさしい気持ちが湧きあがってきた。ママはお酒と薬に頼りすぎていて、もう何年も精神科に通いつづけているし、パパは仕事とビルを建てることに取り憑かれていて、際限なく悲しみつづけるママを甘やかしすぎている。そんな欠点はあっても、わたしのパパとママなのだ。

　どちらも恵まれた遺伝子を受け継いでいるおかげで（注射のおかげも少しあるけど）、実際の歳よりもずっと若く見える。娘を亡くしたふたりは、なんとか生きつづけ、もうひとり子供をもうけて育てている。

　ふたりの期待に応えられるよう、祈るばかりだ。誘拐された子供たちの姿が、不意によみがえってきた。特にウィルのことが気になった。

「ハンセン夫妻はどうしてるの？」わたしは訊いた。

「地区検事長は、あらゆるつてをたどって陰で動いている。軍隊を送りこめとか、例の女の子を見つけだして囮に使えとか、いろいろ言っているようだ。とにかく、ウィルのことで、ひどく動揺しているのはまちがいない」アッシャーが言った。パパとママがこっちを見ているのがわかった。わたしがどんな反応を示すか、心配しているのだ。ウィルとはいろいろあった。パパとママが知っているのは、そのほんの一部だ。

　わたしは彼に脅されていた。部屋にカメラを仕掛けられて隠し撮りをされ、ガールフレンドのふりをするよう強要され、ストーカーみたいな真似までされた。

「すごくつらいでしょうね」かぶりを振りながら、みんなが期待してるとおりの言葉を口にした。ウィルのことは、ほんとうにかわいそうだと思っていた。トランスミッションのなかで壁にもたれて坐っていた彼は、口元をたるませて虚ろな目でぼんやりと宙を見つめていた。ひどい目に遭わされたことはたしかだけど、死んでほしくはなかった。「かわいそうなウィル」

囚われの身にある彼が何を考えているのか、想像してみた。指定された時間までに充分な寄付が集まらなかったら、インビジブルは言葉どおりのことを始めるだろうか？　あの人たちがウィルを殺そうとするまでに、どのくらい時間があるのだろう？

でも、そのとき冷たいものが背筋を駆けおりた。ウィルはインビジブルがほしがるものを――つまり、ニュー・ホープに関する情報を――持っている。

さっさとインビジブルを見つけださなければ、わたしが見つかってしまう。

19

閉鎖されて久しいモールの広い駐車場にサージが車をとめると、わたしはすばやく車を降り、彼といっしょに暗闇を突っ切って横の入口からなかに入った。このモールは、かつてハデスと呼ばれていた。薄暗くてお酒臭い廊下を抜けたところに、中庭があるはずだ。たどりついてみると、そこは発電機につながれた映画撮影用のライトに、煌々と照らされていた。物売りの声も聞こえていて、一階はいつもどおりにぎやかだった。車の部品、武器、食べ物、ドラッグ。そうしたものが、縦横何列にもならんだにわかづくりの露店で売られている。

二階に目を向けてみると、ドラッグで活気づいている大きな男が六人、ウージーを持って睨むように一階を見おろしていた。わたしは緊張感で胃がよじれそうになりながら目をそらし、ここで暮らしているはずの子供たちをさがすことに集中した。もっと速く歩くようサージに合図し、モールの奥へと進んでいく。ハデスの子供たちは、たいていそのあたりにたむろしている。

ブラックマーケットをすぎて奥の壁の前に出ると、七歳から十三歳くらいの子供たちが集まってビー玉をしていた。その痩せこけた子供たちの顔に目を走らせてみると、カラメル色の巻き毛が見つかった。両方の耳にかかっている補聴器がブルーのライトを放っている。

「ハーイ、ルーファス」彼の横にしゃがみこんで声をかけた。皺くちゃの一ドル札が三枚、彼の前に置かれている。ビー玉のゲームに、お金を賭けているのだ。「わたしのこと、おぼえてる?」

ルーファスは、まずお札を三枚取りあげてベテランのギャンブラーさながらの仕草でしまいこみ、それからこっちを向いた。わたしに気づいた瞬間、彼の大きな目が輝いた。「生きてたんだね」彼がにやりと笑った。「なんで、もっと早く来なかったんだ?」

わたしは肩をすくめた。「忙しかったの。でも、今こうして会いにきたわ。ねえ、お願いがあるの」

ルーファスが立ちあがってうなずいた。「また戻ってくる。仕事だ」親指でわたしを示して、仲間に言った。歩きだしたルーファスは、チョップ・ショップのほうに向かっている。ついていくと、まずホルムアルデヒドの臭いがしてきた。店の前まで来ると、ルーファスがさっとなかに入っていった。正面の窓ガラスは割れていて、ピンクのドアははずれている。わたしたちも彼につづいた。元はアイスクリーム・パーラーだったにちがいない。でも、ピンクのカウンターと、ピンクのプラスチック製のテーブルと椅子がいくつかあるのをのぞけば、その名残はどこにも見あたらなかった。かつてアイスクリーム・コーンが描かれていた壁は、落書きだらけになっている。三人はテーブルを囲んで坐った。

「このでかい男は誰?」ルーファスが訊いた。

「友達よ。信用できるわ」わたしは請け合った。

ルーファスがうなずいた。「それで、頼みって?」愛嬌たっぷりに小さな眉をくねくねさせている。この子をこんな場所に置いておきたくはなかった。別のどこかで育ってほしかった。

「インビジブルのことは聞いてるでしょう?」小さな声でそう尋ねながらも、戸口から目を離さなかった。人の気配はしない。たまに、野ネズミが床を横切っていくだけだ。

「聞いてるよ。精神病院から逃げだしたやつらの集団だ」おそらく耳にした大人の話を受け売りしているのだ。

「やっぱり?　わたしたちも、そうじゃないかと思ってたの。それに、あの人たちは新しいドラッグを使ってるような気がするわ。ふつうに出まわっているドルーピーやギッグルピルとはちがう何かよ。そういう話を聞いたことない？」

ルーファスは首を振った。「でも、友達なら何か知ってるかもしれない。連れてくるよ。待ってて」

数分後、ルーファスが十二歳くらいの女の子を連れて戻ってきた。四本のおさげにして背中にたらしているブルーの髪と、まばたきひとつしない疑い深そうな灰色の目。掌のあたりから肘にかけて、痛々しい傷が残っている。「ただじゃ何もしゃべらないよ」テーブルにつきながら、口を尖らせて女の子が言った。

サージが落ち着いた仕草で札入れを取りだし、二十ドル札を一枚、女の子の前に置いた。

「大金だ」ルーファスが言った。

二枚目の二十ドル札をルーファスの前に置いて、サージが言った。「紹介料だ」

ルーファスは顔を輝かせて、お札をポケットに入れた。

女の子は神経質そうに手首のあたりでおさげをねじりながら、わたしからサージへと視線を移した。

「あんたたちは信用してだいじょうぶだって、ルーファスは言ってる。だけど、名前は言わない。あたしから聞いたなんて、絶対に言わないでよ。わかった？」

「わかった」わたしはうなずいた。「もちろんよ」

「一時期、あの人たちはここの三階で紫色の変なドラッグをつくってたんだ。だけど、もっとたくさんつくらなくちゃならなくなって、広いとこに移った。今は、エグザビアにいるよ。ウィーピー・ヒルズの先」

それだけでは見つけられない。サージが、わたしに向かって片方の眉を吊りあげてみせた。「もっとくわしく教えて」

女の子がため息をついた。「なんで、あたしがあんたの力になってやらなくちゃいけないの？」

「インビジブルが何をしようとしているか、知ってるでしょう？」わたしは言った。「子供たちを人質にとってることも知ってるはずよ。ジャスパー・カウルは、あなたより小さいわ。まだ、たったの九歳なの。あの子たちが殺されるなんて、ひどすぎるわ。そう思わない？」

アイスクリーム・パーラーのなかに、期待の色を含んだ静けさが重くただよいはじめた。女の子は、わたしの言葉をかみしめ、じっと考えている。「うん」ようやく彼女が答えた。「あの人たちがしてることは、まちがってる」

わたしはうなずいて待った。もっと何か知っていますようにと、祈らずにはいられなかった。サージはテーブルの上で、大きな手を組み合わせている。彼は待つのが得意なのだ。

「オーケー」彼女がため息をついた。「ここと工グザビアの製造所を行き来してる、ジェサっていう女の人がいるんだ。すごく背が高い人。ジェサは製造所の使い走りをしてるんだけど、時々わたしもそれを手伝ってる。ジェサは一日二回ここに来る。昼と夜にね。どこで待ったら彼女に会えるか、教えるよ」

「ジェサ・スコーピオ？」わたしは訊いた。ジェサはギャビンの偽の誘拐に関わっていたひとりだ。特徴は一致するけど、彼女は刑務所にいるものとばかり思っていた。

女の子がうなずいた。「でも、あたしがしゃべったってジェサに言ったら――」

「言わないわ。絶対にね」約束した。「彼女に貸しがあるの」今はなくても、すぐにそうなるわ。この前わたしは、金属製のポールでジェサの動きを封じて警察を呼んだ。たぶん彼女は罪を認めた上で誰かのことを密告し、刑務所行きを免れたのだ。「どこで待てばいい？」

わたしたちは車のなかに坐って、ジェサがあらわれるよう祈りながら、モールの横の入口を見張っていた。

祈りがかなうまでに、たいして時間はかからなかった。長い髪がもつれた痩せすぎの女がバイクに乗ってあらわれた。肩にかけた重そうな革のバッグには、ドラッグがつまっているにちがいない。彼女がモールのなかに姿を消すと、サージがあとを追おうと車のドアに手をかけた。

「追わないで」わたしは言った。「待ったほうがいいと思う。ハデスで騒ぎを起こす必要はないわ。賭けてもいい。ジェサはまっすぐ製造所に戻るはずよ」

サージがうなずいた。彼の顔をじっと見つめずにはいられなかった。わたしのほうが指示を与えているなんて、変な感じだ。何年ものあいだ、彼がわたしを護ってくれていた。それなのに、今はわたしが彼を護ろうとしている。

一時間後、ジェサのバイクを追ってエグザビアに向かってハイウェイを走っていた。家や店が少なくなって、空き地や林が増えてきたのを見て、うれしくなった。ジェサはうちに帰るわけではなさそうだ。このままいけば、インビジブルが特別のドラッグをつくっている製造所に案内してくれるにちがいない。通りを走っているのは、彼女のバイクとこの車のみ。それでもジェサはつけられていることに、ぜんぜん気づいていなかった。十分に一度くらい、街に向かって反対車線を走る車とすれちがった。間もなく、明かりがほとんど見えなくなって、星がはっきりと見えてきた。「こんなところに住みたいと思わない？」サージに訊いてみた。「きっとすてきよ」

彼はうなずいた。「いいでしょうね。しかし、このあたりは危険です。みんな、ひどく貧しくて、互いにものを盗み合っています。悲しい話です」

ジェサがハイウェイから泥道に入った。その上り坂の小路は、ドライブウェイみたいだった。サージが車をとめると、わたしは泥道に跳びだし、低速で坂をのぼっているバイクを追いかけた。藪や木々のあいだに、坂のてっぺんにあるずんぐりした建物が見えている。窓ガラスは段ボールらしきものでおおわれているものの、その隅から明かりがもれているし、家の横の通気口からは湯気が噴きでている。誰かいる証拠だ。

わたしは藪に入って、そっとジェサのバイクを追いこした。そして、ドライブウェイに立つと、ドラッグ製造に関わっている誰かのふりをして、眉をひそめながら彼女に両腕を振ってみせた。

それに気づいたジェサが、バイクをとめた。近づいていってバイクに手を置いたわたしを見て、やっと誰だかわかったみたいだ。

「あんた！」ジェサが息を呑んだ。頭の上でヘルメットが傾いている。彼女はハンドルバーをひねってバイクをスタートさせようとした。でも、こっちのほうがすばやいし力も強い。彼女もそれを知っていた。わたしは手をのばして、彼女の手をつかんだ。「命が惜しかったら、バイクを走らせようなんて考えは起こさないことね」ジェサの耳元で、はっきりと言った。「おぼえてるでしょう？　わたしのほうが強いってこと」

ジェサにとって、あの出来事はよほど衝撃的だったらしく、すぐにハンドルバーから手を離した。「何が望みなの？　また、あたしを刑務所に送りこみたいわけ？　あたしが密告者になったのは、あんたのせいなんだからね！」彼女が歯を食いしばったまま言った。

「情報と引きかえに、早く出してもらったのね」そう言いながら、バイクのエンジンを切ってキーを抜いた。「でも、ドラッグの密売についてはしゃべらなかったみたいだね」

ジェサが唇を引き結んだ。口紅の色は暗いマゼンダで、長い髪はブルーがかった黒に染めてあって、身長は百八十センチくらいある。彼女のふりをするのは無理だ。でも、ジェサの代わりに来たと言うことはできる。

「お金がいるんだ」坂の上の建物を見つめながら、緊張気味に彼女が言った。誰だか知らないけど、そこにいる人間を恐れているにちがいない。「あんたのせいで、あたしのクラブは閉鎖されちまったからね」

男に買われる〝コンパニオン〟の写真をならべたバインダーがあるようなクラブだ。「悪いけど、ぜんぜん同情できないわ」わたしは言った。「でも、あなたを警察に突きだすためにやってきたわけじゃないの。そのバイクを貸してほしいだけ。それに、お金が入ったバッグもね」

彼女の目が大きくなった。「冗談じゃないよ」

「利口になることだ」背後からそう言う声がした。サージが長いドライブウェイをのぼってきたのだ。ジェサの胸のあたりに狙いを定めて、拳銃をかまえている。「選択肢はふたつ。坂の下にとめてある車の後部座席で待つか、トランクで待つか。後部座席を選べば、そのうち家に帰れる」

ジェサがサージからわたしに視線を移した。「いいよ。行きな。製造所で楽しんでおいで。あんた、いつだって完全に狂ってる」

ジェサはバイクをおりて、皮肉っぽく両手でシートを払うふりをした。「お好きなように」

「バッグをちょうだい」わたしは言った。サージが彼女に近づいて、撃鉄を起こした。小さな動物が泥道の端を駆け抜けていく気配に、ジェサが跳びあがった。銃口は、彼女の長い首に向いている。

「なんてこった」ジェサがつぶやいた。「わかったよ」彼女がバッグをおろし、わたしの足下にどさっと置いた。「あの連中はかぞえるからね。殺されたくなかったら、くすねるんじゃないよ。シンジケートとはわけがちがう。すごく変な連中なんだ」

バッグを拾いあげてフラップを開けると、紙につつんだ札束が八つ入っていた。ひと束が、たぶん千ドル。「ドラッグの名前は？」

「ソフトサーブ」

「ソフトサーブ？」

「ゆっくりおだやかに効いてくるからだよ。あたしは使ってない。ただの使い走りだからね」

「インビジブルの使い走りってこと？」

ジェサがうなずいた。「あたしが会うのはナットっていう男。質問はしない。訊こうとしたら、詮索したら殺すって言われたんだ」彼女は肩をすくめた。

「あの人たちは、どうして顔に靴墨を塗ってるの？」わたしは訊いた。

「靴墨を吸うと、ソフトサーブの効果が増すらしいよ」

最悪。信じられないと言う代わりに顔をしかめてみせると、ジェサが顔をしかめ返した。小うるさい世間知らずだと思われているのが、よくわかった。

サージが彼女のジャケットを叩いて、武器をさがした。そして、内ポケットに拳銃が入っているのを見つけると、弾を抜いた。「さあ、行こうか」

ふたりが坂をくだっていくと、わたしはバイクにまたがってエンジンをかけ、ずんぐりとした白い家に向かって坂をのぼりはじめた。自分がまちがっていないことを、正体を見破られることなく家に入れてもらえることを、祈るしかなかった。

20

「ジェサは今夜、来られないの」ポーチのひび割れたセメントの上に立ったわたしは、ドラッグをとどけにきた使い走りを装って、身じろぎしながら言った。目の前には、汚れたボタンダウンのシャツを着て、腰にエプロンを巻いた、長髪の薄汚い男がふたり立っている。格好も同じなら、無精髭の生え具合も同じ。目がぼうっとしていて、口や手やエプロンに黒い染みがついているところを見ると、ふたりとも売り物を使っているにちがいない。

薄暗がりに立って、ぽかんとこっちを見ている彼らの目の奥で、狂暴性がさざ波のように揺れている。態度から髪の長さまで、双子みたいにそっくりだったけど、ひとりはだんごっ鼻と肉づきのいい顎の持ち主で、もうひとりは相棒よりちょっと痩せていて背も少し高く、白目がちの片方の目が右に向きっぱなしになっている。白目がちの男がわたしの肩をつかんで、なかに引き入れた。「現金を見せてもらおう。話はそれからだ」彼はそう言ってドアを閉めた。気がつくと、仄暗い通路に立っていた。どの壁も紫の指跡だらけで、あたりには薬品っぽい臭いがただよっている。

だんごっ鼻の男にジェサのバッグをわたし、導かれるまま小さな家の狭いリビングルームに入っていきながらも、子供たちがここにいてくれることにかすかな望みをかけて、壁の隙間という隙間をのぞいていた。男たちは、わたしが武器を持っているかどうか調べようともしなかった。きっと、そんな必要を感じさせないほど無害に見えたのだ。

天井の低いその部屋の壁紙は、剝がれかけていた。小さな黄色いローゼット文様がプリントされているみたいだけど、今は壁いっぱいに、スプレーで例の目が大きく描かれている。インビジブルのしるしだ。つまずきそうになって下を見ると、床に染みだらけのマットレスが置かれていた。その前のスツールに載った無音のテレビの画面にはトークショーが映っている。テレビの横の破れてスプリングが飛びだしているふたりがけのソファと、黒いプラスチック製の細長いコーヒーテーブル。テーブルの表面はビニール袋と秤におおわれていた。

そして、それ以外の場所は、ビーカーや高そうなチューブや秤、それになんだか知らないけど、化学薬品っぽい名前が書いてあるプラスチック製の大きな樽なんかで埋めつくされている。部屋の片側の古そうな黄色いコンロには大きなビーカーがふたつ載っていて、そのひとつのなかの濃い紫の何かが、ぶくぶくと黒い泡をたてていた。

でも、ドラッグなんかどうでもいい。知りたいのは子供たちのことだけだ。わたしは、ドラッグ料理番ともいうべき男たちに交互に目を向けた。このふたりは何か知っているのだろうか？　彼らは、インビジブルという組織のなかで、どういう地位にあるのだろう？

そのとき、カチカチッというかすかな音がした。床下から聞こえてきたような気がするけど、音が鳴ったのはその二拍分のみ。料理番たちは気づかなかったみたいだ。つまり、ふつうの耳にはとどかなかったということだ。鳥肌が立って腕の毛が逆立った。もっと何か聞こえないかと耳をすましてみたけど、いっしゅん足を引きずるような音がしただけで、すぐにまた静かになってしまった。

「金はちゃんとあるぜ」だんごっ鼻が言った。ぼうっとした目をちらっとわたしに向け、そのあと白目がちの男のほうを見た。「この子を殺すべきかな？　よそ者は入れるなと言われている」わたしは背筋をのばして、拳銃を抜く準備をした。ジーンズのウエストに突っこんである拳銃は、背中に密着して、きっと汗だらけになっている。

「ああ、そういう約束だ」白目がちの男が言った。ピザに何をトッピングするかとか、何色のシャツを着ることになっていたかとか、そんな話をしているような落ち着き払った口ぶりだった。わたしを見ているのはたしかだけど、片方の目は部屋の隅に向いている。「リーダーがやってくるまで、おまえをどこかに閉じこめておくことにする」

そのあと彼が、リモコンを取りあげてテレビのチャンネルを変えようとするかのように、ゆっくりと身をかがめてソファの下から何かを引っ張りだした。大きなサブマシンガン――たぶん、ウージーだ。その銃口をこっちに向けさせるわけにはいかない。

突進するわたしを見て、ふたりの口がゆっくりと開き、驚きの声がもれた。ふたりが立ちあがると、すべてがスローモーションに見えてきた。ウージーをかかげようとした白目がちの男の口からよだれが流れだし、マグカップにウージーがぶつかり、マグのなかで冷めたコーヒーが揺れはじめた。彼の関節に生えた黒い毛が――

わたしは白目がちの男の顎を蹴りあげた。大きなサブマシンガンが吹っ飛んで、コンロの前に置かれた紫のビーカーの上に落ちていく。次の瞬間、ビーカーが割れて、黒い雲のような煙があがり、髪の毛を燃やしたような臭いがただよってきた。

わたしは、仰向けにソファに倒れた男を拳で殴りつづけた。彼が気を失うまでにかかった時間は、ほんの一分。それでも、手は血だらけになっていたし、痛みをおぼえてもいた。

振り向くと、すぐうしろにだんごっ鼻がいた。両手に巻きつけた細い紐をピンと張ってかまえているところを見ると、首を絞めるつもりらしい。わたしは紐をつかんで染みだらけの敷物の上に投げ捨てると同時に、腕を使って背後から彼の首を絞めた。その腕から逃れようと、だんごっ鼻が必死でもがいている。

ジーンズのウエストから拳銃を引き抜いて、彼のこめかみに突きつけた。ビーカーからただよってくる臭いのせいで、どちらも咳きこんでいた。

撃鉄を起こして言った。「子供たちはどこ?」

「何を言ってるのかわからないね」だんごっ鼻が答えた。その身体が震えている。ここまでの出来事を目の当たりにした彼には、わたしに何ができるかわかっているのだ。

「今日、死にたいの?」吐きだすようにそう言うと、首にまわした腕に力をこめ、さらに強くこめかみに銃口を押しつけた。そして、彼が悲鳴をあげるとつづけた。「あなたが死んでも、ぜんぜんかまわない。お友達が目をさますのを待てばいいんですもの。どっちだって同じよ」

彼が首を振った。

「今すぐに言いなさい」強く押しつけた銃口を、こめかみの皮膚をこするように動かすと、彼が甲高い悲鳴をあげた。「言わないなら撃つわよ」

「地下にいる」だんごっ鼻が言った。「あの子たちには、何もしちゃあいない」

安堵の波が押しよせてきた。子供たちはここにいる。間に合ったのだ。「案内して」

首にまわした腕を放して、頭のうしろに拳銃を突きつけた。べたついた長い髪に銃口がうもれている。

「さあ、早くして!」わたしは怒鳴った。コンロの上のビーカーからただよってくる煮立ったソフトサーブの臭気のせいで、ちょっとくらくらしはじめていた。彼も、感覚が変になっていたにちがいない。そうでなかったら、すんなりと言うことを聞いたりはしなかったはずだ。だんごっ鼻が無言のまま、暗い廊下を歩きだした。いやらしい緑色の毛羽だったカーペットを踏みしめてメタルドアの前まで来ると、だんごっ鼻がポケットを探りだした。

「そのまま動かないで」剃刀とかナイフとか、そういう危険なものが入っている可能性を考えて、彼のポケットに手を入れてみた。ただの鍵束だった。わたしがそれをわたすと、彼が鍵を開けはじめた。手が震えているせいで、鍵も震えて大きな音をたてている。ようやくドアが開くと、わたしたちは床にリノリウムを貼った洗濯室に足を踏み入れた。「この下だ」彼がささやくように言った。「このタイルを剝がせばいい」

「だったら、剝がして」

だんごっ鼻が両手と両膝をついて、リノリウムのタイルを持ちあげると、メタル製の跳ねあげ扉があらわれた。彼が鍵をさがしている。そうしているあいだにも、ドラッグの臭いがどんどん強くなっていく。コンロにかけてあったもうひとつのビーカーも、煮立ちはじめているにちがいない。わたしは彼に向かって、いそぐようにと怒鳴った。「わかったよ、待ってくれ」二度まちがった鍵を選び、三度目にやっと鍵が開くと、彼は跳ねあげ扉を引きあげた。

その瞬間、拳銃で彼のこめかみを一発殴った。フォードに教わったやり方だ。こめかみを狙えば、ノックアウトできる。

だんごっ鼻は、立っていたその場所に倒れこんだ。

わたしは息を吸い、明かりが揺らめいている部屋に向かって階段をおりていった。オシッコと汗の臭いがする。何を見つけることになるのかと思うと、たまらなく怖かった。

地下におりたったときも、まだ拳銃は持っていた。明かりは、たった一本のキャンドルのみ。隅のほうにいる誰かがあえぐのを聞いて、そっちに向かって足を進めた。薄明かりのなか、板張りの床に、身をよせあうように坐っている子供たちが見えた。たぶん、そんなふうにして凍えるほどの寒さを凌いでいるのだ。ここの室温は、上より少なくとも十度は低い。

「あの人なら知ってる」誰かがささやいた。「インビジブルのメンバーじゃないわ」

「訊いてみてよ」別の誰かが言った。すごく子供っぽい声で、十二歳くらいにしか聞こえなかった。

「カテドラルの生徒でしょう?」女の子がそう言って、ちょっとふらつきながら立ちあがった。

「そうよ」近づいてみると、セレスティアル・ディールだった。彼女には何度か会ったことがある。自己紹介しようと口を開いたけど、やめるべきだと気がついた。「さあ、ここから出るわよ。いい?」

立ちあがりだした子供たちは、みんなふらふらだった。「あなたたちをここに閉じこめた人たちは、わたしをさがしている」痩せた小さな女の子に手を貸しながら言った。「だから、誰があなたたちをここから連れだしたか、知られたくないの。わたしはここには来なかった。いいわね?」

子供たちはうなずいた。痩せた女の子が咳をした。胸の奥からぜいぜいいう音が聞こえている。みんなすごく怯えているし、疲れきっているし、お腹を空かせている。

「さあ」急に不安になってきた。この子たちは、ほんとうにだいじょうぶなのだろうか? 乏しいろうそくの明かりでも、全員の目が腫れあがっているのがわかる。身に着けているパーティ用のサテンのドレスやシャツは、汚れて破けていた。「歩ける?」

全員が立ちあがると、その数をかぞえてみた。そして、ふたり足りないことに気づいて胸が苦しくなった。「ジャスパーとウィルは?」

十二歳のミックが近づいてきた。彼は震えていた。「ほんとにここから逃げだせるの?」

わたしはうなずいた。「だいじょうぶよ。でも、いそぐ必要があるわ。ふたりがどこにいるのか、教えて……」

ミックの大きな目が、さらに大きくなった。「ウィルは、今朝出ていった。やつらがジャスパーを連れにきたときに、リーダーとふたりきりで話がしたいって言ったんだ。ジャスパーがどうなったかはわからない。ただ、連れていかれちゃったんだ」

ミックはあふれだした涙を両手で拭った。

それが何を意味するか気づいた瞬間、恐怖が身体を駆け抜けた。「いいわ、気にしなくてだいじょうぶ」必死の思いで言ったけど、声がかすれていた。「今は、ここにいるみんなが無事に逃げられるように、それだけ考えましょう」

「ありがとう」セレスティアルが言った。「あなたのことは誰にも言わない。自分たちで逃げだしてきたって話すわ。小さい子たちにも、ちゃんと言って聞かせる」

うなずいてお礼を言ったけど、たぶんもうインビジブルはわたしのことを知っている。自分が自由になるために、ウィルがしゃべってしまったにちがいない。汚れた髪を撫でつけたり、ジャケットのボタンをはめたり、脱ぎ捨ててあった靴を履いたりして、子供たちの準備がととのうと、順番に階段をのぼらせた。洗濯室で意識を失っているだんごっ鼻の身体をまたぐときは、みんなびくびくしていたけど、それでも一列になって廊下を進んでいった。子供たちは薄暗い明かりにさえ眩しそうに目を細めているし、いやらしい臭気に咳きこんでいる。わたしはリビングルームに飛びこんで、コンロの火をとめた。そして、子供たちに外で待つように言うと、テーブルの上にあったダクトテープで白目がちの男を暖房器のポールに縛りつけ、洗濯室に駆け戻ってだんごっ鼻の手足を縛り、跳ねあげ扉の取っ手にくくりつけた。

キッチンがあることに気づいたわたしは、手近にあったふたつのコップに水を注いで外へといそいだ。そしてポーチで合流した子供たちにそれを飲ませると、警察に電話をして、この家の場所をしらせた。「警察が来たら、自分たちで逃げだしたって言うのよ。誰かが救いだしてくれたけど、それが誰なのかはわからないって話してもいいわ。とにかく、わたしのことは口にしないで」念を押すと、全員がうなずいた。度合いや割合はそれぞれちがっていても、どの子供もショックと孤独感と混乱をおぼえ、その渦に呑まれまいと闘っている。

わたしたちはそろって長いドライブウェイをくだり、通りに出る手前で足をとめた。「あの側溝に隠れて」道端を指さして言った。「警察の車じゃない車が来たら、身を低くして隠れているのよ。すぐに警察が来るわ。サイレンの音が聞こえたら、出てきてだいじょうぶ」

子供たちがうなずいて、ぼそぼそとお礼を言った。

「もっと早く来てあげられなくて……ごめんね」みんなの前で泣きださないように口ごもりながらそう言うと、通りの向こう側にとまっているサージの車を目指して走った。

助手席に乗りこんだときには、最悪の気分になっていた。「行きましょう」七人の子供たちの虚ろなぼうっとした顔を思い出しながら、サージに言った。「警察が来たときに、ここにいるわけにはいかないわ」

サージがうなずいた。「ジェサは帰しました。あとでバイクを取りにくるつもりのようです」

「早く来すぎたら、警察に捕まっちゃうわ」

「どんなふうでした？　子供たちを見つけたんでしょう？」

わたしはうなずいた。「見つけたわ。あの家の地下に閉じこめられてたの。でもジャスパーは連れていかれたあとだった。あの子は、いなかったわ」

サージが目をつぶった。ふたたび目を開けたとき、彼の鼻から息がもれた。「ウイリアムは？」

「いなかった。知っていることをインビジブルにしゃべってしまったにちがいないわ。だから、あの人たちは、もうニュー・ホープの正体を知っている」

21

翌朝、ジャスパーが見つかった。毒を射たれて死んだ彼の遺体が、ジッパーが開いたままの横長のダッフルバッグに入った状態で、警察の正面玄関前の階段上に置かれていたのだ。その小さな手にはカーネーションが何輪かにぎられていて、胸にはメッセージがとめつけてあった。

『かわいそうな小さなジャスパー。五千六百万ドル。大金だ。しかし、ジャスパーを救うには足りなかった。残念ながら、さらに子供たちを手にかけることになるだろう。

インビジブル』

夜のニュースは、さかんにその件について報じていた。キッチンでリリィとテレビを見ていたわたしは、ジャスパーの小さな遺体がストレッチャーに載せられてシーツを掛けられる映像を目にして、胃がよじれそうになった。

そしてそのあと、無事に戻った子供たちへのインタビューが流れ、ウィルはどこにいるのか様々な意見が述べられた。専門家のなかには、ウィルは洗脳されてインビジブルの一員になってしまったのではないかと心配する者もいた。でも、ほとんどの人は、彼が次の犠牲者になるにちがいないと考えているようだった。

インタビューを受けた子供たちは、「鍵が開く音を聞いて階段をのぼってみたら、男の人がふたり気を失って倒れていたんです。でも、他には誰もいませんでした」と話していた。リポーターたちは、そんな子供たちの話をひとことも聞き逃すまいと耳を傾けている。そばについている親たちは、まばゆいライトのなかで微妙な表情を浮かべていた。ほっとしていることはたしかだけど、一歩ちがっていたらどうなっていたかを思って恐怖をおぼえているのだ。そうした一団のうしろで、ジャスパーのお通夜が行われていた。ダウンタウンの広場に、紙コップに入ったキャンドルを持って、何千人もが集まっている。このなかにパパとママもいるはずだ。ほんとうはわたしを連れていきたかったみたいだけど、つらすぎて行かれないと言って納得してもらった。

「あなたにお手紙ですよ」耳元でリリィがそう言い、テーブルの上に封筒をすべらせた。差出人を見ると『ベドラム・バレエ団 サマー・オーディション・プログラム』と書かれていた。

封を切ったものの、どうでもいいような気がしていた。最初の行を読んで、スカウトの目にとまったことがわかった。

『親愛なるミス・フリート

この通知を差しあげられること、ひじょうに喜ばしく――』

ここまで読めば充分だ。〈ジゼル〉がスカウトの目にとまったのだ。夏のオーディションでしくじらなければ、秋にプロのバレエ団に入れる。でも、なんの感情も湧いてこなかった。別の誰かの身に起こったことみたいな気がする。そう、これはかつてのアンセムが目指していたことだ。

物心ついたときからずっと、この手紙を受け取る日を夢見ていたとしても、ジャスパーが遺体になって見つかった今、将来のことを考えるなんて悪趣味だ。ウィルだって行方不明のままで、どうなっているかわからない。それにインビジブルがわたしに迫っている。そんなときに、どうしたら将来の計画なんて立てられるだろう？

わたしは、ゆっくりと手紙を破きはじめた。まず、細長く切り裂き、それを細かくちぎっていく。

「アンセム」リリィが心配そうな目をして、わたしを見ていた。「あなたのことは誇りに思っています。ええ、ご両親のこともですよ」

「ありがとう」うなずきながらも、手紙をさらに小さく小さく破りつづけた。フォードは何をしているのだろうと、ぼんやり思った。ジャスパーのことは耳にしているだろうか？　もしかしたら、気にもとめていないかもしれない。わたしがどうなろうと、もう気にしていないのはたしかだから、今度の出来事もどうでもいいと思っているかもしれない。

翌朝、ロビーのドアを抜けて学校へと向かった。ほとんどの子供が無事に家に戻った今、はっきりとわかるくらい街の緊張はゆるんでいる。その感じは悪くなかった。学校の二ブロック手前のカテドラル・ウェイに出ると、通りの向こう側の家の玄関前に野球帽を被った黒髪の男の子が坐っているのが見えた。汚れのせいでてかてか光っている黒いドレスパンツと、汚らしい白のドレスシャツと、その上に着ているドレッシーなジャケット。その片方の袖には、ナイフで切られたかのように、肘から肩にかけて長い裂け目ができている。野球帽を目深に被ってうつむいているせいで、顔は見えない。それでも、なんとなく見おぼえがあるような気がして、朝の日射しのなか、目を細めてみた。

そして、はっとした。近づいていくと彼がこっちを見た。その顔を見て、わたしは跳びあがった。「ウィル！」

「しーっ。歩こう」ウィルは吐きだすような声でそう言うと、階段から飛びおりて歩道を歩きだした。わたしは彼に追いつくと、両手をポケットに突っこんだ。不安のせいで手が痺れている。話なんか聞かなくても、面倒なことになっているのはわかった。

「みんながあなたをさがしてるわ」足早に歩きながら、小さな声で言った。

「まだ、うちに帰る気にもなれない」すごい早口で、過呼吸気味になっている。なんだか躁病患者みたいだ。「公園で眠った。きみと話す必要があったんだ。アンセム、ぼくは連中に見張られている。だから、ぐずぐずしてはいられない」

「わかった」歩道を歩きながらあたりを見まわしてみたけど、木の上で鳥がさえずっているのをのぞけば、何も見えないし何も聞こえない。ウィルの頬には痛々しい黄色い痣ができていて、いそいで髪を染めたのか、生え際のあたりに青みがかった黒のヘアカラーが流しきれずに残っていた。青い目は血走っているし、そこには当惑しているようにも見える虚ろな表情が浮かんでいる。「髪の色を変えたのね」バカみたいだけど、そう言ってみた。

「連中に見つかりたくないからね。あいつらは狂ってる」不意に足をとめたウィルにぶつかって、わたしは一歩あとずさった。いかにも無力そうな彼は、心底怯えて取り乱していた。「ほんとうに、ごめん」不明瞭な声でウィルが言った。「ジャスパーが連れていかれるのを見て、抑えを失なった。次はぼくの番かもしれないと思ったんだ。ごめん」

「ごめんって、何が?」吐き気がするほどの恐怖が、身体を駆け抜けた。「ウィル、いいから言って」

「他に……取引材料がなかったんだ。あいつは、死ぬほど知りたがっていた。しゃべりたくはなかったけど――」

　そのとき、制服のスカートのポケットのなかでケータイが鳴りだした。わたしはさっと振り向き、そこにならんでいる静かなタウンハウスに目を走らせてみた。ウィルの言うとおり、わたしたちは見張られているのかもしれない。遠くにぐるりとそびえている高層マンションが、ビックリハウスの鏡をのぞいたみたいに歪んで見えてきた。明るすぎる空を背に、その表面のガラスがぎらぎらと輝いている。そんな光景を眺めているうちに、パニックの波がひろがっていった。

「今ごろ電話なんて、誰から？」思いが口に出た。インビジブルにつけられているのかもしれない。わたしは振り向いて、追跡者の姿をさがした。でも、誰もいなかった。

誰が電話をかけてきたのかは、出るまでもなくわかっていた。どうすればニュー・ホープに連絡がとれるか、ウィルがインビジブルにしゃべってしまったのだ。

「ほんとうに、ごめん！」ウィルはもう一度そう言うと、手を大きく振りまわしながら全速力で走り去っていった。野球帽の下からのぞいている変な黒い髪のせいで、リハビリを終えて学校にやってきたときの彼とは別人みたいに見えた。

わたしは震える手でポケットからケータイを取りだした。ほっとしたことに、ザラからだった。

わたしは力が抜けたまま息を吸いこみ、応答ボタンをタップした。「もしもし」

苦しそうな息づかいが聞こえてきた。紙袋のなかに息を吐いているみたいな感じだ。

「ザラ？　妙な悪戯に付き合ってる場合じゃないの。今、ウィルに会ったのよ！　解放されたらしいわ」

「解放したのは、わたしだ」

血が凍った。インビジブルのリーダーだ。声を変えてもいない。静かな気取った声だった。

「ザラはどこ？」どこかに潜んでいる狙撃者に頭を狙われているような気がして、ゆっくりとあたりを見まわしてみた。でも、誰もいなかった。

「そろそろ対面してもいい頃合いだ」質問を無視して彼が言った。「そう思わないか？」

「ザラはどこにいるの?」そうくりかえしながら、ビルというビルのてっぺんに目を向けた。変わった様子はないし、人影も見えない。

「きみの友達をあずかっている」落ち着き払った声で彼が言った。「会いたかったら、シマッツ・アンド・カンパニーの屑鉄置き場まで来てもらおう。一時間待つ。ああ、マスクは必要ない。もう正体はわかっているんだからね」

電話が切れた。

心の奥から噴きだした怒りの叫びがタウンハウスにこだまし、耳のなかにひびきわたった。まわりじゅうの家が瓦礫になってしまうのではないかと思うほどの、激しい怒りの声だった。窓が粉々に割れるところを思い描きながらも、酸っぱいものが口のなかにひろがりだすのを感じていた。空気を呑んで空を見あげてみた。救いなんかなかった。ヘリコプターがバカみたいに街をパトロールしているけど、うるさいだけでなんの役にも立っていない。そのなかの一機が、臆病なトンボみたいに、湖のそばの木々の陰に沈んだ。

わたしはいきおいよく地面を蹴り、うちに向かって前のめりに駆けだした。拳銃を取ってくる必要がある。武器を持たずに、そんな場所に行くわけにはいかない。

歩道を飛ぶように走り、人や車が多い通りに出るとさらに足を速めた。警官やヘルメットを被った機動隊員が、インビジブルを警戒してそこここに立っている。無線機から声が聞こえだしたとたん、彼らのなかに緊張が走った。「最後の人質を発見。全員に告げる。最後の人質を発見」

わたしは、すごいいきおいで警官たちの前をとおりすぎだ。テレパシーでインビジブルのリーダーに伝えようとするかのように、ひとつの思いをドラムを叩くみたいに、何度も何度も胸のなかで唱えつづけた。

あなたはわたしの友達を人質にとった。そのお返しに、あなたの命を奪ってあげる。

22

ソックスとブーツのあいだに差しこんである拳銃が踝《くるぶし》をこするのを感じながら、とにかく走った。デニムのジャケットのポケットには、予備の弾が入っている。言われたとおり、マスクはうちに置いてきた。

走りながらも、インビジブルのリーダーはわたしに何を望んでいるのだろうかと考えずにいられなかった。人殺しの手伝いをさせたいのだろうか？　どんなことであれ、わたしが協力するなんて、本気で思っているのだろうか？

でも、わたしを殺したいだけかもしれない。自分の手で片づけたいのかもしれない。

あまりのスピードに、肺が燃えるように痛み、目は涙でかすんでいた。それでも、身体はもっと速く走りたがっていた。速く走れば走るほど力が湧いて、投げられたナイフのように脚が前に動いていく。足先は、もうほとんど地面についていない。

サウス・ベドラムに入ると、歩道ではなく通りの真ん中を走った。荒れたこのあたりは、滅多に車がとおらない。街を囲うように建っている工場の前を過ぎ、ゴミがむきだしになっている埋め立て地や休閑中の畑の横を駆け抜け、ようやく小さな丘のてっぺんにあるシマッツ・アンド・カンパニーの屑鉄置き場にたどりついた。三方に巨大なクレーンがとまっている。高いチェーンリンクフェンスと、入口に取りつけられた南京錠。クリスマスに食べるハムのかたまりくらい大きな南京錠だったけど、この怒りにまかせて試してみたら、まっぷたつに折れるかもしれない。でもそのとき、フェンスと地面のあいだに隙間ができている場所があるのに気がついた。そこに力をくわえてみると、フェンスは思いどおり上向きに折れてくれた。その下をくぐりながらも、心臓がぶんぶん音をたてていた。

割れたフロントガラスがカーテンのように横にぶらさがっている、つぶされた車の大きな山のあいだをとおって、屑鉄置き場の奥へと進んでいく。まわりじゅうに輸送用のコンテナが高く積まれていて、壁や車や船をつぶした鉄屑が所狭しと置かれていた。

でも、人の気配はなかった。わたしは、屑鉄置き場の真ん中で足をとめた。朝の日射しがクロムメッキやガラスを輝かせているだけで、動くものは何もない。

誰の姿も見えなかった。

「来たわよ」大声で言ってみた。こんな開けた場所では、こだまもしない。声は、ただ消えていった。

「来いと言ったのはあなたよ。出てきたらどうなの！　それとも、遠くからわたしを殺すつもりで、ここにおびきだしたわけ？　だったら、ずいぶんと臆病ね」

自分の頭のなかで血がどくどくいう音以外、何も聞こえない。あたりを見まわしつづけるわたしのなかで、一秒ごとに焦りがつのっていく。

そのとき、車の山のあいだに何かが見えた。

そんなものを見ることになるなんて、予想もしていなかった。

車椅子に乗った男だ。棒みたいに細い脚をして、その爪先が内側を向いている。でも、上半身はたくましくて力がありそうだった。身体に貼りつくような黒いメッシュのTシャツごしに、腕の大きな筋肉が見えている。茶色い巻き毛と、赤くて厚い唇と、ワシ鼻と、オリーブ色の肌。知的な緑の目のまわりには、黒いアイラインが引いてある。彼は生気に満ちていて、ちょっとお洒落でさえあった。思わず、魅惑的という言葉が浮かんできた。

「驚いているのか?」車椅子の男が言った。わたしは、トランスミッションで聞いたインビジブルのリーダーの声を思い出してみた。コンピュータで変えてはあったけど、同じ声だ。次に、手を見てみた。かなり深いところまで爪をかんでいる。あの手と同じだ。

これがインビジブルのリーダーだ。何がなんだかわからない。わたしは、目の前に見えているものを理解しようとした。

「でも、どうして……」そこまでで口をつぐんだ。何を訊きたいのかさえわからない。

彼が笑みを浮かべると、完璧な白い歯がのぞいた。真珠のように輝いているその歯は、どう見ても歯科矯正を受けたものだった。まちがいなくノースサイドの人間の歯だ。「手を貸してくれる人間がいるんだ。この街で殺し屋を見つけるのがどんなに簡単か、きみもきっと驚くよ。いや……」彼が言葉を切って横目でこっちを見た。わたしをうまくおびきだせたことに満足しているのか、アイラインに縁取られた目が得意げに輝いている。「驚かないかもしれないな。きみの歳くらいのときに撃たれたんだ。脊髄を撃たれて生き延びたら、こういうことになる」彼は派手な仕草で細い脚を示し、そのあと肩をすくめてみせた。**ひどいもんだ。しかし、めずらしいことではない**とでも言っているような感じだった。「わたしのことは、もういい。きみの話を聞かせてもらおう。しかし、あの——」言葉につまったみたいだった。「救出劇は見事だった。せっかくの人質を、よくも連れ去ってくれたものだ」

「ザラの話をするっていうのはどう?」唇を引き結んで答を待った。急に踝のあたりがずきずきしてきた。拳銃を押しこんであるせいで、ブーツがきつくなっているのだ。拳銃を突きつけてザラの居場所を聞きだしたいという気持ちを抑えるには、自制心をかき集める必要があった。

「きみの家族のことは知っている」そう言いながら彼が近づいてきた。ハンドリムをにぎり、大きく前のめりになって車椅子を前進させている。その手は、手首にマジックテープがついた赤い人工レザーのハーフグローブに包まれていた。それを見つめながらも、心臓がうなりをあげているのを感じていた。**何を知ってるっていうの？**　そう訊きたかったけど、彼を喜ばせるつもりはなかった。

「ハンセン家の息子から話を聞いたときには、信じられなかった。きみは、ベドラムを代表する不動産開発業者であるハリスとヘレンの娘だ。そのアンセム・フリートがザ・ホープだったとは驚きだ」

わたしが一歩あとずさると、彼は動きをとめた。その表情と探るような目つきのせいで、見すかされているような気がしてきた。

「ザラに何をしたの？」彼から注意がそれないよう努めながら訊いた。

「それについては、あとで話す。まずは、きみのことだ。それから、われわれの目的のために、きみに何をしてもらいたいか話そう」

「あなたたちの目的？　子供たちを殺すこと？」冷たく言ってやった。「そんなことに手は貸せないわ」

彼の背後に目を向けてみたけど、見わたすかぎり、つぶれた車を雑に積みあげたタワーがそびえているだけで、なんの動きもなかった。人もいないし、機械も動いていないし、ネズミの気配さえしない。

「アンセム、きみはそんなふうに生まれついたわけではないはずだ」苛立ちもあらわに、彼がため息をついた。「誰かが、きみに手をくわえたことはわかっている」

「手をくわえた？」芝居がかった仕草で、掌を上に向けて両手をひろげてみせた。「何を言ってるのか、さっぱりわからないわ」

「みんな、あのトランスミッションを見ている。なんなら再生してやろうか？」

わたしは顔をそむけた。まず、くもってきた空を見あげ、そのあと石壁の間柱《まばしら》に立てかけてある大きな金属板に目を向けた。まるで、いいかげんにならべた巨大なドミノだ。ぺしゃんこにつぶされた車のタワーがかすかに震えたのを見て、わたしは警戒した。誰かが潜んでいるのかもしれないと思って、しばらく注意していたけど、もう何も動かなかった。

「誰がきみの胸にメスを入れたのか知りたいんだ、アンセム。縫合の跡があるのを見たと、ウィルから聞いている。単純明快。そういうことだ。教えてくれれば、ザラとかいう、あの口の悪い友達を返してやる」

インビジブルのリーダーの望みが、やっとわかった。脚を治したいのだ。それがどういうことかわかってもいないのに、彼はわたしのようになりたがっている。その情報を得るために、ザラを人質にとったのだ。

ひとりで研究室にいるジャックスを思って、胃の奥に恐怖がひろがった。警察に助けを求めたら、過去に犯した罪で生涯を刑務所で過ごすことになる。でも、警察に駆けこまずにインビジブルに手を貸しても……自由でいられる保証はない。

「教えなかったら?」震える声で訊いてみた。でも、その答はわかっていた。それでも、彼の口から聞く必要があった。わたしは、ほんの少し脚をあげて、拳銃を抜く準備をした。

「わかっているはずだ。ライブ映像を見せよう」彼がポケットからケータイを取りだし、わたしに見えるように画面を傾けた。

緑と黒の監視カメラの映像だった。庭の物置みたいな細長い部屋のコンクリートの床に、ザラが坐っている。家具もなければ窓もない。ザラは両膝を立てて、その上に顎を乗せていた。

不意にカメラの向きが変わった。その映像を見て、わたしは息を呑んだ。

ザラの真上に、まるでパーティの飾りのように、何百本ものダイナマイトがぶらさがっていた。

さっとあたりを見まわした。ふたりの他には誰もいない。わたしは歩けるし拳銃を持っている。一方、彼はグロスを塗った唇に気取った笑みを浮かべて、ケータイをにぎりしめたまま車椅子に坐っている。

「彼女のところに連れていって」小さな声でそう言いながら近づいていくわたしを、彼がおもしろそうに眺めている。その目に浮かんでいる何かが、すごく気になった。値踏みするようにも見える誇らしげで超然とした何かが、そこに潜んでいた。「言うことをきいてくれないなら、撃つわ」

「やれ!」彼が怒鳴った。うんざりだと言わんばかりの口調だった。

次の瞬間、腿の上のほうに何かにかまれたような痛みが走った。

見ると、子供の玩具みたいな紫のプラスチックの矢が、ジーンズに突き刺さっていた。わたしは徐々にこみあげてきた吐き気と闘いながら、歯を食いしばって矢を抜き取った。矢尻の長さは二センチ五ミリほど。その金属部分が湿っていた。

まっすぐに立って、矢が飛んできたほうを見ようとしたけど、すでに右脚全体に毒がひろがりだしているらしく、うまく動けなかった。

視界も少しぼやけてきた。隅のほうが紫に変わりだすのを見て、舞踏会のピンクのガスを思い出した。力が抜けて何もできない。それでも、拳銃を抜こうと頑張った。完全に力を失う前に、一発でも二発でも撃ちたかった。もう、まともにものが考えられなくなっていた。ここで誰かを撃っても、ザラが助かるわけではないとわかっていても、なぜかそこにつながりがあるような気がしてならなかった。

目の前の風景が傾いていく。屑鉄のタワーの陰から人があらわれ――なんておおぜいいるんだろう！――こっちに近づいてくるのが見えた。

ブーツから拳銃を引き抜くには、ありったけの力を振り絞る必要があった。それでも、なんとか引き抜いた。ただ、指が言うことを聞いてくれなかった。手が拳銃をにぎることを拒んでいる。

「ザラを傷つけないで」そう言ったつもりだったけど、顎の力が抜けていてまともにしゃべれなかった。

地面に倒れたわたしの手から、拳銃が落ちた。それをつかもうとするわたしを、インビジブルのリーダーが観察するような目で興味深げに見おろしている。指先が拳銃にふれた。脳が早くつかめと命じ、身体もそれに反応したがっている。でも、何もかもがうんざりするほどのスローモーションでしか動かない。

「わたしは死ぬの？」と訊きたかったのに、意味のない母音がだらしなく口からもれただけだった。

「どれだけ長く闘ったか、見たか？　驚きだ。いっしゅんで意識を失うのがふつうだ」みんなうなずいている。いったい何人いるのだろう？　五人？　十人？　それとも百人？　視界がすごく狭くなっている。

うしろに傾いた頭が地面にぶつかったのはわかったけど、痛くもなんともなかった。白い明かりの点が見えてきた。もう頭をあげることもできない。

わたしはインビジブルの部隊に囲まれていた。あらゆる場所から集まってきた彼らが着ているものは黒と白のみで、シャツにはあのバカげた目がプリントされている。みんな若くて、わたしよりも若そうな男の子もたくさんいた。視界にひろがりだしていた紫のかすみがグレーに変わり、すべてをおいつくした。もう何も見えない。

そして、そのあと真っ暗になった。

「お目ざめいかがかな、スーパー・ガール？」

わたしは目を開いた。白衣を着た男の人が、顔の前で指を鳴らしている。「聞こえたらまばたきをしてください」外国人特有の訛りの強い英語で言われて、わたしは素直にまばたきをしてみせた。

「まだ、ぼうっとしているでしょうが、もうだいじょうぶです。点滴が効いたようですね。あなたはすばらしい。その胸のなかに何がうめこまれているとしても、それはたいへんなものです」

「ここはどこ？」そう訊いたつもりなのに、変な音が出ただけだった。

「もうちょっと待ってくださいよ。じきに筋肉弛緩剤の効果が消えるはずです。動物用の安定剤《トレモーガ》を使ったと聞いています。トレモーガといえば、ゾウだっていっしゅんにして眠ってしまう薬です。それを通常の二倍、使ったというじゃないですか。あんなに動きつづけるなんて驚いたと、みんな言ってました。彼に会うのが楽しみです」

「彼って誰？」今度はちゃんと言えた。

「ああ、よかった。しゃべれるようになってきましたね。ひじょうに好ましい。誰かって、もちろんあなたの主治医ですよ。彼のところに案内してもらうことになっています。だいじょうぶ、傷つけるような真似はしません。協力を拒まないかぎりはね。しかし、われわれに協力したがらない人間は滅多にいません」

「やめて」小さな声で言った。「やめて、やめて、やめて」

「しかし、スーパー・ガール。かわいそうだが、あなたに選択肢はありません」ほんとうにかわいそうだと思っているみたいだった。手を揉み絞っている医者は、目の下の皮膚が大きくたるんでいるせいで、ウミガメみたいだった。「時間内にあなたが言うことを聞かなかったら、お友達が吹き飛ばされてしまいますからね。すでにタイマーは動きだしています。残り時間は、おそらく一時間とちょっと。それがリーダーのやり方です。あの人は、タイマーが異常に好きでね」

彼がため息をついた。〝悲劇ではあるが仕方がない〟と思っているようにも見えるし、〝平和と非暴力を愛する身としては、けっして黙認できない〟と言いたげにも見える。

「あの人をとめて」ささやくように言ってみた。

「わたしにはそんな力はありません」医者が答えた。「お友達の様子を見ますか？　スクリーンもあるし、許しも出ています。画面には彼女の姿といっしょに、時計も映っています」

ストレッチャーから頭をあげて、染みひとつない清潔な白い部屋を見まわした。

「ジャックスを傷つけたりはしないで」わたしは言った。「わかってると思うけど、あの人は天才なの。彼女に万一のことがあったら、多くの知識が失われることになる。人類にとって大きな損失だわ」

「彼女？　それは、ひじょうに興味深いですね。女性だとは思ってもみませんでした。もちろん、傷つけたりはしませんよ」外国生まれのウミガメ医師が請け合った。いったい、どこの出身なのだろう？　なぜ自分の国を出て、不公平で暴力だらけのこんな街にやってきたのだろう？　彼はやさしそうだった。狂っているけど、やさしそうに見える。「リーダーを救うのに、彼女の医者としての腕を借りたいだけです」

「どうして、あなたはあんな人の下で働いているの？」

「この街は、一方向に傾きすぎています。それを正すときが来たと……われわれは考えているのです」ぎゅっとまばたきをした彼が、やさしい笑みを浮かべてこっちを見おろし、わたしの手を取って指を眺めた。見ると、先のほうが怖いくらい真っ青になっていた。「リーダーならば、それができる。われわれはそう信じているのです」

「人を殺して、不公平を正そうっていうの？」

「いいえ、そうではありません。リーダーは、実のところ非暴力主義者なのです。目的を果たすための手段として、ごく稀に暴力を用いるだけです。おおかたの人間が、日常を安全に暮らせるようにするためにね」

うなずいてみせたけど、心のなかで**そんなのは嘘だ**と叫んでいた。

拳銃を探ってみたけど、もちろん取りあげられていた。

「いいわ」わたしは言った。「行きましょう」

誰かに鋸で頭をまっぷたつに切り裂かれて、またつなぎあわされたような気分だったけど、脚は動きそうだったし、少なくともしゃべれるようにはなっている。まずストレッチャーからおりて二本の脚で立つと、広い部屋のなかをゆっくりと歩いてみた。ぴかぴかの白いプラスチックパネルにおおわれた壁のせいで、風船のなかにいるような気がした。腕を大きく振りあげ、首をまわし、すべての筋肉が動くことをたしかめてみる。そして、キャビネットが開いていることに気づくと、ストレッチしながらなかをのぞいてみた。薬や器具がぎっしりつまっているけど、ほとんどはビニールに包まれた透明な注射器だった。

その箱に『トレモーガ』と書いてあるのを見たわたしは、医者がうしろを向いて鞄に道具をつめこんでいる隙に、注射器をわしづかみにして、筒が壊れたり針が折れたりしないよう気をつけながら、シャツの下に隠した。

ふたつの黒い革の鞄に道具をつめおえた医者が、テーブルの上のノートパソコンを示した。そこに映しだされたザラは、さっきと同じ暗い部屋に坐っていた。その顔には、恐怖の色が刻まれている。

画面の隅にタイマーの赤い数字が表示されていて、秒をあらわす数字がせわしく動いている。刻一刻と0に近づいているのだ。

『1h 08m 29s 45』医者がドアを開くのを見て、わたしは大きく息を吸った。

「どうぞお先に、スーパー・ガール」

さっとあたりを見まわした。

わたしはうなずき、部屋の外に足を踏みだした。

24

ジャックスの研究室のドアを開ける暗証番号は、彼女のお気に入りの分子理論に関係ある数字の組み合わせになっている。二度ためしてみたけど、手が震えすぎて、ちゃんと押せなかった。

ついに、わたしはドアを叩いた。これから起こることを思うと胸がよじれそうだった。でも、横にいる医者はリラックスしているみたいだ。いい印象を与えようとでもいうのか、白衣の下のネクタイをまっすぐになおしている。

だいぶ待ったあと、のぞき穴にジャックスの影が映り、ドアがさっと開いた。「アンセム」彼女がそう言って、わたしをなかに引き入れた。「あなた、ひどい顔色をしているわ」

「初めまして、初めまして」医者がうたうように言った。そして、なかに入るなり、ていねいにドアを閉めた。

「誰なの？」ジャックスは白衣の男を見つめている。「医者？」

彼女が身を硬くしたのがわかった。警戒しているのだ。ここに人を連れてきてはいけないことは、フォードもわたしもわかっていた。ジャックスは、人との関わりを避けている。ＦＢＩに追われる逃亡者なのだから、とうぜんだ。彼女のドアは、よそ者に対して常に閉ざされている。

「ごめんなさい」かすれた声で口ごもりながら謝った。舌がうまくまわらない。どうしたら、うまく説明できるだろう？「プロジェクトを成功させるために、あなたに力を貸してほしいらしいの」

ジャックスがうなずいた。銀色のカーリー・ヘアが、あらゆる方向に跳ねている。青い目に警戒の色を浮かべて、彼女が訊いた。「プロジェクト?」

「この人は……ええと……。あなた、名前は?」力なくそう尋ねながらも、ジャックスをじっと見つめていた。目の表情で、いろんなことを伝えたかった。こんな人を連れてきてしまって、どんなに申し訳なく思っているか知ってほしかったし、警戒する必要があるという事実もしらせたかった。

「ドクターI・と呼んでください」壁ぞいにならんだケージのなかの二十匹ほどの動物を見て、彼の目は受け皿みたいに大きくなっていた。

「わかったわ。ジャックス、この人はドクター・I。あなたと仕事がしたいんですって」

「わたしと? でも、それは……」危険を感じたのか、ジャックスはそこまでで口をつぐんだ。

わたしはシャツの下に隠した注射器を意識しながら、彼女に近づいた。

「難しいケースについて、あなたにぜひ意見をうかがいたいと思いましてね。報酬は、はずみます」そう言ってドクター・Iが開いた鞄には、紙に包まれたお札が何十束も入っていた。

ジャックスがこっちを向いて、眉を吊りあげてみせた。わたしは唇を引き結んだまままうなずき、シャツの下からそっと注射器をのぞかせた。

ジャックスはすぐに目をそらしたけど、見たことはまちがいない。「大金ね」彼女がドクター・Iに言った。

「今、半分おわたしします。残りは終了後に」ドクター・Iがにっこりと笑った。真っ白な歯がのぞいて、顎に大きな笑くぼができている。顎全体が灰色に見えるのはちょっとのびた髭のせいだ。

「なんの終了後?」

「プロジェクトの終了後です」

「そのプロジェクトって、なんなの？」わたしは訊いた。

「撃たれて脊髄に損傷を負った患者のメディカル・リハビリテーションです」隠し事など何もないかのように、ドクター・Iが答えた。ふつうの医者が同僚を訪ねて、あたりまえの話をしているような口ぶりだった。平気で子供を殺す、車椅子に縛られた狂人の〝リハビリテーション〟の話をしているのに、そんな感じはまったく匂わせない。インビジブルのリーダーは、歩けるようになりたいのだ。彼はジャックスの手を借りれば、それがかなうと思っている。それ以上の力を得られるかもしれないと期待しているのだ。

「ねえ、ドクター・I。ここを出る前に、ジャックスとふたりきりで話していいかしら。ちゃんとさよならの挨拶をしたいの」必死の思いで、唇に上品な笑みを浮かべて言ってみた。

「もちろんです。あなたの時間は、どんどん過ぎていく。早くすませたほうがいいですよ」彼はそう答えると軽くお辞儀をした。主導権をにぎっているのは彼なのに、こっちがボスみたいだ。「わたしはその間を利用して、あなたの動物たちと親交を深めることにします」彼はジャックスにそう言うと、サルのミルドレッドや回し車の上で走っている何十匹もの白いネズミを観察するべく、ケージに近づいていった。

「どういうこと？」そう尋ねたジャックスの声にはパニックの色がにじんでいた。「どうして、唇がそんなに青くなってるの？」

「ほんとうにごめんなさい。麻酔銃で撃たれて、あの人たちに捕まってしまったの。あの人たちは、わたしの友達を殺そうとしている」

「あの人たちって？」

「インビジブルよ」

ジャックスは、ぽかんとしている。それを見て、彼女がほとんど外出しないことを思い出した。この研究室に閉じこもっている彼女は、外で何が起きているか知らないのだ。「インビジブルと名乗っているグループの話は、聞いていない？」

「フォードが何か言ってたような気がする。でも、重要じゃないと思ったから、ちゃんと聞いてなかったの」

「インビジブルのリーダーは、恐ろしい殺人者よ。その人は車椅子を使ってるの。でも、あなたの助けを借りれば歩けるようになると思ってるみたい。あなたのことは傷つけない約束になっている。ごめんなさい。他に、どうしようもなかったの」

「わたしは魔法使いじゃないわ」ジャックスが鼻を鳴らした。彼女は**恐ろしい殺人者**という部分ではなく、**あなたの助けを借りれば歩けるようになる**というところに反応したのだ。「傷ついた脊髄を元に戻すなんて無理よ。断裂した神経を縫い合わせることも、わたしにはできない……」大きく手を振りまわしてそう言った彼女の掌が、コントロールを失った二羽の鳥のように見えている。

「あなたはハチドリの心臓を使って、死んだ女の子を生き返らせたわ」その事実を彼女に思い出させた。

「わたしにどんな力がそなわったか……あの人は知ってるの」

「でも、保証なんてできない。役に立てるかもしれないけど、立てない可能性もある」そう言った彼女の頬は、ちょっと赤くなっていた。「フォードを見て。彼を思いどおりに快復させることはできなかったわ」

フォード。その名前を聞いて心が震えた。今、ここに彼がやってきて、この状況を目にしたらどうなるだろう？　そう思った瞬間、身体のなかを恐怖が駆け抜けた。でも、今のわたしには何もできない。とにかく時間がなかった。今度のことが終わるまで、彼にはどこか別の場所にいてほしかった。

わたしはジャケットのジッパーをはずして、注射器を彼女の手に押しつけた。全部で六本。「一本だけポケットかなんかに入れて、あとは隠しておいて。トレモーガよ。ゾウを眠らせるくらい強い安定剤らしいわ。必要ないかもしれないけど、念のために持ってて」

「オーケー」ジャックスが唇を尖らせてうなずいた。もう動じていないし落ち着いている。「行きなさい。わたしはだいじょうぶだから、友達を助けにいって」彼女はそう言ってほほえんだ。「プレッシャーに堪えながら、ベストをつくしてみるわ」

「ほんとうは、歩けるようになるべきじゃないのよ。殺人者なんですもの」わたしは身を傾けて、彼女をぎゅっと抱きしめた。

ジャックスが首を振って何か言いかけたけど、彼女の腕に手を置いてしゃべらないようにと合図した。ドクターＩが近づいてきたのだ。

「時間が迫っています、スーパー・ガール。もうお友達のところに行ったほうがいい」

「あなたが情報をくれる番よ」わたしは言った。「どこに行けばいいのか教えて」

彼から手わたされた罫線入りのインデックス・カードには、読みづらい字で住所が書かれていた。『アザレア・レーン三五一番地』

「神のご加護がありますように」

「神さまなんて頼りにならないわ」わたしは吐き捨てるように言い返した。

「けっこうです。すばらしい」ドクターＩが腹立たしいほどの礼儀正しさで、笑みを浮かべて言った。「しかし、今は神学について議論するべきときではありません」

最後にもう一度ジャックスに目を向け、ドアに手をかけた。

「また、すぐに来るわ。待ってて」大きすぎる声でそう言いながら、震える手でドアノブをまわしたわたしの胸のなかで、心臓がうなりをあげていた。外に出てドアを閉めると少し頭をさげ、さっきあんなことを言ったにもかかわらず、ドアに手をついてささやいた。「神さま、どうかジャックスをお護りください」

そして、駆けだしたわたしは、サウスサイドの裏通りをアザレア・レーンに向かって走りつづけた。

25

アザレア・レーン三四八番地の前で通りをわたり、歩道を進んで三五一番地を見つけた。でも、そこに家はなく、あちこちに針金が突きだしているコンクリートの基礎と、敷地の隅のほうからのびている金属パイプが何本かあるだけだった。日没のピンクの日射しのなか、コンクリートの基礎にわたしと同じ歳くらいの男の子が三人坐っていた。ふたりは紙袋を持っていて、もうひとりはトランプを配っている。

　そのひとりの口のまわりに靴墨が塗られていた。肩までのびたもじゃもじゃの茶色い髪に半ば隠れている彼の目は真っ赤になっているけど、あとのふたりは躁状態でやたら元気だった。インビジブルの武装メンバーにちがいない。特別に調合されたドラッグのせいで、ちょっと変になっているのだ。三人とも目は虚ろだけど動きはしっかりしていて、おなじみの気取った笑みを浮かべていた。

　ひとりがわたしに気づいて、靴墨の男の子を肘でつついた。「来たぜ」着古した赤いハンティング・ジャケットの肩に、インビジブルの目を描いた小さな布きれが縫いつけてある。その目にじっと見つめられているような気がして、いっしゅんイラッとした。

「リーダーが来ると言ったら、来るにきまってる」靴墨の男の子が、ソフトサーブにくもらされた目でわたしを見あげた。他のふたりは、神の教えを聞いたかのように考え深げにうなずいている。

「友達のところに連れていって」腕を組んで待ちながらも、ドラッグづけになっている愚かな彼らに対する怒りが、波となって身体のなかを駆け抜けていくのを感じていた。「さあ、早くして」

「落ち着けよ」そう言ったいちばん大きな男の子のちぢれた髪は、わたしと同じくらい赤かった。彼はかがんでトランプを片づけた。「こっちだ」

わたしたちは、そろって通りを歩きだした。三五一、三五三、三五五。そして、三五七番地の前まで来ると、男の子たちはその家の門につづく砂利道に足を踏み入れた。かつてはすてきな家だったにちがいない。でも今は、はげた芝生の上にゴミが散乱しているような状態だ。ドライブウェイのブロックの上にとまっている車が一台と、フェンスの一カ所に蛍光ペンで描かれた『INVIS』の文字。他にも数カ所、凝ったIの文字が見えたけど、どれも描かれて間もないようだった。

靴墨の男の子が木製のフェンスの向こう側に手を入れてロックを持ちあげると、軋りながら門が開いた。わたしたちは門を抜けて家の裏にまわった。スケートボード用の木製のランプと、その両脇に植えられた二本のレモンの木と、何かの死骸が浮いているのではないかと思うほどの悪臭を放っているプール。そして、そこにシンダーブロックを積みあげただけの小さな小屋があった。その小屋に向かって歩きながら、喉がつまってきた。ザラはこのなかにいるにちがいない。

赤いジャケットの男の子が、管理人が持っているみたいな鍵束を取りだし、それを探りはじめた。腕時計をチェックする。残り二十一分。タイマーの数字が0になったら、この小屋はダイナマイトで吹き飛ばされてしまうのだ。

「早くして」わたしは怒鳴った。

はげた芝生を見わたして、身を護るために使えそうなものをさがした。ランプの片側に散らばっている一ダースほどのビールのボトルをのぞけば、何もなさそうだ。

ようやく鍵が見つかったらしく、赤いジャケットの男の子が南京錠の前に進んだ。

錠がカチッと音をたてるのを聞いて、わたしは小屋に駆けよった。

「ザラ！」男の子たちなんか、もう眼中になかった。ドアを開けて小屋に飛びこんだとたん、そこにあった二段の階段を踏みはずして、前のめりにころんでしまった。地面についた掌が、痛みに悲鳴をあげたかのような音をたてた。

「アンセム？」ショックと恐怖が入りまじった声で、ザラが言った。「あいつら、あなたまで捕まえたんだね！」

　明かりは上からぶらさがっている赤い電球ひとつだけで、ほとんど真っ暗だったけど、彼女の影が近づいてくるのが見えた。ザラに抱き起こされたわたしは、彼女の顔を探るように見た。すごく怯えているけど傷つけられてはいない。ほんとうによかった。

「ちがうの、だいじょうぶ」彼女をぎゅっと抱きしめて言った。「ここから出るのよ。さあ、行こう。怪我してない？　何もかも話すからね――」

　彼女が目を大きく見開いて、かすかに首を振り、自分のうしろになるようにわたしを引っぱった。

　振り向くと同時にドアが閉まった。鍵がかかる音は、棺に釘を打つ音に似ていた。「わたしたち、死ぬんだね」ザラがぼそっと言った。「ふたりとも、あいつらに殺されちゃうんだ」

　わたしは首を振った。「だいじょうぶ、心配しないで」

　シンダーブロックの壁を見わたし、そのあと頭上に目を向けてみた。屋根は波形のトタン板。その桟にダイナマイトがぶらさげてある。

　わたしは小屋の隅のほうに移動すると、**脚を蹴りあげるのよ**と自分に言い聞かせながら思いきりジャンプした。力を込めて高く蹴りあげた脚が、トタンの屋根をとらえた。壁と屋根の隅に隙間ができて、外の明かりがもれてきた。ザラが叫び声をあげている。「アンセム！　どういうこと？」

　もう一度くりかえすと隙間が大きく開き、三度目のジャンプで屋根にあがった。

でも、そこに赤毛の男の子が拳銃をかまえて待っていた。ふたりのあいだで空気が震えているのを感じながら、もう一度ジャンプして彼の頭に蹴りを入れ、拳銃を取りあげた。次の瞬間、彼は芝生に落ちていった。

小屋のなかに飛びおり、狙いをさだめてドアを撃った。鍵は二発で開いた。

わたしはザラを引っぱって小屋の外に出た。

夕暮れ間近の薄明かりでさえ、ザラはまぶしそうに目を細めている。いったい何時間、ここに閉じこめられていたのだろう?

赤毛の男の子は芝生の上で頭を抱えてあえいでいたけど、赤いジャケットの男の子が拳銃をかかげて近づいてきた。

ザラがあげた甲高い悲鳴が、裏庭の淀んだ空気を引き裂いた。

わたしは彼に突進して、顎にまわし蹴りを食らわせた。耳のなかで血がどくどくと脈打ってはいても、骨が折れる音は聞こえた。六メートル吹っ飛んで芝生に着地した彼の手を離れた拳銃が、小屋の壁にぶつかって落ちていく。

わたしはそれをつかみ、二丁の拳銃を靴墨の男の子に向けた。最初、彼はどうしたらいいのかわからないような顔をしていたけど、向かってくることに決めたみたいだ。突進してくる彼の腕を狙って、わたしは撃った。

彼は腕を押さえてうめきながらも、足をとめようとはしなかった。彼の指に流れだした血から目をそむけて、今度は脚を狙って撃った。でも、その拳銃から弾丸は発射されなかった。もう一丁の拳銃をかまえて引き金を絞ると、撃鉄が空の薬室を叩いて虚しい音をたてた。弾切れだ。「この男の子たちが、弾をたっぷり持ってるわけないじゃない」わたしは語気荒くそう言って、芝生の上に拳銃を投げ捨てた。

ビールのボトルを二本つかむと、首の部分を持ってランプの端に叩きつけ、それを目の前にかかげた。「顔を切り裂かれたいの？」三人に向かって怒鳴った。「何百針も縫うような傷を負ってまで護る価値が、あなたたちのリーダーにある？」

「やだ。嘘でしょう」小さな声でザラがそう言うのが聞こえた。どうかしたのかと振り向いてみると、彼女が口に手をあて、目を丸くしてこっちを見つめていた。「あなたが彼女なわけ？」

靴墨の男の子が、いっしゅんわたしからザラに視線を移した。どうするべきか迷っているにちがいない。でも、結局はあとずさり、地面に坐りこんで家の外壁にもたれてしまった。気を失いかけているらしく、真っ青な顔をしていた。

芝生のほうからうめき声が聞こえてきた。赤毛の男の子が立ちあがろうとしている。

わたしは彼に駆けよった。必要ならばこの手で殺してもいいけど、自分が仕掛けたダイナマイトに吹き飛ばされるなんて悲惨すぎる。引っぱりあげた彼の脇の下に肩をすべりこませ、その身体を引きずるようにして小屋から離れると、力を振り絞ってランプの上に投げ落とした。

「さっさとどっかに行っちゃって！」大声で言った。でも、赤毛の男の子はランプからすばやくおり、九十キロはありそうな体重をかけて飛びかかってきた。わたしはジャンプして、両足で彼の胸を思いきり蹴った。彼の身体が吹っ飛び、枯れかけているレモンの木に激突した。枝が折れる音がして、レモンの実がいくつか落ちてきた。

「やった！」背後でザラが叫んだ。「なんで話してくれなかったの？」

わたしは振り向いてにやっと笑いながら、肩をすくめてみせた。笑みを返した彼女の目のなかに、いつものザラがちらっと見えた。

「何もかも話すよ。ここを離れたらすぐにね」芝生の上にホースがあるのを横目で見ながら、赤毛の男の子に近づき、今度はノックアウトするつもりで、こめかみを殴った。こっちの手も痛んだけど、パンチは効いたようだった。

ほんとうにノックアウトできたかどうかたしかめようと、そばによってみた。息をしている証拠に胸は上下しているけど、白目をむいて意識を失っている。

大いそぎで彼をホースで縛りはじめたわたしの耳に、何かがつぶれるような音が聞こえてきた。

振り向くと、小屋のてっぺんに赤いジャケットの男の子が立っていた。

大きな身体の重みで、屋根がたわんでいる。彼の手には、荒れはてた家のキッチンから持ちだしたにちがいない、長いナイフがにぎられていた。その真下にザラがいる。

「ザラ、走って！」わたしは叫んだ。彼女が駆けだすと同時に、赤いジャケットの男の子が屋根から飛びおりた。彼がザラの足首をつかんだ。地面に倒れた彼女は、目に怒りをたぎらせて彼につかみかかった。頭を引きちぎりそうなほどのいきおいだったけど、彼はナイフを持っている。

わたしは、ふたりが取っ組み合っているほうへといそぎ、彼の手首を踏みつけた。そして、彼がナイフを手放すと、それを三メートルくらい先の芝生の上に捨てた。両腕をうしろにねじあげて立たせ、力まかせにその身体を放り投げる。宙に飛んだ彼は、レモンの木の横で気を失っている友達の横にどさっと着地し、うなり声をあげた。近づいていくと、彼が身をちぢめて両手をあげた。

「この人を見張ってて」拾ったナイフをザラにわたし、靴墨の男の子のほうに近づいていった。腕は血だらけになっているけど、意識は失っていない。「立ちなさいよ」わたしは言った。

でも、彼は動こうとしなかった。傷ついたほうの腕をほんのちょっとひねるだけで充分だった。彼は悲鳴をあげて、すぐに立ちあがった。「ついてきて」わたしは彼を他のふたりがいるほうに導いた。仲間のそばにたどりついた彼は、倒れこむようにしてレモンの木にもたれると目を閉じてしまった。

わたしは三人の身体に何重にもホースを巻きつけた。

「手伝うよ」ザラがそう言ってうしろに立った。三人のなかで意識がありそうなのは、赤いジャケットの男の子ひとりだけ。彼が無言のまま、わたしたちを見つめている。わたしはザラの手を借りて木にホースを巻きつけ、しっかりと縛った。

最後の結び目をきゅっと締めると、ザラがにやっと笑った。「ずっとこそこそしてたのは、こ、このせいだったんだね」

うなずいたものの、するべきことに気をとられていた。「あの小屋をなんとかしなくちゃ。あの人たちに、他の誰かを閉じこめさせたくないからね。もうすぐ吹っ飛ぶことになってる――」わたしは腕時計を見た。「その時間まで二分ちょっと。今ごろ、インビジブルのリーダーはカメラを見てるはず。確実に吹き飛ばしてやらなくちゃ」

「オーケー」そう言ったザラの声は、ぜんぜんオーケーな感じじゃなかった。

「ライターかなんか持ってる?」

ザラが首を振るのを見て、赤いジャケットの男の子のポケットを探ってみた。「さわるな」彼がうなった。

「おとなしくして。さもないと、お友達みたいになるわよ」

彼は宙に目を向けてだまりこんだ。

薄汚いジーンズのポケットに紙マッチが入っていた。靴墨で汚れていたけど、問題はなさそうだ。ランプのうしろからつぶれたビールの段ボール箱を拾いあげて適当に破ると、小屋のドアを開けてマッチを次々と擦り、床に投げだしたいくつもの段ボール片に火をつけた。しばらくすると、くすぶっていた火が燃えあがった。一分もすれば、炎の大きさはかなりのものになるはずだ。念のため、ぶらさがっているダイナマイトを一本抜き取って、今にも火がつきそうになっている段ボールから数十センチのところに置いておく。

小屋を出てドアを閉めると、すぐそばでザラが待っていた。

「走ろう！」わたしは言った。このときばかりは、さすがのザラも無言でうなずいた。

裏庭を駆け抜けて門の外に出たふたりは、消えゆくオレンジの夕日を浴びながら通りを走りつづけた。前のわたしたちに戻ったみたいだった。以前のふたりは、他の人には理解できない何かを、いつも分かち合っていた。

そのブロックの端までたどりついたとき、ものすごい音がして小屋が吹き飛んだ。振り返ると、残骸が灰色の雲のように空に浮かんでいて、家の屋根より二メートル半ほど高いところに、オレンジの煙がひろがっていた。

「あの男の子たち、だいじょうぶかな？」わたしは訊いた。「レモンの木、小屋からそんなに離れてなかったよね」

「ああいうやつらはゴキブリと同じだよ。絶対に死なないんだ。人類が滅びても生き延びるにきまってる」ザラが請け合った。「でも、もし死んでも――」彼女は肩をすくめた。「わたしは涙なんか流さない」

「あなたが無事でよかった。こんなことに巻きこんじゃって、ほんとうにごめん」

それからしばらく、ふたりは手をつないだままだまって歩きつづけた。時折、交互に振り返っては煙の具合をたしかめた。

「あそこで死んじゃうんだと思ってた。目の前に、これまでのことが浮かんできたりしてさ」そう言ったザラの身体が、いっしゅん大きく震えた。「でも、あなたが来てくれた」

「それ以上は言わないで」

ザラがうなずいた。「わかった」

わたしはケータイを取りだして警察に電話をかけ、インビジブルが小屋を吹き飛ばしたことを話し、アザレア・レーンの住所を告げた。

「アンセム。そろそろ何もかも話してくれていいんじゃない？」電話を切ったわたしにザラが言った。

わたしはうなずいた。ザラの言うとおりだ。そろそろ話してもいい。わたしは口を開いて、言葉をさがした。そして、最初から話しはじめた。

26

ザラを家に送ったあと、うちに戻ってパパとママが眠るのを待ち、ドクター・Iが約束を守ってくれたかどうかたしかめるために、ジャックスの研究室に向かった。たどりついたときには、真夜中を過ぎていた。

今回も暗証番号を正しく打ちこめなかったわたしは、ドアを叩きつづけた。十分経っても、ジャックスはあらわれない。汗でじっとりした手で、思いきってノブをまわしてみると、驚いたことに簡単にドアが開いた。

なかに足を踏み入れたわたしは、悲鳴を呑みこんだ。研究室がめちゃくちゃに荒らされている。中身が抜き取られた壁一面のファイル・キャビネットと、変な角度に飛びだしたり、床に投げだされたりしている抽斗。床はジャックスが化学式を書きこんだ紙でおおいつくされている。器具類や隅に固めて置かれていた機械類はなくなっていて、そこにつながれていたワイヤーだけが残っていた。

動物のケージが置かれていたテーブルに近づいてみると、ミルドレッドのケージの扉が軋りながら開いた。でも、狂った目の胸に白い毛が生えた黒いサルの姿は、どこにも見えなかった。赤いプラスチックの水入れが、床に積まれた本の上にひっくり返って、本を濡らしている。

白いネズミが一匹、目にとまった。わたしがここで初めて目をさましたときに、見せられたネズミかもしれない。動きの速さから察するに、まちがいなくハチドリの心臓をうめこまれている。床を走りまわる白いネズミは、霞のようにしか見えなかった。この荒らされた部屋にいる生き物は、その一匹だけだった。必死の思いで、小さな寝室やオフィスや手術室があるほうに足を進めた。

まず、オフィスをのぞいてみた。机がひっくり返っていて、パソコンは消えていた。ここのファイル・キャビネットも中身が引きだされていて、紙やファイルが足の踏み場もないほど散らばっている。ジャックスは連れていかれてしまったのだ。おそらく、今ごろは、ここよりずっと清潔なあの真っ白な部屋のなかで、ドクター・Iといっしょにインビジブルのリーダーのために働いているにちがいない。

でも、だったらなぜ研究室がこんなに荒らされているのだろう？

わたしは廊下を歩いて、狭い寝室に入っていった。ものすごく整然とした部屋だった。ベッドのシーツには、きっちりと三角の折り目がついている。部屋のひと隅に鏡がついた小さなテーブルがあって、その鏡の前に写真立てがいくつかならんでいた。小さな娘を膝に乗せてほほえんでいる、ジャックスの写真が目にとまった。ノアは二歳か三歳くらい。ジャックスにそっくりな青い大きな目をした、ちぢれ毛のお嬢ちゃんだ。たぶん、三人が家族だったころに、公園かどこかで旦那さまが撮った写真だ。このころは、ノアの心臓も安定していたのだろう。これは結婚生活がうまくいかなくなる前の、ノアが死にそうになる前の、写真だ。このあとジャックスは、ノアの命を救うために危険な手術を試した。そこから、何もかもが狂いだしたのだ。

あの人たちはまたここにやってきて、部屋を荒らすかもしれない。そう思って写真立てから写真を取りだすと、折りたたんだ罫線入りの紙がテーブルに落ちた。わたしは、ジャックスのだいじな思い出が損なわれないよう、ジーンズのポケットに写真を押しこむと、テーブルから紙を取りあげてひろげてみた。

『親愛なるジャックス

あなたにとどくという確信もないまま、この手紙を書いています。配達は、以前あなたといっしょに働いていたという女性にお願いするつもりです。彼女は、たぶんちゃんととどけられると言っています。でも、わたしの正体を知って、ちょっと怯えているみたいです。☺

こうして手紙を書こうと思ったのは、自分がここにいることをあなたに知ってもらいたかったからです。もしかしたら、もう知っているかもしれないけど念のために……。わたしは六歳のときから特別児童養護施設で暮らしています。ふつうの子供の暮らしとはちょっとちがうけど、それなりにやってきました。小さいころに何があったのか、はっきりとはおぼえていません。記憶が、ごちゃまぜになっているみたいです。わたしは心臓の手術を受けたと聞かされています。その手術は失敗に終わり、わたしは一度死んだそうですが、そのあと心臓が動き出し、退院と同時に施設に送られたそうです。こんな場所に来ることになったのは、わたしが国の被後見人だからです。よくわからないけど、ここではそれ以上教えてくれません。だから、パパのことも何も知りません。

わたしは、ふつうの人にはできないようなことができます。小さなころから、ずっとそうでした。誰かに読まれたら困るので、これ以上は書きません。でも、ほんとうに信じられないようなことができるんです。だから自分の身に何が起きたのか知りたくて、昔の新聞を調べてみました。それでノアという名前の病気の女の子と、そのお母さんのことを知りました。大学の生体化学部の教授だったそのお母さんは、娘の命を救おうとして失敗したと、新聞に書いてありました。

わたしはノアにちがいありません。その名前と、自分が病気だったことを、うっすらおぼえています。それに、あの匂い。たぶんアルコールの匂いだと思うけど、あの匂いを嗅ぐと、いつもカーリー・ヘアのママの姿が浮かびます。新聞にはノアは死んだと書かれているけど、そうじゃないということをあなたにしらせたかった。手術は成功したんです。あなたはわたしを救ってくれました。

この手紙がとどくことを祈って、わたしの居場所を書いておきます。

ウィロビー・レーン八〇番地

ベドラム女子社会養護ホーム

あなたの娘　クリオ（ここで、わたしはクリオと名づけられました。でも、よかったらあなたはノアと呼んでください）』

わたしがフォードのことを話しにここに来た日、ジャックスがものすごく混乱していたのは、この手紙のせいだったのだ。その名前を声に出して呼んでみた。**クリオ**。彼女は、ほんとうにジャックスの娘なのだろうか？　クリオは、手術台の上で息を引き取ったはずのノアなのだろうか？　ノアが生きているなんていうことが、ありえるだろうか？　手紙の感じでは、ただ生きているだけではなく、かなり元気みたいだ。それに、クリオが手紙を託すと言っている、以前ジャックスといっしょに働いていた女性というのは誰なんだろう？　この研究室のことを知っている人間は、ほとんどいないはずだ。

寝室をあとにしながらも、そうした疑問で頭がいっぱいになっていたわたしは、向かいにある手術室の様子をたしかめるのを忘れそうになった。でも、何かが執拗に訴えかけてきた。わたしは足をとめて、ドアノブに手をかけた。

できれば、そのままとおりすぎてしまいたかった。ドアが閉まっているのが気に入らなかった。だからこそ、なかに誰もいないことをたしかめる必要がある。

さあ、ドアを開けなさい。自分にそう命じながら、手紙をポケットに押しこんだ。

わたしは息を吸ってドアを開けた。そしてその瞬間、それまでいかに自分が混乱していたかを知った。ジャックスはここにいた。真っ白な顔と、驚きに見開かれた目と、Oの形に開いている灰色になった唇。わたしは身体が震えるのを感じながら、彼女に近づいていった。喉に引っかかっていた叫び声が、怒号となって口から飛びだした。

ジャックスはブルーの手術着を着て、銀色の髪をブルーのシャワー・キャップで包みこんでいた。手術をするときの、いつもの格好だ。床に坐りこんで壁にもたれている彼女の頭は、がっくりと傾いている。傷はどこにも見えないけど、ドクター・Iが関与しているのだから当然だ。彼ならば注射を使う。ジャックスのそばに、わたしがこっそりわたしした注射器が落ちていた。そのシリンダーは、どれも空っぽになっている。

ひどく手が震えて、それを拾いあげることもできなかった。

この注射のせいで彼女は殺されたのだろうか？　抵抗しようとしたのがいけなかったのだろうか？

さらに近づいたわたしは、ジャックスの頭の左側の壁に何か書いてあることに気がついた。細い鉛筆を使って『残念。よく頑張った』と、几帳面な文字で書かれている。

わたしはくずれるように床に坐りこんで彼女と向き合うと、手をのばしてその瞼を閉じた。死後硬直が始まっている今、それは簡単ではなかった。身体は冷たくなっている。死んでから二時間以上経っているにちがいない。

「ごめんなさい」そうささやいたとき、涙がこぼれた。「あなたがこんな目に遭うなんて、ひどすぎる」

それからしばらくそこに坐ったまま、胸が張り裂けるほどの激しい苦痛に身をさらしていた。そして、思った。いくらかでもジャックスの尊厳を護れるように、できることがあるはずだ。わたしは彼女を抱きあげて、そっと手術台に寝かせた。命を失ったその身体は、サージよりも重かった。手術台からだらりとぶらさがった両手を身体の脇につけたとき、二の腕に針の跡があるのを見つけた。片腕に三カ所ずつ、全部で六カ所あった。これだけ射たれたら、誰だって死んでしまう。その跡は、失敗した予防接種の跡みたいだった。

わたしは殺人者をここに連れてきただけでなく、殺人者に凶器まで与えてしまったのだ。

手術台の下にシーツがあった。震える手でそれを取りだし、大きくひろげて彼女の身体に掛けた。ぴくりとも動かない遺体の上でシーツがうねり、真っ白になった冷たい顔にふわりと落ちていく。わたしは彼女の頭からシャワー・キャップを取り、髪を撫でつけると、シーツを引っぱりあげた。その上に涙がひと粒、こぼれ落ちた。部屋には死の気配が重くただよっている。

シーツをたくしこんで、ジャックスの身体をしっかりと包みこむと、とりあえず泣くのはやめることにした。そのとき、視界の隅に手術台の向こうに置かれたネズミのケージが映った。ネズミたちは依然として、回し車の輪のなかを走っている。わたしは、その前に立って扉を開けた。ジャックスの身体が硬直していくそばで、別の生き物が飢えて死んでいくなんてひどすぎる。

ケージから跳びだした白いネズミたちは、霞のように手術台を横切って床におりると、壁ぞいに走ってドアのほうに向かい、あっという間に姿を消した。

27

三十分後、わたしはフォードのアパートの前に立って玄関のブザーを押していた。電話には出てくれなかったけど、どうしても話す必要があった。ジャックスのことは、わたしの口から聞かされるべきだ。ニュースで知るなんてあんまりだし、彼自身が遺体を発見するなんて絶対にだめだ。もっと言えば、誰にもそんな思いはしてほしくなかった。フォードがわたしとはもう関わりたくないと思っているとしても、これだけは伝える義務がある。

「エイブ、フォード。アンセムよ」インターホンに向かって呼びかけたその声は、泣きすぎたせいで半分かすれていた。

オートロックが開くと、わたしは足早に彼の部屋に向かった。ドアの向こうで足音がする。ゆっくりとした重い足取りだった。フォードと対面することを思って身がまえた。彼の目を見てジャックスの死を伝えるのは、どんなにつらいだろう？　でも、迎えてくれたのはエイブだった。

「やあ、アンセム」

「こんばんは。こんな時間にごめんなさい」わたしは笑みを浮かべようとした。エイブはジャックスを知らない。だから、その死を伝えてよけいな重荷を負わせたくはなかった。「フォードに会う必要があるの。ほんの二、三分ですむわ。起こしちゃって、ほんとうにごめんなさい」

エイブはつらそうだった。「気にしなくていい。ゆうべは夜中までのシフトだったんでね。まだ寝入ってはいなかった。問題ないよ。ただ、フォードはここにいない」

「ここにいない？」首をのばして、エイブのうしろの暗いリビングルームをのぞいてみた。あまりの不安に心臓がうなりだした。フォードはわたしを追い返すために、エイブに嘘をつかせているのだろうか？ そこまで、わたしを避けたいのだろうか？

「しばらく前から留守にしている」エイブが咳払いをした。「なかに入って坐ったらどうかな？ お茶をいれるよ」

首を振ってことわった。「どこにいるの？」力の抜けたしわがれ声になっていた。

「ええと、それは……」エイブの顔に妙な表情が浮かんだ。怯んでいるようにも見えるけど、ただ顔をしかめているだけなのかもしれない。「きみには言わない約束なんだ。しばらくひとりになる必要があるらしい」

エイブは床に目を落とし、青いスリッパを履いた足を見つめた。ふたりのあいだにぎこちない沈黙がおりた。

「オーケー」こんな気まずさには、もう堪えられない。「フォードと話す機会があったら、わたしに電話をするように言ってくれる？ 伝えなくちゃならないことがあるの。すごくだいじなことよ」

「わかった」エイブが弱々しい笑みを浮かべた。「ほんとうは口止めされているんだが、フォードは街を出ている。しっかり身体を快復させるためにね。それに、警察の目につかないように鳴りを潜めている必要がある。二週間ほどで戻ると言っていた」

わたしはがっかりした顔を見られないように、すばやく彼に背を向け、その場をあとにした。

霧雨のなかに足を踏みだしながら、ここまで孤独だったことがあっただろうかと考えた。ギャビンが死んだと思ったときでさえ、奪われたのはたったひとりだった。今は、家族全員を失ったような気がする。

ジャックスは死んでしまったし、フォードは姿を消してしまったし、ジャスパーもマーサも殺されてしまった。それなのに、インビジブルのリーダーに何が起こっているのかぜんぜんわからない。今わたしは、あの車椅子の男のことだけを考えるべきなのだ。

でも、どこにいるのかも、どんな力を得てしまったのかもまったくわからないままだった。

わたしは自転車をこぐように猛然と脚を動かし、手を大きく振りまわして、飛ぶように通りを駆け抜けていった。針で刺されているような身体の痛みが、心の痛みをやわらげてくれる。不思議な光景を見ることになったのは、そんなふうにヘムロック・ストリートを走っていたときだった。

あまりの驚きに足がとまり、急にいきおいを失ったせいで前のめりにころびそうになった。わたしは体勢を立てなおし、あらためてその光景を見つめた。幻を見ているのだろうか？

まっすぐ前――ヘムロック・ストリートとホーリィ・ウェイの角――に、かなり目立つタワー・マンションが二棟、向かい合わせにそびえている。アフィニア・タワー・イーストと、アフィニア・タワー・ウエスト。どちらも金色の日除けがついているようなマンションだ。

どう見ても、その二棟が地面に沈みはじめている。

そのとき、足の下で地面が音をたてて揺れだし、パイプが折れる音と、バルブがシューッと鳴る音と、アスファルトや丸石が砕ける音が、あたりを満たした。両方のビルの非常ベルに混じって、車のアラーム音も聞こえている。砂が入ったバケツを倒したみたいに、アフィニア・イーストのロビーから人が続々と飛びだしてきた。歩道に立った住人たちは、まだ目がさめきっていないようだった。バスローブを羽織っている人もいるし、パジャマの上にコートを引っかけている人もいて、ほとんどは眠っている小さな子供や赤ちゃんを腕に抱いていた。

そうしているあいだにも、建物はどんどん沈んでいく。まるで地面に吸いこまれていくみたいだった。どちらのビルも、数秒ごとに三十センチくらいずつ、てっぺんの位置が低くなっていく。

そして、ロビーが半分ほど地面に呑みこまれてしまったところで、やっと動きがとまった。そのダメージは半端ではない。

アフィニア・イーストは、ほんの少し左に傾いていて、アフィニア・ウエストのロビーのドアからは塵が白い雲になって噴きだしていた。

両方のビルから出てきた人たちは、歩道に立って愕然と自分たちの住まいを見あげている。ほとんどの人は、どうしたらいいのか、どこに行ったらいいのか、わからずにいるみたいだった。それぞれのビルの制服姿のドアマンが、なかに残っている住民を一刻も早く避難させようと走りまわっている。

近づいていったわたしの目の前で、アフィニア・イーストのガラス張りのドアと、正面の窓ガラスが割れて吹っ飛び、その二十秒後、アフィニア・ウエストで同じことが起こった。そしてその直後、かなりの衝撃をともなって地面が盛りあがりだした。ビルを支えている柱は、傾いたり曲がったりしている。

そのブロックをまわりこむように歩きだしたわたしは、ガラスの破片だらけの青いテリークロスのバスローブを着た女性とすれちがった。虚ろな目の下にメイクがにじんでいる。彼女は大きな黒いハンドバッグに積もったガラスの破片をそっと払うと、それをしっかりつかんでその場から遠ざかっていった。ビルからは煙があがりだしていた。みんな口をぽかんと開いて、それを見つめている。通りに次々とタクシーがあらわれ、マンションの住人を乗せて走り去っていく。夜明け前の空は、うっすらと明るくなりだしていた。

アフィニア・イーストのロビーから、水がもれている。何百人という人たちが、帰る家を失ってしまった。

インビジブルの仕業だ。彼がやったのだ。わたしのせいで子供を使うことができなくなった彼は、こんな突飛なやり方でノースサイドを罰しようとしている。トランスミッションのなかのフレーズを思い出した。**傾いたバランスを元に戻し、公平な舞台を築かなくてはいけない**。彼は南北の土地や建物の高さをそろえることで、それを実行しようとしているのだ。

二棟のタワー・マンションをあとに、うちに向かって走りながらも、スカイラインにフリート・タワーが見えていることを、絶えずたしかめずにはいられなかった。

28

三メートル、四・五メートル、五・五メートル。沈んだのは一階分くらいだったけど、建物全体を崩壊させるには、それで充分だ。ひとたび基礎がくずれたら、すべてがくずれてしまう。壁にはひびが入り、パイプが破裂し、ワイヤーがもつれて今にも電気火災が起きようとしていた。ビルからは、すでに煙があがりはじめている。上のほうの階からは塵があふれだしていて、下のほうの階は水浸しになっているところもあるし、衝撃で歪んでいるところもあった。

フリート・タワーの前の歩道を、毛布やローブをまとった人たちが駆けまわっている。大人たちは、みんなケータイを耳にあててしゃべっていた。きっと、車で夏の別荘や週末用の家に向かう段取りをつけているのだ。ホテルの部屋をとっている人もいるにちがいない。しっかりと建っているいくつかのビルの屋上には、裕福な家族をどこかに運ぶためのヘリコプターがとまっていた。

どの車も人をいっぱい乗せている。うちに戻って一時間も経っていないのに、すでに大渋滞が起きていて、クラクションが鳴りひびいていた。最上階からどの方向を見ても、通りという通りに、街を出ようとしている車の列ができている。フリート・タワーの住人もほとんどが避難していた。スピーカーからは、大きな声が聞こえている。「安全のため、ただちに避難してください」パパはビルの管理人に電話をかけて、非常ベルを鳴らすよう命じた。フリート・タワーは、パパのいちばんだいじなビルなのだ。

ママとわたしは、三つのバッグに手早く自分たちのものをつめこんだ。そのバッグがドアの横で待っている。

それなのに、わたしたちはまだ動こうともせずに、通りの混乱を眺めていた。

フリート・タワーは今のところ無事だった。それで、パパが避難するのを拒んでいるのだ。

わたしがまだここにいるのは、パパとママが避難するのを見とどける必要があったからだ。そうしなければ、ふたりはここで死んでしまったかもしれないと思いつづけることになる。

これまでにノースサイドの十一棟のビルが、沈んでいた。そのうちの二棟は、フォックスグローブ・コートの角を曲がってすぐのビルだ。

それなのに、パパはここを出ることを拒んでいる。ママは、たいして残っていない正気を失いかけていた。こんなことが起きたら、いくらヴィヴィラックスを飲んでも無駄だ。

午前六時二十二分、わたしたちはバルコニーにいた。まわりでは、ビルが沈みつづけている。大きく沈むわけではないものの、めちゃめちゃだった。一ブロックごとに少なくとも一棟。二棟、沈んでいるブロックもあった。でも、フリート・タワーは無事だった。今のところはまだ……。

ママはバラの鉢植えのとなりに置かれた錬鉄製の白いテーブルにノートパソコンを載せて、インビジブルの最新のトランスミッションが始まるのを待っていた。「ごらんなさい、ハリス。ちゃんと見てちょうだい。トランスミッションが始まるわ。あなたが受け入れようと入れまいと、これは現実なのよ！」ママがパパの肩をつかんで、パソコンの画面に向き合わせた。ほんとうは、パパを揺さぶりたかったにちがいない。

「そんなものは見たくない。すでに、いやというほど見ているからね。どれもこれも同じ。何がトランスミッションだ」トランスミッションと言ったときには、不潔な言葉を口にするような口調になっていた。

「いいかげんにして」腕を組んでそう言ったママは、なんだか活気づいて見えた。危機的状況に身を置いているときが、いちばん落ち着くのかもしれない。「ハリス、この事態を力づくで回避するなんてできないのよ」

パパがわたしを見た。ママを残してバルコニーをあとにする許可を求めているのだ。わたしは肩をすくめてみせた。トランスミッションか下の通りの混乱を見る以外、することはない。パパはむっつりと錬鉄製の椅子に坐り、画面の砂嵐に目を向けた。ジーンズにグレーのスエットシャツ。そんな姿のパパは、めずらしく疲れた感じで取り乱しているように見えた。年齢がはっきりとあらわれている。いつもはパパもママも歳よりずっと若く見える。でも、街でいろんなことが起きているせいで、最近は注射を受けにいく暇もないみたいだ。パパの頬はたるみ、顎は無精髭がのびて灰色になっている。目のまわりとおでこの皺が、日増しに深くなっていくのがわかった。どうでもいいけど、このままでは三人ともここで死んでしまう。でもわたしは、その恐ろしい考えを押しやった。最悪でも、ふたりをつかんでとなりのビルに飛び移ればいい。前にためして成功しているのだから、だいじょうぶだ。先にママを運んで、それからパパを運ぶ。

わたしの力があれば、三人とも生き延びられる。でも、他のみんなはどうなるだろう?

ニュースでは、火事になったビルから人が飛びおりていると言っていた。それで、すでに六人が亡くなっている。何が起きているのかを突きとめて、わたしがそれをとめないかぎり、その人数はどんどん増えるにちがいない。

パソコンの砂嵐が消えて、映像が見えてきた。インターネットもニュースも、もうこれ一色だ。このあとは、無限ループにおちいったかのように、くりかえしその映像が流れることになる。

今回、インビジブルのリーダーは、子供らしい顔の目と口に傷を描いた白いマスクをつけていた。それを見た瞬間に感じたものは、ただの嫌悪感や怒りをはるかにこえていた。彼の首に指をまわす場面を想って、手がぴりぴりしてきた。激しい苛立ちをおぼえたわたしは、バルコニーの縁に移動した。もう見てはいられない。聞くだけで充分だ。

「おまえたちのビルは高くそびえきらきらと輝いているが、その土台は腐っている」インビジブルのリーダーが言った。「じきに、北も南も同じようになるだろう。みんながいっしょに釣りを楽しみ、同じ海で泳ぐ」

「インビジブルは地面に何かしたんだわ。すぐに避難するべきよ、ハリス。もう、いやだなんて言わせない」ママが吐きだすように言った。

通りの向こうから、ものが壊れるような、折れるような、落ちるような、派手な音が聞こえてきた。パパもママも、わたしがいるほうに飛んできた。横に立ったママが、恐怖に目を見開いて両手で口をおおった。

真向かいに、三十階建てのビルが建っている。フリート・プロジェクトの一棟として、五年ほど前に建てられたスミッソン・ビルだ。その建物が地面に沈んでいく。あっという間に数階分が沈んでしまった。そのスピードは、他のビルよりもずっと速かった。女性の悲鳴が通りにひびきわたった。その一分後、パパが右のほうに手をのばした。「火が出ている」

「ほんとだわ」ママが言った。「まだ、みんななかにいるのに」

サイレンの音だらけで、耳がどうにかなりそうだった。もう、ぐずぐずしてはいられない。なんとかする必要がある。でも、避難するようにパパを説得するのが先だ。

そろってリビングルームに入ると、ママがバルコニーにつづくガラスの引き戸を閉めて鍵をかけ、口元に頑とした表情を浮かべて言った。「これ以上は待てないわ。行きましょう。今すぐに」

「わたしは行かない。ベドラムの街をここまでにするために、身を粉《こ》にして働いてきたんだ。せっかく建てたビルを放って避難するなど、ありえない」パパは挑むように腕組みをしている。

「あなたにとっては、家族よりもビルのほうがだいじなんだわ。いつもそうだった」ママが怒りに声を震わせて怒鳴った。「家族の誰かが死んでもいいの？」

「喧嘩はやめて！」もう聞いていられなかった。「パパ、ママの言うとおりにするべきよ」

わたしはそれだけ言うと、喧嘩をつづけるふたりを残して玄関に向かった。

グリュプスの黒い大理石像の横に置かれた小さなテーブルに、メモ用紙が載っている。わたしはそのメモを一枚はぎとり、走り書きをすると、その紙をグリュプスの鉤爪に刺した。

『しなければならないことがあるので、行きます。あとでオフィスで会いましょう。あのあたりは、きっと安全です。

愛をこめて　アンセム』

わたしが玄関を出ても、ふたりはまだ喧嘩をつづけていた。

歩道をうめつくす人々と、狂ったような犬の吠え声と、車のクラクション。そうしたものにわずらわせられながらも、地面から伝わってくる感じがひどく気になった。わたしはぴたりと足をとめ、プラスチックが焼ける臭いや肉が焦げる臭いを無視して、地面の揺れに全神経を傾けてみた。気のせいだろうか？それとも、足下の地面がほんとうに沈みだしているのだろうか？

こうなったら、川のほうに行ってみるしかない。地面の動きがわかる場所は、それ以外に思いつかなかった。

通りの角は人でいっぱいで、側溝のなかを歩かなければとおれないところもあった。どのビルの日除けの下にも家族づれが集まっていて、心配そうに車を見つめている。誰かが街を出るために呼んだヘリコプターがとまっているビルも、何棟か見えた。そんななかで、運転席に坐っている人たちは、クラクションを鳴らしつづけていた。今、ノースサイドは音の壁と化してしまった。

わたしは耳をふさいだ。地面の動きに集中したほうがいい。スタジオでわたしたちのエシャペ・ソテを見るたびに「床の反発を感じなさい。そうすれば、もっと高く跳べます」と怒鳴る、マダム・ペトロフスキーのことを思い出した。先生は今、どこにいるのだろう？　街を出ただろうか？　それとも丘に建つタウンハウスで、ショールを巻いて窓からこの騒ぎを見ているのだろうか？

ザラからは、エグザビア東部のおばさんの家に行くというメールがとどいていた。ウィルの家族も、たぶん自家用ヘリコプターで、とっくに避難しているにちがいない。カテドラルの生徒のほとんどが、きっとそんな感じだ。街に残っているのは、そこまで裕福ではない人たちや、お年寄りや、小さな子供がいる人や、危険に対して無頓着な人たちだ。それに、パパみたいな頑固者もいる。

ケータイが鳴って、ママからメールがとどいた。『どこにいるの？？？』

『無事よ』わたしは返信した。『二時間以内にオフィスに行くわ』

これでママは落ち着いてくれるだろうか？

『アンセム、何をしてるの？　いったいどこにいるの？』

ママは知っているのだ。知っているという事実を否定したがっているものの、ヴィヴィラックスでぼやけたワインづけの頭のどこかで、わたしの正体に気づいている。

『しなくちゃならないことがあるの。とにかく信じて。わたしはだいじょうぶだから』

でも、もうすぐだいじょうぶじゃなくなるかもしれない。何が起きても不思議ではなかった。それでも危険を冒さないわけにはいかない。ジャックスのためにも、パパのためにも、恐怖をおぼえてパニックを起こしながら生き延びるために必死になっているこの人たちのためにも、やる必要がある。

裁判所の前をとおりかかったとき、身体じゅうに寒気が走った。入口前の階段に少なくとも百人ほどが集まっている。そのほとんどは、いつもバンカー小路にキャンプを張っているバンダナを巻いた抗議者だった。古い大きな建物の鍵のかかった扉を、みんな必死で叩いている。何が起きても、そのなかにいれば安全だと思っているにちがいない。

二ブロック先に、列をなしてこちらに向かってくる機動隊の姿が見えた。日射しを浴びて、そのヘルメットが輝いている。今から何が起ころうとしているかを思って、身体が震えた。フィアーガスを使って、ここに集まっている人たちを追い散らすつもりにちがいない。そう思った瞬間、口のなかにガスの味がよみがえってきた。機動隊が来る前に、ここを立ち去る必要がある。

そんなことを考えているあいだも、足下の地面は生きているかのように揺れていた。わたしは裁判所をあとにミッドランド川へと向かった。川に行こうと思ったのは、いやな予感がしたからだ。それに『じきに、北も南も同じようになるだろう。みんながいっしょに釣りを楽しみ、同じ海で泳ぐ』と言ったインビジブルのリーダーの言葉が頭のなかにひびきわたっていた。そこに意味があるのかどうかはわからない。それでも、とにかく川に向かうしかないような気がした。

いそぎながらも、絶えず群集に目を走らせて彼の顔をさがしつづけた。でも、あの人がわたしたちにまじって歩いているなんてありえない。そんなことを思うなんてバカげている。インビジブルのリーダーは、粗野な人間だし注目を集めたがってもいるけど、無鉄砲な真似はしない。それは、屑鉄置き場で思い知らされた。

そう思ったそのとき、二棟のビルのあいだに、くすんだ緑の川が見えてきた。路地を走り抜け、低いフェンスを跳びこえ、古い倉庫の周囲をまわって、ため息橋近くのドックへと向かうわたしの顔に、悪臭を含んだ川風が吹きつけてくる。

何本か向こうの通りは人でごった返しているのに、ほとんど誰も住んでいないこのあたりは、鳥の声が聞こえるほど静かだった。とはいえ、その声は驚くほど騒がしかった。近くのニレの木を見あげてみると、何百羽ものサーカス・バードが幹に近いあたりで身をよせあっていた。跳ねたり鳴いたりするたびに、そのあざやかな黄色とブルーの羽が波打つように動いている。鳥たちも、異常な変化を感じているのだ。

川に近づいたわたしは、すべてを理解した。水かさが増えている。こんな光景は見たことがなかった。北側の洪水防壁のてっぺんすれすれまで、水があがっている。あと数センチで川はあふれだす。そうなったら、昔のようにノース・ベドラムは水浸しになってしまう。三十年前にパパがゴミや土を重ねて地盤を高くする前は、川の北側もたびたび洪水に見舞われて……。

わたしは、はっとした。インビジブルのリーダーは、アスファルトやコンクリートの下の埋め立て層を沈めて、ノースサイドの地盤を元の高さに戻そうとしているのだ。彼の狙いは北側を水浸しにすること。そうにちがいない。

ずっと前にパパとママに連れられていった晩餐会でのことを思い出した。パパとママは、初老の投資家と埋め立て層について話していた。たぶん、わたしが七歳か八歳のときだ。

「所詮、この街はゴミの上につくられている」投資家はそう言ってうなずいた。「今のところはしっかりしているがね」

「永遠にしっかりしていますよ！」そう答えたパパに、初老の投資家はそうであってほしいものだとつぶやいた。あのときはパパを信じた。パパが築いたものなら、永遠にそのままありつづけると思っていた。でも、それはまちがいだった。あの初老の投資家が正しかったのだ。

インビジブルのリーダーは、なんらかの方法で埋め立て層をちぢめようとしている。

防壁にぶつかって跳ねている水を見おろしたわたしに、油で汚染された川の臭いが襲いかかってきた。鼻先をひっぱたかれたかと思うほどの、強烈な臭いだった。

目を細めて川をのぞきこんだ瞬間、わたしは確信した。ここもゆっくりと沈みはじめている。踵を返し、人でごったがえしている通りに向かって駆け戻りながら、不意に気がついた。

どんなに地盤を低くしても、川の水位をあげなければ意味はない。だったら、川の水位をあげる方法は？　ダムの放流口を開けばいいのだ。川の東の先にダムで堰きとめられている貯水池がある。そこに蓄えられている水を使えば、ノースサイドを水浸しにして、ローランドみたいな誰も住みたがらない荒れ地に変えられる。

わたしの考えがまちがっていなければ、貯水池の水が放流されるまでにたいして時間はないだろう。ひとたび洪水が起きたら……。わたしは貯水池に向かって足を速めた。歩道の人混みに飛びこみ、車の騒音の壁を突き破って、とにかく進みつづけた。ひとたび洪水が起きたら、死者は十人や百人ではすまない。何千人にものぼるだろう。

いそぎ足でダウンタウンを抜けて銀行街に入ると、段ボール箱を引きずってオフィス・タワーから出てきた人たちのあいだを縫うように進んだ。みんな取り乱していて、どの顔にも恐怖の色が浮かんでいた。通りに列になっている車は、ゆっくりとしか動いていない。その運転者たちが鳴らすクラクションが、音のカーテンをつくっていた。パジャマのパンツに青いブレザーという格好の女の人が、書類で膨らんだアコーディオン・ホルダーを抱えて目の前にあらわれた。

「気をつけてよ」彼女がうなるように言いながら、ホルダーをしっかりと胸に引きよせた。

「ごめんなさい」わたしは歩道の人混みをかきわけて、前へ前へと歩きつづけた。みんな押し合いながら、どこかに向かって通りを曲がっていく。その顔には、例外なく固い決意の色が浮かんでいた。あたりには危険な雰囲気がただよいだしていた。いつ、つかみ合いの喧嘩が始まっても不思議ではない。わたしが生まれる前、それに赤ん坊だったころにも、よく暴動が起きていた。その暴動は、こんなふうに始まったのではないだろうか？

タマニー先生の政治のクラスで聞いた言葉が浮かんできた。**群集心理**。機動隊なんて影も形も見えないどこかで、怒りに顔を歪めたおおぜいの人たちがバットや棒を振りまわしている場面を想像してしまう。

　非常階段をのぼって、ビルの屋上づたいに進んだほうがいいような気がしてきた。でも、そのとき地下鉄の入口が目にとまった。騒音のなか、耳をすましてみた。どうやら地下鉄は走っているようだった。地下鉄なんて、もう何年も乗っていない。四年前、車内でガスがまかれて、二百人もの乗客が意識を失っているあいだに下着以外のすべてを奪われるという事件が起きたあとは、乗ってみようとも思わなかった。危険だけど、速いことはたしかだ。地下鉄は、貯水池にたどりつく最速手段だ。

　わたしは息を吸って心を決めた。

　バンカーズ・ロー駅におりようとして階段に向かいかけたわたしに、誰かが猛スピードで近づいてきた。気がつくと、抱きあげられて、とまっている車のまわりを駆け抜け、反対側の歩道へと向かっていた。

「おろして!」もがきながら叫んだ。でも、わたしの身体をつかんでいる腕は、ぴくりとも動かない。いっしゅん後、わたしはそっと歩道におろされた。

「落ち着けよ、グリーン」茶色い目にからかうような表情が浮かんでいる。「おれだよ」

　そのとき、ついさっきわたしが立っていたすぐ横のビルが、一メートルくらい地面に沈み、ロビーの窓が割れて、金属製の柱が飛びだした。あそこに立っていたら、まちがいなく怪我をしていた。いいえ、怪我だけではすまなかったかもしれない。

「ありがとう」

　わたしを抱きしめた彼に抵抗はしなかった。傷つけられてもかまわない。とにかく、こんななかで彼に会えてうれしかった。フォードが帰ってきたのだ。でも、不意に別れを告げられたときのことがよみがえってきた。**頼んでるんじゃない。もう会わないと言ってるんだ。**あのときの彼の言葉を思って、少しあとずさった。

「街でたいへんなことが起きてるって聞いたんだ」わたしの髪に顔をうずめてそう言った彼の声は、かすれていた。「それで、そろそろ帰る頃合いだと思った」

30

「ごめん……あんなふうに姿を消したりして。きみが訪ねてきたって、エイブから聞いたよ」そう言ったフォードの目は不安に満ちていて、後悔の色もにじんでいた。それに、何か別のものも見える。新たにそなわった、おだやかさかもしれない。

「すごく会いたかった」ささやくように、わたしは言った。この前、どんなに冷たくはねつけられたかを思い出して、耳が熱くなった。

「おれもだ。きみが思っているより、ずっとね」フォードはうつむき、そのあとわたしに視線を戻した。

「アンセム、何もかもすまなかった。怖くて……たまらなかったんだ」

「怖かった？」フォードは怯えていたのだ。そして、怯えるべきわたしは怯えていなかった。

「きみを傷つけるのは、何よりも避けたかった。きみは……ぼくのすべてだ。もう、わかってるよね？」

わたしは開いた口をそのまま閉じると、首を振った。でも、どこかではわかっていた。それに、自分の身体がどうなってしまったのか理解できないときの恐怖なら、経験ずみだ。「これがほんとうのあなただって、どうしたらわかるの？　もしかしたら、これも激しやすさのもうひとつのあらわれかもしれないわ」

「これは、ほんとうのおれだ。誓うよ。ほんとうのおれが言ってるんだ。自制心をそなえたおれがね。ほんとうに、きみといっしょにいたいと思ってる」フォードはそう言ってわたしにそっとキスをした。そのやさしいキスが、すべてを物語っていた。「かなり落ち着いた。ほんとうだよ。もう一度、チャンスをくれ」

わたしは彼を見つめながら、いっしょにいられる喜びをかみしめていた。この瞬間を、言葉でだいなしにしたくはなかった。

「ほんとうに落ち着いたみたいね」沈黙のあと、わたしは言った。

彼がうなずいた。「すごく落ち着いた。あの強化血液が、やっと身体になじんだんだと思う。自制がきかなくなることもなくなった。ジャックスは、うまくやってくれたみたいだ。ちょっと時間が必要だったんだな」

ジャックス。フォードに話さなくてはいけない。彼の目を探ってみたけど、ジャックスのことを特に重く考えているようには見えなかった。きっと、まだ研究室に行っていないのだ。

「聞いて」わたしは咳払いをした。「インビジブルの計画がわかったような気がするの。リーダーの居場所にも見当がついてる。だから、そこに向かおうとしていたの」そう口にした瞬間、後悔した。フォードは、いっしょに来たがるにちがいない。でも、それがわかっていて口にしたのかもしれない。彼にいっしょに来てほしいと思っている自分が、どこかにいた。

「だったら行こう」

「貯水池よ」わたしは混み合った通りに目を走らせた。「速くは進めないわ。だから危険を覚悟で地下鉄に乗ろうと思ったの」

「貯水池は川につながっている。そうだろう?」彼の目が、いつもの悪戯っぽい表情を浮かべて輝いた。

わたしはうなずいた。

「ボートを借りよう」

フォードがどんなふうに車を借りるか思い出した。はっきり言えば、盗んで何時間か乗りまわすのだ。

「ほんと、元のあなたに戻ったみたいね」マリーナに向かいながら、そう言った。

選択肢は、ほとんどなかった。マリーナに係留されていたのは、腐った漕ぎ舟《ローボート》が一隻と、水がたまった帆船《セールボート》が一隻のみ。でも、そのあとフォードが、縁が反り返った金属板と倒れた木の下に何かがあるのを見つけた。彼はそのそばによって、葉がついた枝を押しのけた。

「使えるかもしれないぞ」フォードがグレーのキャンバス布におおわれた何かを、ドックの下から引っ張りだしてそのカバーをはずすと、かすかな日射しのなかで、快速船《スピードボート》のフードのファイバーグラスとクロムが白く輝いた。

フォードがボートに飛び乗り、キーチェーンにつけてある小型のポケットナイフを使って、二席のフロントシートを隔てているパネルを取りはずした。身を丸めている彼を横目に、わたしはドックを行ったり来たりしながら、あたりの様子に目を配っていた。川ぞいの歩道を走っている人が何人かいたものの、みんな自分のことに気を取られていて、こっちを見る人はいなかった。マリーナも他と同じように揺れていた。

「まだ時間がかかりそう?」フォードの背中に向かって訊いてみた。その背中は、いつものグレーのスエットシャツに包まれている。すてきな眺めではあったけど、これ以上、地面が沈んだら手遅れになってしまう。

「もうちょっとだ」肩ごしに彼が答えた。頬には無精髭が生えている。そこにふれたら、どんな感じがするだろう?

フォードが身を反らすと、革張りのシートの上に火花が散るのが見えた。そして、彼がスターターハンドルを引くと、すぐにエンジンがうなりをあげた。

わたしは係留ロープを解いて、フォードが空けてくれた操縦席に飛び乗った。そうしながらも、彼の肩にふれずにいられなかった。こんなときでさえ、引きよせられてしまう。彼への気持ちは、少しも変わっていなかった。その目つきを見れば、彼も同じだということがはっきりわかる。

しゃべるには、エンジンのうなりに負けないように声を張りあげなくてはならなかった。アクセルを思いきり踏みこむと、ボートは放りだされたかのようにドックを離れた。そのままのいきおいでハンドルを切ったせいで、舳先が水に突っこみそうになっている。すぐ横で水しぶきがあがるのを横目で見ながら、ちょっとアクセルをゆるめ、風に髪をなびかせながら、貯水池に向かって薄暗い緑のミッドランド川を切り裂くように走りつづけた。


二十分後、土手の近くに捨てられていた薄い金属板の下に、できるだけ人目につかないようボートを隠しおえたふたりは、ごつごつとした低木が生い茂る藪を抜けて、土手の上の道に出た。ダムの向こうに見えている貯水池の水はカットガラスのように静かでおだやかだったけど、誰かが見えない《インビジブル》石を投げたかのように、異様なさざ波がたっていた。地面の揺れと関係あるにちがいない。ここも沈みかけているのだ。

ケータイが震えて、またママからメールがとどいた。『無事なら、無事だと伝えて』

『だいじょうぶよ。すぐに会えるわ』わたしは返信した。

「フォード」わたしは足をとめ、追いついた彼にささやいた。「シドニィとサムはどこにいるの？　あの子たちはだいじょうぶ？」

「うちにいるよ。エイブとね」フォードはそう答えると、**なぜそんなことを訊くんだ？**　と言わんばかりの目でわたしを見た。

「でも、何かが起きたらどうするの?」

「南の人間は、たいして心配してないよ」彼は肩をすくめた。「サウスサイドは何も変わらないからね」

もちろんだ。インビジブルが傷を与えたいのはノースサイドだけだ。わたしはうなずいて、また歩きだした。

怒鳴り声を聞いて足をとめた。隠れたほうがよさそうだ。わたしはフォードに合図し、木が身を隠してくれるように、林のなかへと入っていった。近くに人がいることはもうわかっていたから、一歩進むごとに足下で枯れ枝が音を立てているのが気になった。罠に向かって歩くような真似だけは、絶対にしたくない。

貯水池の水を塞《せ》きとめているダムのあたりを、てきぱきと歩きまわっている人の姿が、木の枝ごしに見えた。全部で五人。みんな、わたしと同じ歳か、ちょっと上くらいだ。そのなかに白目がちの男がいるのに気づいて、息がとまった。顔が腫れて大きな痣ができている。警察がドラッグの製造所に駆けつける前に意識を取り戻して逃げたにちがいない。気がつくと拳をにぎりしめていた。今度は絶対に逃がさない。

もうひとり、見おぼえのある顔が見えた。競技場の放送室にいた金髪の男の子だ。

「引っ張れ」白目がちの男が、ドレッドロックにした金髪を赤いバンダナで押さえている男の子に向かって怒鳴った。グレーのジャケットの下の硬く盛りあがった筋肉と、ロボットみたいな不自然な動きと、虚ろな目。ソフトサーブを余分に飲んでいるのか、興奮しているように見える。彼が、同じような不自然な動きをする、もう少し背の低い男の子といっしょに、大きな嵩張るものを引っ張りはじめた。形も大きさもツインベッドに似たその物体には、カバーが掛かっている。

「あれは何?」わたしはささやいた。

「わからない。近づいてみよう」

わたしたちは林のなかを駆けだし、心臓が肋骨を打っているのを感じながら、計画を練ろうとした。フォードの足は前よりも速くなっているし、足取りも軽くなっている。いっしょに走っても、さほどおくれを取ってはいない。わたしは近づけるぎりぎりのところまで彼らに近づいて、その場に足をとめた。「ところで、あの血には何がまざってたの？」追いついた彼にわたしは訊いた。ふたりは身を隠せるように、木々のカーテンのうしろにうずくまっていた。

「トラのDNAとか？」フォードがにやりと笑った。「ほんとうに知らないんだ。ジャックスは教えてくれようとしたんだけど、おれがとめた。知りたくなかったんだ」

ここから彼らがいる場所までは二十メートル弱。あのふたりは、依然として巨大な物体を引っ張りつづけていた。ダムは三段になっていて、それぞれに放流口が四つ。どの放流口からも細く水が流れていて、六十メートルほど下の川に渦巻きをつくっている。放流口は、たぶん複雑な電子ロックで閉じられているのだ。

大きな荷物を運んでいるふたりが木の根につまずいた拍子に、カバーの端がぱらりと落ち、物体の真っ黒な表面があらわになった。その瞬間、ドレッドロックの男の子が片腕をあげ、手の甲を黒い表面に押しつけた。激しくぶつかったようにも見えたその手は、そのままそこから動かない。腕時計がくっついているみたいだ。「磁石」わたしがそう思ったのと同時に、フォードがささやいた。

ドレッドロックの男の子は腕時計をはずした。引きはがそうともしないところを見ると、きっと強力な磁石なのだ。

学校でダムについて習ったことを思い出した。放流口の開閉を管理しているコンピュータは、勝手にいじれるようなものではないはずだ。磁石なんかで何をしようというのだろう？

わたしは、はっとした。「磁石はデジタルコードを狂わせる。ちがう？」フォードがうなずいた。「あの人たちは、ダムの放流口を開けたがっている」

「放流口が開いたら、川に水が流れこむからね」フォードが言った。

「そんなことをさせるわけにはいかないわ」わたしはささやいた。ふたりは慎重に足を進めた。「とめられるわよね？」

フォードはうなずいた。「ジャックスは、そのためにおれたちをこんなふうにしたんだ」その声はあまりに小さくて、もう少しで聞き逃すところだった。彼は自分の運命を受け入れたのだ。わたしよりも潔く。彼がおれと言わずにおれたちと言うのを聞いて、いっしゅん肌が痺れたようになった。

「わたしたちを助けるには、それしかなかったのよ」ジャックスを思って、言葉が舌の上で凍った。

フォードがうなずいた。「この身体は元には戻らないっていう事実に、なれてきたみたいだ」

そうしているあいだにも、巨大な磁石は、ダムのほうにどんどん近づいている。ダムの向こうの貯水池には、ベドラムじゅうを水浸しにできるだけの水が貯められている。

「もう出ていかなくちゃ」わたしは言った。「あのなかのふたりは、わたしの顔を知っている」

「おれが先に姿を見せて、やつらを混乱させてやるよ。いきなり撃ちはじめたりはしないだろう」

きっと計画があるのだと信じて、わたしはうなずき、彼のうしろについて歩きだした。

林の縁まで来ると、フォードは何気ない足取りで彼らの前に出ていった。驚かせるつもりはないみたいだ。わたしは倒木のうしろにしゃがみこんだ。ものすごく怖かった。

「やあ。遅れてすまない」フォードが言った。耳がスーパーチャージされてなかったら、聞こえなかったにちがいない。

「誰だ？」白目がちの男がジャケットの内側に手をのばしてフォードに近づきながら、大声で仲間に訊いた。拳銃を抜こうとしているにちがいない。

「聞いてないのか?」フォードがにやりと笑いながら、白目がちの男に近づいていく。あと四歩、三歩。磁石は真ん中の段へと運ばれていく。それぞれの段に鉄格子がついていて、その上を歩けるようになっている。手すりが一本ついているけど、不注意な人間が落ちるのをふせぐためというより、バランスをとるためみたいだ。落ちたら、つかまる場所はない。下の段の鉄格子はあるものの、よほど運がよくなければ、白く泡立つ川のなかに真っ逆さまに落ちてしまう。

「ナローズ、こいつは誰なんだ?」別の男の子が、そう言いながらフォードに近づいていった。

「おれは検査員だ。あの人に、最後の検査を頼まれてきた」

「検査?」白目がちの男が痣のできた顔を、ぐるりと巡らせた。どうやら、彼がナローズらしい。リーダーが近くにいるのだろうか? 彼の視線を追ってみたけど、誰の姿も見えなかった。「なんの?」

「技術的なことだよ。あんたにはわからないと思うよ」フォードはそう言って磁石に近づいていった。その底の縁にそって、赤いライトを放っているボタンがならんでいるのが見えた。

「ここに来て、これを見てみろよ。ロータリースイッチをチェックしてないのか?」

「なんだって?」ナローズがフォードに近づいた。「なんのことか——」

あまりのすばやさに、もう少しで見逃すところだった。フォードがナローズの首に手をかけ、その頭を磁石に叩きつけた。頭蓋骨が金属にぶつかる音がこだました。わたしが息をつく前に、ナローズは鉄格子の上をころがり、下の段の鉄格子の上にどさりと落ちていた。その腕は鉄格子から外にぶらさがっている。いつ川に落ちても不思議ではなかった。彼が気を失うのは、今週二回目だ。

わたしはさっと立ちあがって、彼らのほうへと走った。他の四人が、すぐにもフォードに拳銃を向けるにちがいない。

わたしはいちばん近くにいた男の子に飛びかかった。驚かすにはそれで充分。全員が振り向いた。男の子の手から拳銃をもぎ取り、その身体を地面に押し倒す。そうしているあいだに、フォードが別の男の子を片づけにかかった。わたしのほうに気を取られていた、かなり若そうなドレッドロックの男の子を組み敷いて拳銃を奪ったフォードは、やさしく――拳銃でできる範囲でやさしく――こめかみを殴って彼を気絶させた。残るはふたり。どちらも拳銃を持っているけど、今はフォードもわたしも持っている。

「彼女はバレエのジャンプが得意なんだ」フォードが拳銃をかまえて、ふたりに言った。「ちょっと見とれるぜ」

ふたりがこっちを振り向いた瞬間、わたしはジャンプした。宙でとまって、血走った目をした筋肉むきむきの男の子に大振りのパンチを食らわせる。彼はうなり声をあげて鉄格子の上に仰向けに倒れた。もう少しで、落ちるところだった。手を離れた拳銃は、まっすぐ川に落ちていった。

言葉もなくわたしを見あげていた彼が、とつぜん恐怖の色を浮かべてさっと起きあがった。そして、横向きになって道に戻ったかと思うと、そのまま林へと逃げていった。

最後のひとりがフォードからわたしに視線を移し、戦わないほうがいいと決めたみたいだ。拳銃を捨てて彼が言った。「落ち着いてくれ」たぶん、そう言ったんだと思う。でも、川に落ちる水音のせいで、よく聞こえなかった。

「賢明だ」フォードがうなずいて拳銃を拾いあげ、もうひとりの気を失っている男の手からも拳銃を奪いとると、二丁まとめて川に投げ捨てた。でも、その拳銃が水面を叩く音は聞こえなかった。

拳銃を磁石のほうに向けると、一メートル半くらい離れていたのに、引きよせられるのがわかった。磁石に拳銃を取られないようにするには、もっとしっかりにぎっている必要がある。

すでにダムは磁石の影響を受けているらしく、ここに着いたときにはわずかしか流れ落ちていなかった水が、三十センチほどの太さになって放流口から噴きだしていた。きっと、ダムのロック機能が乱されているのだ。

「カバーをかけて、ダムから遠ざけるだけでいいの？」わたしは大声で訊いた。流れ落ちる水音は、耳を聾するほどになっていた。ダムの縁に置かれたマットレス・サイズの磁石を始末する最良の方法なんて、学校では習っていない。

「川に投げこんだらどうだろう？」フォードが水音に負けじと声を張りあげた。「流れに乗って、ダムから遠ざかってくれるかもしれない」

それについて考えていたわたしの耳に、上のほうからチャリンという音がきこえてきた。見あげると、インビジブルのリーダーがいた。こっちに向かって歩いている。しかも、しなやかな足取りで。よく見ると、その脚は風変わりな装具に支えられていた。ぴかぴかの黒いメタル……たぶんチタンだ。格好も悪くないし柔軟性もあって、彼がはいているブラックジーンズとほとんど一体になっている。アイラインを引いた彼の目は、怒りに燃えていた。

「わたしの持ち物にふれてほしくないね」

31

インビジブルのリーダーの顔は、汗ばんで真っ赤になっていた。茶色い巻き毛は、ちょっとカールがのびているのか、育ちすぎた低木みたいにあらゆる方向に跳ねている。顎の線の動きから察するに、歯を食いしばっているにちがいない。

彼はすぐうしろに、子分を六人したがえていた。その六人が着ている黒いTシャツには、白で例の目が描かれている。

みんな武器を持っていて、その銃口はフォードとわたしに向いていた。

それでも、彼らがわたしたちよりすばやいとはかぎらない。一か八か、ジャンプしてリーダーの顔をブーツで蹴飛ばしてやろうかと考えはじめたそのとき、彼らの背後の林のなかに、さらに六人——男の子が五人と女の子がひとり——いるのが見えた。全員が肩に掛けたライフルをしっかりとかまえている。

武器を持った人間が十二人。

リーダーだけが何も持っていなかった。「魅力的なボーイフレンドじゃないか、アンセム」

「どれだけ魅力的か、ちゃんとたしかめてから言ってくれ」フォードが、すぐ横で言った。今にも飛びかかろうとしているのがわかる。わたしは彼の腕に手を置いて、林のなかの狙撃グループの存在をしらせた。

「なぜこんなことをするの？」時間稼ぎに訊いた。「歩けるようになったみたいじゃない。それ以上、何がほしいの？」

彼が笑みを浮かべた。はるか下では、水がうなりをあげて泡だっている。落ちたら絶対に助からない。わたしたちのうしろに道はない。敵のほうが絶対的に有利だ。

　四人が近づいてきた。いちばん上でも二十歳くらい。わたしと同年代の子ばかりだ。

「わたしはマイル美術館の近くに住んでいた」リーダーが、川のはるか向こうの空に目を向けてしゃべりだした。ノースサイドの高層ビルの上を飛んでいる何機ものヘリコプターが、羽虫のように見えている。彼の告白を聞いて、ショックの波が身体を駆け抜けたものの、納得できるような気がした。インビジブルのリーダーは、かつて自分がうちと呼んでいた地域を標的にしているのだ。なんらかの理由で、彼はその地域をあとにした。「きみのおやじさんが自分の名前をつけた怪物ビルから、そう遠くないところだ。当時、フリート・タワーはカビだらけの不法建築物だった。それを、おやじさんがあんなふうにしたんだ」

「生まれ育った場所が沈んだり焼けたりするのを見て、さぞうれしいでしょうね」そっけなく言ってやった。今ごろ、パパとママもヘリコプターに乗ってわたしを待っているのではないだろうか。どうしたら、わたしを見つけられるかわからずに、きっと途方に暮れている。ママはヒステリックになって、適量以上の薬を飲んでいるにちがいないし、パパは――ママがうちから連れだすのに成功していたら――わたしに腹を立てて、**親にこんな思いをさせるなんてどういうつもりなんだ？**　とママにつめよっているかもしれない。

「またカビだらけの不法建築物に戻したいわけ？」インビジブルのリーダーは声をあげて笑った。「子供時代のわたしは快適に暮らしていた。きみのようにね、アンセム」彼が近づいてきた。その動きの優雅さに驚かずにはいられなかった。新しい脚を得て間もないというのに、なんの支障もなく歩いている。

「わたしの子供時代がどんなふうだったかなんて、あなたにわかるはずがないわ」わたしは言った。

「ところが、わかってるんだ」彼の目が憎悪と茶目っ気が入りまじったような色に輝いた。「わたしは、きみ以上にきみを知っている」その顔は汗で光っていた。「カテドラルに通っていたんだ。きみと同じようにね。しかし、父親が他人の金を悪用して捕まった」彼は声をあげて笑った。苦々しげに鼻を鳴らした音は、水のうなりに呑まれてかすかにしか聞こえなかった。

「それで、一家はすべてを失ったわけだ。父親は失脚。わが家は、マルチ商法や不良投資で不正に得た金で成り立っていた。何もかも失った家族は、南に移るしかなかった。ベドラム刑務所に入った父親は、入所三日後に自殺した。そんな境遇に堪えられなかったにちがいない。一文無しになった母親には、生きる術さえなかった。だから、わたしが働くことに決めて職をさがしはじめた。そして、皿洗いの職に応募した日、別の誰かを狙って放たれた銃弾にあたってしまった」

「気の毒に」フォードが小さな声で言った。

聞こえなかったのか、無視することに決めたのか、インビジブルのリーダーはしゃべりつづけた。「世の中がどんなに残酷なものかに気づいたのは、そのときだ。それまで自分が知っているつもりでいたことは、何もかも……ぴかぴかの嘘の上に成り立っていたんだ。レジーナは、それをちゃんと知っていたんだよ、アンセム」

アイラインを引いた彼の目がわたしの目を見つめている。ふたりのあいだを何かがよぎるのを感じて、背筋が震えた。この人は、レジーナの何を知っているのだろう？　わたしは彼を睨みつけた。どういう意味かと問いただしたかった。でも、彼はレジーナのことなんか口にしなかったかのように、またしゃべりだした。

「残りの子供時代はコンピュータばかりいじっていた。そしてそこから、なぜ何もかもが不公平にできているのかを学び、爆弾のつくり方を学び、テクノロジーを学んだ。いつか、昔の隣人たちに思い知らせてやるためにね。恐怖や無力感がどんなものか、教えてやりたかった。自分ではどうすることもできない世界で生きるのがどんなものか、味わわせてやりたかった」

そんな話を聞きながら、彼の子分たちの様子を探っていた。わたしたちを狙っている武器は、ライフルと拳銃を合わせて十二丁。

「どうしてジャックスを殺したの？　あれも、みんなに何かを思い知らせるため？　あなたは自分のことしか考えていない」フォードがさっとこっちに目を向けたのを感じて、怯まずにはいられなかった。親しい友達の死をこんな形で知るなんて最悪だ。

「信じてくれなくてもかまわないが、わたしは人を殺すことに特に興味があるわけじゃない。成り行きだ。彼女はひじょうに役に立ってくれたが、われわれに襲いかかることで、互いの関係をだいなしにしてくれた。彼女がいなかったら、ドクターI・Iの発明品は完成しなかっただろうね。どうかな？　ジーンズ姿のわたしは、なかなかだろう？」

わたしはフォードをちらっと見た。ジャックスが死んだというニュースで、頭がいっぱいになっているにちがいない。真っ赤な顔をして、拳をにぎりしめている。

「フォード、我慢して」

「地盤はぐずぐずにゆるんでる」がっちりした体形の髪をブルーに染めたその男の子が、虚ろな目をして言った。「おれたちの手で不公平を正してやるんだ」

「ヴォロ、だまってろ。考えを聞くためにおまえを連れてきたわけじゃない。使ってほしいのは身体だ」

リーダーが、わたしに同意を求めるかのように天を仰いだ。彼の哲学はすべて嘘だと気がついたのは、そのときだ。信じてもいない難しい言葉をならべたてているだけで、〝不公平を正す〟気なんて、ぜんぜんないにちがいない。いっしょに育った人たちに、自分と同じ苦しみを味わわせたいだけなのだ。車椅子の生活を強いられた彼は、暗い穴のようにしか見えない将来から目をそむけ、過去だけを思いながら生きてきたのだ。

「アンセム」フォードがささやいた。

わたしは聞こえているしるしに、小さくうなずいた。

「おれが、林のなかの連中を片づける」

彼は返事も待たずに四発撃った。それで四人がドミノのように倒れた。

道にいた男の子たちが撃ちはじめると、フォードとわたしは同時にジャンプした。八十キロ以上ある彼が身をひるがえすのを見て、驚かずにはいられなかった。彼に首を蹴られた男の子の手から拳銃が吹っ飛んで川に落ちていった。

耳鳴りを感じながら弾をよけ、男の子たちの拳銃を蹴飛ばしていく。すぐそばで、フォードも同じことをしていた。

頭に衝撃をおぼえて振り向くと、近づいてくる大きな拳が見えた。金髪のドレッドロックの男の子だ。うしろによろけたわたしは、川に落ちそうになりながらも、なんとか持ちこたえて彼に飛びかかった。そして、川に投げこんでやろうとしたところで思いとどまり、取りあげた拳銃で思いきり殴ってやった。それでおしまい。男の子は、がっくりと倒れこんで白目をむいた。

いっしゅんフォードに視線を向けてみた。すでに血を流しているふたりの男の子にパンチを食らわせている。その動きの速さと力の入り方を見るかぎり、殺したがっているようにしか見えなかった。リーダーがフォードに拳銃を向けているけど、ぜんぜん様になっていない。たぶん拳銃になれていないのだ。リモコンで爆弾を爆発させたり、子供に毒を注射するほうが、向いているということだ。彼がフォードに近づいていく。その足取りは、ほんとうになめらかだった。

「フォード！」わたしは叫んだ。振り向いた彼が、今にも撃とうとしていたインビジブルのリーダーに突進した。あまりに速すぎて霞のようにしか見えなかった。

ジャックスがリーダーに何をしたのか知らないけど、たしかに彼は強化されていた。ふたりの力は互角。どちらも速くて強かった。わたしは、まだ拳銃を持っていた。

フォードを傷つけずに撃てるタイミングを待った。そして、リーダーがフォードの上に馬乗りになったところで撃った。その狙いは腕。今だけ、動きを封じられればそれでいい。殺したくはなかったし、脚を傷つけるのはいやだった。

行くべきところに行ってもらうには、脚が必要だ。ベドラム刑務所は、その名もデッドマンズヒルと呼ばれる丘の上に建っている。

弾は、三頭筋に命中した。それなのに、彼は撃たれたことにも気づいていない。わたしはフォードから彼を引き離し、ありったけの力を振り絞ってその身体を宙に投げた。九メートルほど吹っ飛んだ彼が、立てかけてあった磁石に逆立ち状態でぶつかった。

脚が磁石の表面にくっついている。鼻血が目に入っているのが見えたけど、どんなに身をよじってもがいても、下半身を磁石から離すことはできなかった。

フォードが残りの子分を片づけてしまうと、わたしたちはその身体をまたいで、磁石のほうへと向かった。

「あんたが、このジーンズについて自慢げにしゃべってるのを聞いたときは、むかついたよ」フォードがチタンとデニムのハイブリッドジーンズの膝のあたりを軽く叩くと、リーダーがくやしそうな声をあげた。

「しかし、考えが変わった。すごく似合ってるよ」

「殺せよ」声がしわがれている。かなり苦しいにちがいない。彼の頭は、わたしの足下にある。「頭を撃てよ」

「すてきな提案ね」わたしは言った。「ほんとうにそうしたいわ。罪もない子供を平気で殺すような人なんですもの。それだけじゃない、あなたはわたしの友達を殺した。でも、単にあなたの命を奪うだけじゃ足りないの。きっと、街はそれ以上のものを求めるわ。みんな、自分たちの手で不公平を正したがると思う」

わたしはお財布のなかからロドリゲス巡査の名刺を取りだした。信じられる警官は彼女だけだ。

奇跡的に、二回呼び出し音が鳴っただけで、彼女が電話に出た。

「ロドリゲスです」その声のうしろに、ヘリコプターの音が聞こえていた。

「こんにちは、ロドリゲス巡査。アンセム・フリートです。おぼえていますか？」

長い沈黙のあと、彼女が答えた。「ええ、もちろんおぼえてるわ。どうかしたの？」

「ここで、ある人物を捕まえました。あなたに逮捕してほしくて、電話をかけています。でも、記者とかリポーターには絶対に来てほしくないんです」

「もっとくわしく話してくれないと動きようがないわ、アンセム。警察は大忙しなの。ほら、市民を避難させたりとかいろいろ……」

「わかりました。ええと、みんながずっとさがしていた人物です」

「インビジブルのリーダー？」

遠くに見えている街に目を向けてみた。灰色の醜い非情な場所ではあっても、そこがわたしが生まれ育ったところだ。その街を、なんとか救えたのかもしれない。「そうです。今、貯水池のダムのところにいます。チームで来てくださいますか？　逮捕する人間がたくさんいるんです。それから、ダムの管理局に連絡をお願いします。ロック機能がおかしくなってるみたいで、水が流れだしているんです。警察が来るまで、わたしたちがここで見ています」

「五分で行くわ」彼女が言った。「アンセム?」

「はい?」

「よくやってくれたわ。あなたが望むなら、このことはふたりだけの秘密にしておく」

それで電話は切れた。ケータイをしまってフォードの姿を目でさがした。彼は倒れているインビジブルの子分たちを引きずって、林のほうに運んでいた。意識を取り戻している者も、二、三人いるみたいだ。

彼に駆けよりながら、わたしは妙な驚きをおぼえていた。それはうれしい驚きだった。これまで自分が倒した悪人を警察にプレゼントする準備は、ひとりでしてきた。でも、今はひとりでしなくていいのだ。

32

「眠ってても、削岩機《ジャックハンマー》でコンクリートを砕く音が聞こえちゃうよ」わたしのベッドの上で、物憂げにのびをしながらザラが言った。あれから二週間が経っていた。ノースサイドじゅうで工事が行われている今、八十七階のわたしの部屋にいてさえ、その音が聞こえていた。

インビジブルは埋め立て層がちぢむように、地面に特殊な酸をまいたのだ。今、その地盤を強化し、埋め立て層を元の状態に戻すために、環境学者と構造エンジニアとシティ・プランナーがチームを組んで働いている。どのビルも改修工事が始まっていた。取り壊しが必要な建物は数棟のみのようだけど、取り壊し後の土地に新しいビルを建てるということで、フリート・インダストリーズはこれまでにないほど忙しくなっていた。

そうしたビル工事をのぞけば、街は元の落ち着きを取り戻していた。住民も、みんな別荘から帰ってきた。ザラとわたしは、ひと月ほどで卒業する。わたしはオーディション・プログラムに参加するためにベドラム・バレエ団の寮に入ることになっているけど、ザラは一年間〝ただ生きて〟みると言っている。そのあいだに、何を勉強したいのか考えるつもりらしい。インビジブルが捕まった今なら、それも許される。みんな好きなことをすればいい。

誘拐される心配もなくなって、夜も自由に出かけられるようになった。今、インビジブルは牢屋のなかで、裁判が開かれるのを待っている。

ゆうべの食事の席で、パパが自分の新しい建設哲学を披露した。

「もっと高いビルをつくる必要がある」パパが言った。「何をしても勝てないという事実を、やつらに見せつけてやるんだ」狂気じみた目をして、パパは夢中でしゃべりつづけていたけど、恥ずかしくて見ていられなかった。

ザラは街を離れているあいだに新しいボーイフレンドができたらしい。彼の名前はフレッド。今もわたしのベッドに寝転んで、彼にメールを打っている。

「フレッドは、斧を使って木を切り倒せるんだよ。わたしたち、彼のうちの裏のトウモロコシ畑で、すっごく派手な焚き火をしたんだ。その話、したっけ？　ああいうタイプを好きになるなんて、思ってもみなかった。でも、フレッドは……」ザラがため息をついた。無理に顔を歪めてみても、うっとりしているのは見えみえだし、ホットピンクの口紅を塗ったバラの蕾みたいな唇には、抑えても抑えきれない笑みが浮かんでいる。「あんなふうに斧を使えるなんて天才だね。もう完全にまいっちゃった」

「その話なら聞いたよ」わたしは呆れ顔をつくってみせた。フレッドが斧を使う名人だという話を聞くのは、これで三度目だ。「ねえ、田舎に引っ越して、長いドレスにボンネット姿で暮らすわけ？　〝大地へ帰れ運動〟に参加しちゃう？」

「長いドレスは悪くないけど、ボンネットなんて死んでも被らない」ザラがボンネットという言葉に顔をしかめて、本気でうなった。「わたしだって、それは考えたよ。森の暮らしなんて、すぐに飽きちゃうかもって。そうなんだ、つづかないかもね」

「わからないよ」フォードのことを思って、わたしは言った。恋は不意にしのびよってきて、人を別人のように変えてしまう。わたしだって、自分がボクシングジムで長い時間を過ごすようになるなんて思ってもみなかったし、そんな場所を好きになるなんて考えてもみなかった。でも、実際にジムで多くの時を過ごし、それが気に入っている。

別の部屋のテレビから、ニュースが聞こえていた。インビジブルのリーダーは、この二週間ずっと取り調べを受けている。ロドリゲス巡査は、どうやって彼を見つけたか——少なくとも今のところは——ひとこともらしていない。ただ、匿名の通報を受けたのだと言いつづけている。

リーダーにも名前があった。アロン・リフト。三十五歳。ニュースの司会者が、この二日のあいだにくりかえし報道されている話を、息もつかずにしゃべっている声が、ここまで聞こえてきた。「アロン・リフトは、ふつうの子供時代を過ごしていました。ところが、運命の日が来て父親のイグナティオス・リフトが詐欺罪で逮捕されてしまったのです。それをきっかけに、若きアロンを取り巻くすべてが一変しました」短い曲が流れて、コマーシャルになった。今週末にベドラム・ホイール・シティでセールが行われるという、モトコのCMだった。コマーシャルが終わると、また司会者がしゃべりだした。「母親とともにノースサイドを離れたアロンは、ため息橋の近くにあった〝ため息荘〟と呼ばれる共同住宅に住むようになりました。そして、流れ弾にあたるという不幸に見舞われたのです」インビジブルのリーダーは嘘つきだけど、この点については、ほんとうのことを話していたみたいだ。

「アンセム」ザラが真面目な顔をして、大きく息を吸った。何かだいじなことを言おうとしているらしい。

「ねえ、知りたくない？」

「何を？」

「彼はカテドラルに通ってたんだよね？　それで、あなたのお姉さんの名前を口にした。レジーナと知り合いだったんじゃない？　歳だって同じくらいだよね？　生きてれば……」

計算してみた。わたしは十七歳だから、生きていたらレジーナは三十五歳になっていたはずだ。「うん、たぶんね」でも、怖かった。アロン・リフトの過去なんて、ほんとうに知りたいのだろうか？　そんなものを探って、いったい何になるのだろう？

「昔、レジーナの部屋にしのびこんで、彼女の持ち物を見たりしたよね？　たしか、棚のいちばん下の段にカテドラルの年鑑がならんでたんじゃない？」

胃がひっくり返りそうになった。盗み見は、もうだいぶ前にやめた。そういうことは不健全だと思ったのだ。でも、あの人が年鑑に載っているかどうかくらい見てもいいような気がした。たしかめるだけ。ちょっと見るだけだ。

「そうだね。見てみてもいいかも」

「あんまり興奮しちゃだめだよ」ザラは皮肉っぽくそう言うと、わたしをベッドから引っぱりあげた。

ザラに手を引かれて廊下を歩きながらも、なぜ自分で思いつかなかったのだろうかと驚いていた。昔は、レジーナの部屋で何時間も過ごした。でも、幽霊を呼びだそうとするのと同じくらい不健全なことのように思えて、やめたのだ。それでも本棚の様子は、はっきりとおぼえていた。幼稚園から十年生までの年鑑が、ずらりとならんでいた。それをザラといっしょに、のぞき見したこともあった。そんなときわたしたちは、死んだ人のものを見るのがのぞき見になるかどうか、言い合ったりもした。でも、そんなことはもうどうでもいい。もちろん、これはのぞき見なんかじゃない。捜査だ。

「あの部屋には、ずいぶん行ってないよね」廊下を歩きながらザラが言った。レジーナの部屋は、わたしの部屋から十五歩ほど。そのふたつの部屋のあいだには、リネン用のクロゼットとバスルームがあるだけだ。元々、そのバスルームは、どちらの部屋からも入れるようになっていた。でも何年か前に、ママがレジーナの部屋側のドアをふさがせてしまった。亡くなった姉とバスルームを〝シェアしている〟という感覚は、わたしにとって苦痛にちがいないと考えたみたいだ。もちろん、わたしのなかのレジーナの存在は、ドアをふさげば消えるほど簡単なものではなかった。

「心の準備はできてる?」ドアノブに手をかけて、ザラが小さな声で訊いた。わたしはどきどきしながらうなずいた。会ったことのない姉と学生時代のアロン・リフトが同じ年鑑に載っていたとして、そこにどんな意味があるのだろう?

意味なんてないかもしれない。でも、あるかもしれない。

どちらも無言で部屋に足を踏み入れた。裸足の爪先が、ラベンダー色の毛足の長いカーペットに沈んでいく。このカーペットは、レジーナが十一歳のときに自分で選んだものらしい。部屋は暗くて、なんの匂いもしない。何年も前からうちが頼んでいる、週に二度やってくる〝お掃除チーム〟のおかげだ。

スイッチを押して明かりをつけると、パチッと音がして電球が切れてしまった。

わたしは窓の前まで行って、グレーとラベンダーのストライプのカーテンを開けた。淀んだ空気のなか、光を浴びて細かい埃が踊りだした。これで字が読める。ザラとふたり、本棚の前に膝をついているうちに、どんどん緊張が高まってきた。いったい何を知ることになるのだろう?

「アロン・リフト、あなたはどこ?」ザラがそうつぶやきながら、一年生から十一年生までの年鑑の背表紙に指をすべらせた。そして、指をとめた彼女がこっちに目を向けた。だいじょうぶかと訊いているのだ。うなずいてみせると、ザラが十一年生の年鑑を引っ張りだしてわたしに委ね、自分は十年生の年鑑のページを開きだした。

海の色をしたその年鑑にはゴールドの浮きだし文字で『カテドラル――今、船出のとき』と書かれていた。ページをめくりながら、十歳に戻ったような気分になっていた。あのころは、ここに来ては亡くなった姉の年鑑を眺めていた。レジーナのために書かれた、ハートの絵や、男の子たちの雑なサインや、女の子たちの楽しいメッセージ。あのころのわたしは、そうしたものに心を奪われていた。どれも少なくとも五十回は目にしているけど、特に誰かをさがしたことはなかった。ただ、レジーナがどんな女の子だったのか、知りたかっただけだ。そこに書かれたものは、ほとんどおぼえていた。

『ずっとすてきなままでいてね。夏にはパーティよ！　愛してる　ルエラ』

『タマニー先生のクラスで、いちばん優秀な女の子へ。レジーナ、きみはいつか世界を変える。そうならなかったとしても、少なくともすごいパーティを開いてくれる。夏休みのあいだにぼくのこと、忘れないでよ。こっちも、彼女とちょっといい感じになってるんだ。フィリップ』

『ミス・フリート、あなたのような生徒に出逢えて、うれしく思っています。ゆっくり時間をかけなさいと言った、わたしの言葉を忘れないでください。いいですね？　生きいそぐ必要はありません。あなたはりっぱな心の持ち主で、政治に強い関心を持っています。わたしたちも見習わなければいけません。いつも感心しているタマニーより』

わたしは顔をあげて、目の前の本棚を見つめた。どのタイトルも、今のわたしには意味がない。タマニー先生は、わたしの政治の先生だ。先生はレジーナに何かについて警告を与えている。でも、なんのことだかわからない。『卒業前に、タマニー先生にレジーナについて訊くこと』——わたしは心のなかにメモをした。

十九ページを開くと、きれいな女の子の写真があらわれた。細い肩に滝のように落ちている完璧にカールした白っぽい金色の髪と、メタル製のテーブルに腰掛けている彼女の組んだ脚を包んでいるチェックのスカート。それは、わたしがはいているのと同じスカートだ。この写真が記憶から消えないせいで、自分がレジーナの残りの人生を生きているような気になってしまうのだ。

　でも今、この写真にはまったく別の意味がある。レジーナの横に立っている男の子を、わたしは知っていた。レジーナが全神経を傾けて真剣に話しこんでいるその相手は、アロン・リフトだった。

「見て」わたしがささやくと、ザラが写真をのぞきこんだ。

「嘘でしょう。あの人だよね」跳ねあがっている茶色の巻き髪は、少しぼさぼさになっているものの、ほとんど変わっていない。レジーナは彼の腕に手を置いていて、彼はカメラに気づいていないかのように、少し口を開いている。ふたりは、ものすごく仲がよさそうだった。なんでも話し合える友達という感じだ。

　写真の下には『アロン・リフトは、レジーナ・フリートの秘密を知っている』と書かれていた。

　レジーナ・フリートの秘密を知っている。それを読んで寒気がした。アロンは、レジーナの何を知っていたのだろう?

「秘密ってなんだったのかな?」わたしの心を読んだみたいに、ザラが言った。

「永遠の謎だわ」

「かなり深刻なことみたいな気がするな」

　写真の横に、雑に描かれた星印があった。次々とページをめくっていくと、また同じような星印があった。

『フリートフット
　今年、起きたことは現実だ。超現実って言ったほうが、しっくりくるかもしれない。ぼくたちはどっちも、たぶんもうカテーテルに戻らない。何が起きても、ぼくはきみの味方だ。バカな親たちが何をしようと、ぼくたちの関係は変わらない。ぼくたちの美貌もね……はっ、はっ。
愛をこめて　リフトオフ』

「カテーテルって何？」ぽかんとした顔をして、ザラが言った。

「カテドラルのことだと思う。ぜんぜんセンスないけどね」わたしは爪をかみながら考えた。このときアロンは、自分の父親の身に何かが起こりつつあると気づいていたにちがいない。もう逮捕されていたという可能性もある。でも、レジーナが学校に戻らないというのはどういう意味なのだろう？　湖で溺れるなんて、予想できるはずがない。何か他に理由があったのだろうか？　それに、彼がわたしに言ったことも気になる。きみ以上にきみを知っているというのは、どういう意味なのだろう？　「どうして彼は、レジーナが学校に戻らないって思ったのかな？」

「あいつに訊いてみれば？」ザラが言った。「あなたを助けてくれたっていう巡査に電話をかけなよ。なんとかしてくれるんじゃない。あんたには借りがあるんだもん」

　わたしは、さっきのページを開いて、もう一度ふたりが写っている写真を見た。ふたりの頭は、互いのほうに傾いている。どちらも真剣そのもので、まわりには誰もいなかった。すごく親しげで、強い意図が感じられる。なんだか兄妹みたいだ。

「いい考えだね」わたしは言った。アロンが何を知っているのか、探りだす必要がある。それも、できるだけ早く。裁判が終わったら、アロンはどこに行ってしまうかわからない。窓に目を向けると、日射しのなかで踊っている埃が見えた。ちょっとしたカオスだ。そんな光景を眺めながら、ロドリゲス巡査になんて言ったらアロン・リフトとふたりきりで何分か話をさせてもらえるか、頭のなかで考えはじめた。

電話をかけてきた女は名前を告げなかった。赤ん坊の泣き声が聞こえていた。その女が、どことも知れない外国訛りで言った。「ダッフルバッグに十万ドルつめて、ヴァイン・ストリートとポピー・ストリートの角のゴミ箱に入れてきな。待ってれば、こっちからまた電話する。あんたの娘の居場所を知ってるんだ」

レジーナが出ていって、八カ月近く経っていた。この数カ月は手掛かりさえ得られていない。だから彼は、試してみるしかないと思った。

オフィスの金庫から金を出した。十万ドルなど、なんでもない。レジーナが帰ってきて、家庭に活気が戻るなら、なんだって差しだす。毎晩ヘレンが泣くのをとめられるなら、かわいい娘を取り戻せるなら、何も惜しくない。

ハリスは悪人だ。自分でも、それはわかっている。しかし、家族をもぎとられるというのは、あんまりだ。そもそも、ハリスが汚い手を使ってまで稼いできたのは、家族のためだ。賄賂に裏金工作。シンジケートを使って、邪魔者を片づけもしたし、一新したノースサイドの不動産が売れるように、サウスサイドを人が住みたがらない不快な場所に仕立てもした。彼は何十年もかけて、この〝都市計画〟を実現させたのだ。すべては家族に贅沢をさせるためだった。愛する妻と娘のためだった。

ハリスはオフィスで次の電話を待ちながら、自分の子供時代を思った。彼の子供時代は、母親に出ていくようにと言われた十二歳のときに終わった。母親は、生意気な口をきく息子をきらっていた亭主の暴力がエスカレートして、かわいいぼうやに万一のことがあったらと恐れていた。「ハリー」母親は言った。「ひどいことになる前に、とうさんからお逃げ。今だって、充分ひどすぎるよ」父親は酒乱で、酔うと椅子を頭の上に持ちあげ、いちばん近くにいる子供に叩きつけた。子供はおおぜいいた。充分に食べさせられないほどおおぜいいた。

　だから、ハリー・フラッツは家を出た。そして、そのあと名前を変えた。金持ちらしく聞こえるように、ハリス・フリートと変えたのだ。その名前は、彼の耳にコインの音のようにひびいた。

　ハリスは、シンジケートのなかで徐々に出世した。そして、何年かしてトップに近づいたとき、組織を抜けて不動産開発業者となった。もちろん、この街にいるかぎり、完全にシンジケートから抜けるのは不可能だ。

　彼は洗練された教養ある夫と父親の役をうまく演じつづけた。レジーナが何をしても、けっして手をあげたりはしなかったし、椅子を持ちあげて娘の小さな身体に叩きつけるような真似もしなかった。声を荒らげたことも一度もない。人を魅了せずにはおかない、おだやかな人間のふりをしつづけた。心のなかでは怒りをたぎらせていても、それを表には出さなかった。つまり、自分の父親と正反対の人間になったのだ。ハリー・フラッツの名残はかけらもない。訛りも貧乏癖もサウスサイドのマナーも、みんな捨てた。そして、暴力のサイクルも断ち切った。少なくとも家庭では。仕事の場では、あらゆる手を使って人を脅し、自分がのしあがるためならなんでもした。しかし、たしかな地位を築いたあとは、暴力から完全に手を引いた。

　そうしてハリー・フラッツは過去を洗い流し、クリーンな人間になったのだ。右腕であるサージでさえ、ハリスがシンジケートの歩兵をしていた日々については何も知らない。サージに気づかれずにやってこられたことを、彼は誇りに思っていた。

それなのに、なぜレジーナは家を出ていったんだ？　ボーイフレンドの話を聞いて怒り狂ったわたしを見て、怖くなったのだろうか？　われわれ夫婦にとってレジーナがすべてだという事実を知りながら、どうしたら八カ月近くも連絡を取らずにいられるのだろう？　われわれの輝く星。われわれの美しい娘。そのレジーナが姿を消してしまった。

もちろん彼は、女の指示どおり、金のつまったダッフルバッグをゴミ箱に入れた。

そして、もちろんサージといっしょにその場で見張っていた。ブルーがかった黒髪をきちんと編んだ女が、金を取りにきた。女はまず左右に目を走らせ、指輪をはめた手をゴミ箱に突っこんでダッフルバッグを取りだした。

念のため、サージにあとをつけさせて女の居所は突きとめておいたが、そんな必要はなかった。二十分後、電話のベルが鳴った。女が告げる住所を書きとめる彼の手は、期待に、そして愛に、震えていた。

見つけるのは簡単だった。そこは街のゴミ集積場のすぐそばの、通り全体に悪臭がただよっているような場所だった。のぼりはじめた朝日のなかに、特徴のないくたびれた煉瓦づくりの建物がにじんで見えた。その前に車をとめたのは、ハリスの時計によれば午前五時四十七分。彼はサージを残して車を降りた。これは、ひとりですませる必要がある。

ハリスは建物に向かって歩きながら、手のなかのメモに目を落とした。『4B』と書いてある。ベルを鳴らしてインターホンで話したら、レジーナは父親の声を聞き分けて、オートロックを開けないにちがいない。ボーイフレンドは、力づくで自分の城を守ろうとするだろう。ふたりに会うには、不意を突くしかない。驚かせておいて、道理をわからせるのだ。

シンジケートにいたころ、ハリスは不法侵入が得意だった。しかし、それはずいぶん昔の話だ。鍵にしても、ずいぶん進化している。ゴミの臭いをかぎたくなかった彼は、建物の玄関ドアに近づきながらも、深く息をしないように気をつけていた。そして、そのあと鼻呼吸をやめた。なんて柔な人間になってしまったんだ。コツコツと音をたてている靴は、いつもどおり、ぴかぴかに磨かれている。

しかし、心配する必要などなかった。清掃係の制服を着た若い男が、彼を追いこしてドアの前に立った。ヘッドホンをつけたその若者は、夜のシフトが終わって疲れきっているようだった。漂白剤の匂いをただよわせているその若者が、鍵を使って玄関ドアを開けた。押し開けるタイプのドアは、人が入ったあと反動で大きく外側に開くものだ。ハリスはそれを待って、堂々と玄関ホールに足を踏み入れた。若者に怪しまれない自信はあった。ハリスは、このビルの所有者であるかのような足取りで、階段へと向かった。

レジーナがここを動かないと言い張ったら、ほんとうにこのビルの所有者になるかもしれない。しかし、きちんと話をして道理をわからせるために、ここにやってきたのだ。気はすすまないが、ついにボーイフレンドに会うときが来た。ザ・ホープ。なんてバカげた名前なんだ。以前は、会うことさえ拒んだ。それでも今、ハリスは彼を受け入れようと決めていた。レジーナには、自分よりもましな人間といっしょになってほしかった。それが自分の何よりの望みだと、この数カ月のあいだに気づいたのだ。レジーナには、シンジケートで汚いことをやってきたような男ではなく、人生をいい形でスタートさせた男といっしょになってほしかった。

一段あかしで階段をのぼるハリスの胸は、ついに娘に会える喜びで高鳴っていた。四階の踊り場の格子がはまった小さな窓から外をのぞくと、セラフから降りて煙草を吸っているサージの姿が見えた。セラフのクリーム色のボンネットが、朝日を浴びてキャンディを思わせるピンクに染まっている。わたしの顔を見たレジーナは、大喜びしていっしょに帰ると言うかもしれない――呆れたことに、彼はそんなことまで思っていた。とつぜん楽観的になったハリスは、４Ｂに向かって踊りながら廊下を進んでいった。踊るのは十代のとき以来だった。

ハリスは脇腹に汗が流れるのを感じながら、できるだけ音をたてないよう根気よく鍵をいじりつづけた。そして、十分経ったころ、ようやく鍵が開いた。心臓が口から飛びだしそうになっている。ドアノブに手をかけながらも、彼はそのあとのことを思い描いていた。ベッドの脇に立って、レジーナを揺り起こし、眠そうな目をしている彼女に謝るのだ。ぼうっとしているうちにすませることが肝心だ。怒りが頭を持ちあげる前に、ボーイフレンドを起こしてしまう前に、終わらせるのだ。そのあとでボーイフレンドに会って、彼を受け入れる。家族を取り戻すためなら、何でもするつもりだった。「パパが愚かだった」と謝ってもいい。とにかく、無防備なところを狙う必要がある。心が怒りに満たされてしまったら、道理など見えなくなってしまう。

レジーナがこんなビルに住んでいるという事実が、ハリスには信じられなかった。まわりじゅう火事の危険だらけなのに、見える範囲に消火器はひとつもないし、廊下には尿と石鹸とカビの臭いがただよっている。

ハリスの娘は、彼の天使は、こんなところに住んでいたのだ。彼はこの臭いを二度とかがないために、これまでありとあらゆることをしてきた。これは貧乏と絶望の臭いだ。それなのに、レジーナはここに——貧乏と絶望のただなかに——いる。

そっとノブをまわして手前に引くと、軋みながらゆっくりとドアが開き、暗い部屋があらわれた。しかし、目がなれて進むべき方向を見つける前に、ピューンッという音がした。サイレンサーつきの拳銃から銃弾が放たれたのだ。この音なら、自分の鼓動と同じくらいよく知っている。慌てて身を伏せたものの間に合わなかった。

ハリスの肩で痛みがはじけた。

誰かに撃たれたことはわかった。その誰かは、さらに彼を撃とうとしている。ハリスは、抑えきれずに叫び声をあげた。骨を撃ち砕かれて冷静でいるのは難しい。ピューンッ！　また銃弾が放たれた。今度は当たらなかったが、彼はすばやく反応した。これは本能だ。長い年月をかけて鍛えた本能だ。暴力のなかで何十年も生きてきた彼には、こうしたやり方が深く染みついている。殺るか、殺られるか。ハリスにとっては、そういうことなのだ。立てかけたテーブルの向こうにいる誰かが、いっしゅんのびあがった。その若造の頭を見ただけで充分だった。彼はジャケットの内ポケットの拳銃をつかんだ。短く切った黒っぽい髪に野球帽。この汚らしい若造は、ガールフレンドの父親の死を望んでいる。

ハリスは、その若造を殺す気になっていた。この場で終わらせるつもりだった。今は、とにかく撃つしかない。説明はあとだ。

ほんのいっしゅんのあいだに、そうした思いがハリスの心を巡った。彼は部屋の奥へと進み、テーブルを蹴飛ばした。吹っ飛んで仰向けに倒れた若造の目が、静まりかえった暗い部屋のなかで、森の動物の目のように輝いている。その身体に、ハリスは弾を撃ちこんだ。

あっという間だった。ハリスは射撃の名人だ。長年――自分でも認めたくないほど長く――そんなことをしてきたのだ。傷を負わせるつもりなど毛頭なかった。ハリー・フラッツは、殺すつもりで撃つ。ハリス・フリートになった今も、自分のなかではハリー・フラッツのままだった。それが、彼なのだ。この先も、きっと変わらない。

しかし、死体の上にかがみこんだハリスは、何かが変だと感じた。暗闇のなかでも、頬がすべらかなことがわかる。それに、この尖った顎。身体も妙だ。いくらなんでも細すぎる。そして、何よりも不自然なのは手だった。小さすぎるし、やわらかすぎる。

信じられない。なんということだ。自分が何をしたかに気づいたハリスの手が、宙を飛んだ。拳銃が床に落ちて音をたてている。そんなはずはない。絶対に嘘だ。こんなことはありえない。

33

ロドリゲス巡査が、警察本部内の面会室に案内してくれた。警備はかなり厳重で、部屋の四隅にカメラがついている。光沢のない金属製の壁と、光沢のない金属製の机と、黒い金属製の椅子。そこにあるものは、すべて床に固定されている。その部屋は、かなり蒸し暑かった。

「エアコンが故障してるの」ロドリゲス巡査が言った。「ずっとドアの外にいるわ。あの鏡は窓よ。わたしのほうから様子は見えている」

「ありがとう」わたしは眉の汗を拭い、黒いウィッグの下に指を差しこんで生え際のあたりを掻いた。

「すごく感謝しています」

「これくらいのお返しはさせてもらうわ」立ち去る前、彼女はそう言って笑みを浮かべた。日に焼けているせいで、白い歯がさらに真っ白に見える。「社会の最大の敵を捕まえたんですもの、少しの無理はとおさせてもらえるわ。他にも何かあったら、遠慮せずに言って。いいわね？　できるだけのことをさせてもらうわ」


電話をかけてアロンと話をさせてほしいと言うと、ロドリゲス巡査はしばらくだまりこみ、そのあとでこう言った。「アロン・リフトと……話を？」

「はい」わたしは答えた。「彼は、わたしの家族について何か知ってるみたいなんです」ここまで来て、嘘をつく必要がどこにあるだろう?

「少し待ってて。電話で時間と場所をしらせるわ」ロドリゲス巡査はそう言った。そして、電話をかけてきたとき、ウィッグを被って裏口から入るようにと指示した。表玄関はマスコミが押しよせて大騒ぎになっているけど、裏口はパトロールの警官が出入りするだけで、リポーターもカメラマンもいないということだった。

それで今、わたしは黒いボブのウィッグをできるだけ痒くならないように調整しながら、ここでアロンを待っている。この面会を実現させるために、ロドリゲス巡査が危険を冒していることはまちがいない。警備についている警官には、たぶん口止め料を払っている。これは、ほんのちょっとでも外にもれたら、マスコミが飛びつく話だ。

みんな、依然としてニュー・ホープについて話しているし、ビルが沈んだあの日以来、ママはわたしを変な目で見ている。インビジブルのリーダーが捕まった日に、きっかり三時間、両親の前から姿を消していたのだから無理もない。でも、ママは何も言わないし、何も訊かない。だから、わたしもそのまま知らん顔をしている。

わたしは黒い金属製の椅子に坐ったまま、鏡の向こうのロドリゲス巡査に笑みを向けた。足音が聞こえてきたのは、そのときだった。ひとりはふつうに歩いているけど、もうひとりは足を引きずっている。

腕に鳥肌が立って、飛ぶように立ちあがった。無防備すぎるような気がして、坐っていられなかったのだ。なぜか危険を感じた。何が起きても不思議ではない。裁判が終わったら、アロンはもっと大きな施設に移される。でも今は、警察本部内の重警備留置室に収容されていた。

戸口に彼があらわれた。その横には、がっちりとした体格の警官がついている。オレンジ色のジャンプスーツを着て手錠をかけられたアロンの両足首は、長い鎖でつながれていた。脚は動いてはいるものの、こわばっているみたいで少し変な方向を向いているし、膝を曲げようとすると、がくっとするようだった。わたしは思いきって彼の顔を見た。アイラインを引いていないせいで、ハンサム度がちょっと落ちている。それでも、透きとおって見える緑の目は燃えるように輝いていた。口元に浮かんだ笑みは、皮肉っぽくも、狡猾そうにも、残酷そうにも、無防備にも見えた。警官が彼を前に押した。もう少しでころぶところだったけど、なんとか持ちこたえた。リノリウムの床を擦るように歩く彼の脚は、しぼんだみたいで変な感じだった。

「坐れ」警官が言った。アロンが椅子に坐ると、警官が大きな鍵束を取りだして、机の真ん中の鍵穴に差しこんだ。そして、丸い金属板の継ぎ目が口のように開くと、警官はアロンの手錠を引っぱった。いっしゅん後、手錠の鎖が机につながれた。前屈みになった彼の顔が、腰掛けたわたしのすぐ近くにあった。落ち着かなかったけど、どうすることもできない。手錠の鎖は、すごく短いのだ。

「十分したら迎えにくる」警官が言った。

ふたりは立ち去る警官を見つめていた。わたしは彼が部屋を出てドアが閉まるまで待った。そして、すぐ近くにあるアロンの顔をまっすぐに見つめた。髭がのびて、頬と顎に暗い影をつくっている。

「初めての面会人だ」そう言った彼の目は虚ろで、視線はわたしの顔ではなく肩に向いていた。それでも、口元に浮かんでいる悲しげな色は隠せなかった。

「インビジブルのメンバーは来ないの？　こっそりナイフをわたしてくれる人はいないの？」

「訪ねてくるのは弁護士だけだ。死刑にならずにすめばラッキーだと言われた」アロンは肩をすくめて壁の鏡を見つめた。彼はそこに何を見ているのだろう？　ものすごくさみしいにちがいない。彼の子供時代のことや、彼が奪われたもののことを思って、なんだかかわいそうになってきた。アロンは、だいじに思っていた人たちに、とつぜん捨てられたのだ。そして今、手下に捨てられた。ただし、今回は捨てられて当然だ。アロンは、たいした計画もなしに虚勢を張って嘘をつきとおしてきた。武装した手下の働きとトランスミッションがなかったら、空威張りしている空っぽの人間でしかない。逮捕されてみれば、それは誰の目にもあきらかだ。「今、あいつらの頭にあるのは、わたしが与えていたようなドラッグをどうしたら手に入れられるかという問題だけだ。しかし、そんなものは手に入らない。わたしの存在がなければ、あのドラッグも存在しない」

フォードが言っていたことを思い出した。**手下の連中に何かを与えているんじゃないだろうか。自分の絶対的な立場を守るためにね。**

アロンを捨てなかった唯一の人間が、レジーナだったのかもしれない。

「そのウィッグ、いいじゃないか。黒い髪も、なかなか似合う」

「ありがとう。あなたの脚……」そこまでで口をつぐんだ。何を言いたいのか、自分でもわからなかった。一定のときが過ぎたら効果が切れて歩けなくなるように、ジャックスが計らったのだろうか？　彼はまた、完全に歩けなくなってしまうのだろうか？　そんなふうにすることが可能だったのだろうか？

「支えを取りあげられてしまった。きみの……」彼は言葉を切って咳払いをした。「友達の力にも限界があった。断裂した脊髄をなんとかつないではくれたが、ふつうに歩くにはどうしても支えが必要だ。あれをつくりだすには、何年もかかった。きみの友達の知恵を借りて、ようやく完成したんだ。あれがなければ、立つことはできても足を引きずって歩くしかない」

「そうなの」それ以外に、なんて言えばいいのだろう？　お気の毒？　不意に怒りに身体が震えた。壁にぐったりとよりかかっていたジャックスの姿が、いっしゅん目の前にあらわれた。アロン・リフトに同情していたとしても、そんな気持ちは激しい怒りにかき消されてしまった。「ジャックスに伝えてあげたいわ。でも、あなたも知ってのとおり、彼女は死んでしまったの」

「残念だ」彼はまた咳払いをした。「ほんとうに残念だと思っている。できるものなら、別の形で終わらせたかった」

「そう」わたしは鼻を鳴らした。「刑務所行きにならずに終わらせたかったんでしょうね」

「そのためにきたのか？　あの医者の話をするために？　彼女のことは、ほんとうにすまなかった。連中の歯どめがきかなくなった。あいつらは狂ってる。ウィーピー・ヒルズの精神病院から、わたしが解放してやった連中だ。強いドラッグがなければまともに動くこともできない。しかし、たまに多く飲みすぎる。管理しているつもりでも、常に目がとどくわけではないからね」

わたしはうなずいて、椅子の背にもたれた。

でも、そんな話をしに来たわけではない。レジーナのことが知りたくて、やってきたのだ。しばらく、どちらも無言のまま見つめ合っていた。

アロンの首が脈打っている。その血管が上下するのを眺めながらも、彼の鼻の穴が動いていることに気づいていた。彼の手が手錠で机につながれていなかったら、どうなっていただろうかと思わずにいられなかった。自由に動けたら、わたしに飛びかかっていたかもしれない。そうなっていたら、わたしはどう反応しただろう？

「姉のことを訊きにきたの」ついに言った。すごく暑くて、背中のくびれや腿の裏側が汗ばんでいた。アロンのこめかみや鼻の下にも汗の玉ができている。彼がうなずいて身じろぎした。その目が哀れみの色をたたえて輝いた瞬間、立場が逆転した。

そんな目で見ないで。そう叫びそうになった。でも、彼のほうが先に口を開いた。

「つまり、きみのママの話をしにきたわけだ」気取った笑みを浮かべて彼が言った。ちょっとつらそうにも見えたけど、わたしの反応を楽しんでいるみたいだった。

胃のなかが熱い痛みでいっぱいになり、炎となって外に燃えひろがりだした。わたしのママ？

頭のなかではやめて、やめて、嘘はつかないでと叫んでいたけど、何も言わなかった。言葉を発するには驚きすぎていた。レジーナがわたしのママであるはずがない。そんなこと、考えるだけでもバカげている。絶対にありえない。

だったら、なぜわたしは震えているのだろう？

そういえば、わたしはいつも、パパとママにもっと似ていればよかったのにと思いながら生きてきた。それに、パパとママの歳のこともある。注射やエステやお医者さまたちのおかげで若く見えるけど、ほんとうは若くない。ふたりとも、けっこう歳だ。ママは四十二歳でわたしを産んだことになっている。

わたしは、パパにもママにもぜんぜん似ていない。それに、うちの家族に赤毛はいなかった。ストロベリー・ブロンドのおばさんがひとりいたという話を、聞いたことがあるだけだ。でも、だからって……

「レジーナはママじゃないわ。わたしはヘレン・フリートの娘よ」

「レジーナが家を出たのは、妊娠したからだ。それを知っていたのは、わたしだけだった。彼女が死んだあと、ヘレン・フリートがその……赤ん坊を育てたんだ。レジーナの死後にきみが生まれたということになっているが、それはつくり話だ」

アロンはしゃべりつづけた。沈黙をうめたかったのかもしれない。「わたしは、きみのじいさんのことをばらしてやろうとした」

「じいさん？」その声は悲鳴のようになっていた。

「ハリス・フリートのことだ」アロンは当然じゃないかと言わんばかりにそう答えると、長い指を机の上に置いた。「もちろん、そのときには父は名誉を失っていた。だから、誰もわたしと関わりたがらなかった。話を聞いてくれる者などいなかった、警官どもでさえね。当時は、あいつがまんまとやりおおせたことが信じられなかった。しかし、長い年月が経った今は、よくわかる。ハリス・フリートはベドラム警察に、常に金をつかませているんだ。しかし、やったのはハリス・フリートだ。それは、はっきりしている」

何を言っているのか、さっぱりわからなかった。「やったって、何を?」

アロンが、バカな人間を見るような目でわたしを見た。でも、そのあと表情をやわらげて言った。「何も知らないのか?」

うなずきながらも涙がこみあげてきた。スエットシャツで目を拭い、しっかりしろと自分に命じた。「何をしたっていうの? 教えて」

そのとき、ドアが開いた。十分経ってしまったのだ。「言って」わたしはささやいた。「時間切れになっちゃう」

「あいつが彼女を殺したんだ。娘を殺したんだよ。立証はできないが、わたしにはわかっている」

ありえない。あまりにバカげている。「嘘よ」

「わたしはレジーナを愛していた」アロンが言った。机から手錠をはずした警官が、襟をつかんで彼を立たせた。「彼女は友達だった。なぜ、つくり話をする? そんなことをしても、なんの得にもならない」

「歩け」警官が怒鳴った。オレンジ色のジャンプスーツを着て足を引きずりながら戸口に向かうアロンは、すごく小さく見えた。もう二度と彼に会うことはないかもしれない。

「今の話は真実だ。ほんとうはわかってるんだろう、スーパー・ガール?」彼が振り向いて言った。「湖で溺れ死ぬなんてことがあるものか。ハリス・フリートが、そんなふうに見せかけたんだ。ノースサイドの人間は、みんな腐っている。みんな秘密を抱えているんだ」

それを最後に、彼は警官に引っぱられて部屋から出ていった。

すぐには動けなかった。蒸し暑い部屋をあとにする前に、この先の課題を見据える必要があったのだ。わたしはやっとの思いで立ちあがると、重い足を引きずるようにして部屋を出て、じめじめとした地下の廊下を歩きだした。ここの壁は汗をかいているように見える。ここで秘密は死んでしまうのだ。

ハリスはレジーナの野球帽を脱がせて、短い黒髪を撫でた。彼の手は、自分がしたことの恐ろしさに震えていた。長い髪を切って黒く染めている彼女は、まるで別人のようだった。こんなふうでは、わかるはずがない。彼は喉がつまるのを感じ、吠えるような低い泣き声をもらした。それでも彼のなかには――こんなときでさえ――プロの犯罪者らしく頭をはたらかせている自分がいた。その彼は、開け放したままになっていたドアを閉めるのを忘れなかった。しかし一方で、パニックを起こしている彼もいた。ここには、他に誰がいるんだ？　ホープとかいう若造は、ここにいるはずのレジーナのボーイフレンドは、どこにいる？

レジーナがひとりでこんなところにいるなんて、どういうわけだ？　いきなり撃ってくるなんて、わけがわからない。パニック状態の彼は、あまりの苦痛にヒステリックになって、うめき声をあげていた。

そしてもうひとり、第三の彼がいた。プロの犯罪者でも、この世でいちばんたいせつな人間を殺してしまった父親でもない第三のハリスの耳に、遠くから妙な声がゆっくりと聞こえはじめていた。まるで、暗い部屋のなかで彼に挨拶しているかのような声だった。

初めハリスは自分の声かと思ったが、こんな声は出せないと気がついた。

これは赤ん坊にしか出せない声だ。

第三の彼が、身を震わせながら声のほうに歩きだした。狭いアルコーヴにベビーベッドが置かれていた。

なんということだ。嘘だ。こんなことはありえない。しかし、そうだったのだ。これで辻褄が合う。だから、レジーナは姿を消したのだ。何カ月も。ああ、信じられない。ここに赤ん坊がいる。レジーナにそっくりな、レジーナを小さくしたような、赤ん坊が……。しかし、髪だけはちがう。レジーナは金髪なのに、この子は真っ赤な髪をしている。もちろん、彼に似たのだ。ザ・ホープは赤い髪をしていると、新聞に書いてあった。

泣き叫んでいる赤ん坊の上に、文字の形に切り抜いたフェルトを釣り糸にとめつけただけの手づくりモビールがぶらさがっていた。そのモビールが、ゆらゆらと揺れている。ハリスは赤ん坊を抱きあげた。腹立たしいほど軽かった。彼には、その生まれたての赤ん坊の無防備さや無邪気さが信じられなかった。ハリスは、昔レジーナを抱いたときにしたように、赤ん坊の身体を揺すった。耳元で泣きつづける赤ん坊といっしょに、彼も泣いた。男らしくもなくしゃくりあげながら、モビールの原色の文字を目でたどっていた。『HAPPY』

そして、次の単語を読んだとき、彼の死にかけていた心が震えた。『ANTHEM《アンセム》』

市場からの帰り道、彼は通りの真ん中を歩いていた。円錐形に丸めて先をねじった新聞紙の包みに、オールナイトの野外市場で買ったチェリーが四百五十グラム入っている。たいへんな散財ではあったが、それを目にしたときの彼女の顔を見るのが待ちきれなかった。きっと彼女は喜びの叫び声をあげる。出まわるには、まだ季節が早いわ。彼女はそう言うにちがいない。こんな贅沢、してはいけないのに。そして、彼女はチェリーをひと粒口に入れてほほえむ。あの尖った顎が動くのが見えるようだ。

眠れなかったんだ。彼は言う。それで散歩に出たら、これを売っていた。できるものなら、毎日でもきみに食べさせてあげたいよ。

割れたアスファルトに落ちていたバズビールの缶を蹴飛ばすと、一メートルほど飛んで藁苞《わらづと》や古新聞が散乱する草むらに落ちた。アパートまで一ブロックあるのに、もうゴミの臭いがする。日が高くなれば、臭いはいっそうひどくなるはずだった。ふたりとも、もう臭いは気にならなくなったと言っていたが、それは嘘だ。

その腐敗と発酵の臭いも、ここから離れたいと彼に思わせる原因のひとつだった。レジーナと赤ん坊をここから連れだしてやる必要がある。灰色と茶色ばかりの味気ないここを立ち去って、どこか緑の多い土地に移るのだ。

来月か再来月、ここを出よう。暴動には火がついた。だから、もうここにいる必要はない。ベドラムの市民は立ちあがった。彼は、それを感じていた。そろそろ姿を消す頃合いだ。夜に出かけて犯罪者を捕まえるのも、もうやめたほうがいい。彼が煽らなくても、ひとりひとりが街を変えたいと望んでいる。

来月か、遅くとも再来月には、出ていこう。車を手に入れてひたすら走りつづけ、野の花が咲いている場所に着いたら車をとめる。小さな町で仕事を見つけ、庭に木が生えているこぢんまりとした家を借りる。安くて簡素な家でいい。

今、彼は通りの真ん中を歩きながら、父親が殺されて親類の家に追いやられた少年時代のことを思っていた。あのころは、ムラサキウマゴヤシやアスターが生い茂る野原を歩きまわっていた。赤や紫やピンクの花が咲いている野原が、何キロも先までつづいているような場所だった。そんなところで遊ばせたら、赤ん坊は喜ぶにちがいない。

心に浮かぶその光景はあまりにすばらしく、かなりの現実味を帯びていた。ぼんやりとしていた彼には、クリーム色の車が見えていなかった。気がつくと、目の前に車が迫っていてブレーキ音がひびいていた。よけるには遅すぎた。どんなに足の速い彼でも無理だった。

運転席の男と目が合った。驚きに大きく見開いたリコリスを思わせるような黒い目と、黒い肌と、黄色く見える白目と、短く刈った髪。その男が大きく口を開いて、衝突を避けようとハンドルを切っている。でも、スピードが出すぎていた。そのいっしゅん、ザ・ホープの目の前に様々な光景が見えてきた。家族三人の前にひろがっている未来が、小さな木や小川が、ピクニックをしている自分たちが、見えた。果てしない波のような草むらに咲く薄紫の花。それに、彼に似たそばかすだらけのすらりとした女の子に成長した娘の姿も見えた。

車をよけようと走る彼の手からチェリーの包みが投げだされ、その赤黒い実が、夜明け前の白い空を背景に血のように飛び散った。

すべてがスローモーションで見えているなか、彼の目が助手席の男をとらえた。なんとなく知っている誰かのような気がした。ハンサムな顔と、がっしりとした顎。縁が赤くなっている目には、狂気じみた色が浮かんでいる。黒い髪をうしろに撫でつけたその男に、たしかに見おぼえがあった。有名人かもしれない。ぼんやりと彼は思った。車をよけることはできそうもない。もうすぐ、あのクリーム色の長いボンネットにはねられる。ボンネットの上にはすでに貴重なチェリーが落ちていて、赤黒いしみをつけていた。俳優かもしれない？　誰か重要な――。

34

わたしは吐き気をおぼえながら、警察をあとにした。うちに帰るには、打ちのめされすぎていた。結局、バスに乗った。そして、呆然としたまま、窓の外を流れていく灰色のベドラムの街を眺めつづけた。ノースサイドで、こんなに工事中のビルを見るのは初めてだった。ヘルメットを被った作業員が、信じられないくらいおおぜいいる。どこを見ても、フリート・インダストリーズ再開発計画のマークだらけだ。

街が壊滅寸前の状態に追いこまれたというのに、うちは儲けている。なんだか変な気がした。**何が起きようと、どんなにひどいことになろうと、パパはそれを逆手にとってそこから利益を得るのだ。**

パパのオフィスを訪ねることにした。まだ早いから、きっとパパはオフィスにいる。今すぐ話がしたかった。

フリート・インダストリーズの廊下には、ふかふかの絨毯が敷いてあるから、足音なんかひびかない。子供のころ、学校の休みのあいだ、よくここで過ごしていたわたしは、このオフィスを知りつくしていた。キー・カードを持った受付係のアイリーンが、警備のための内部ドアの向こうから手を振っている。ガラスを叩きわってしまいたくて手がうずうずしたけど、我慢してドアが開くのを待った。

「ようこそ、アンセム。大きくなったわね。あっという間に成長したみたいだわ」十歳の子供を相手にしているような挨拶だ。

何も知らないくせに。そう思ったけど、笑みを浮かべてお礼を言った。アイリーンは、わたしが誰の子供か知っているのだろうか？　彼女が知っているかどうかはわからないけど、パパとママの近いところにいる何人かは、何らかの事実を知っているにちがいない。サージはどうなのだろう？　そう思ったとたん、身体が震えた。

「おとうさまは、今、ミーティングが終わったところよ。すごいタイミングだわ」アイリーンはそう言いながら、かかってきた電話をとった。これで、勝手に廊下を歩けそうだ。壁には何百枚もの写真が所狭しとならんでいる。どれもフリート・インダストリーズのビルの写真で、工事が終わっているものもあれば、青写真の段階のものもあった。ノース・ベドラムのビルの半分は、ここに写真が飾られている感じだ。

『ハリス・フリート　ＣＥＯ』と書かれた札がついている部屋の前にたどりついたときには、心臓が時限爆弾みたいになっていて、怒りのせいで血が煮えたぎっていた。

「レジーナのことを話して」部屋に入るなり、ドアによりかかってそう言った。そしてその瞬間、呼吸が乱れていることに気づいたわたしは、浅い息をつきながら冷静さを失わないよう必死で闘った。気をゆるめたら、叫びだしてしまうにちがいない。窓の外に、果てしなく街がひろがっている。高い位置から見おろすその眺めは、うちからの眺めと似ているけど、このオフィスの窓は曲線を描いて建物の三方を包んでいる。だから、北側をのぞくすべての方角が見わたせる。

　もしかしたら、納得のいく説明が聞けるかもしれない。アロンは、わたしを傷つけるためにあんなことを言ったのだという可能性もある。でも、そんなふうに思うなんて、たぶん必死で救いを求めているだけなのだ。

「アンセム、これは驚いた」椅子に坐っていたパパが、力なくほほえんだ。記憶にあるよりも犬歯が長く見えて、顔がオオカミっぽくグロテスクに感じられた。わたしは内心ぞっとしながら、ためらいがちにデスクに近づいていった。

「どうしたんだ?」

「ある人に聞いたの」足をとめずに答えた。わたしが来ていることに気づいた誰かに邪魔をされたくはなかった。だから、声を落としてささやくようにつづけた。「パパがレジーナを殺したのね。それだけじゃないわ。あなたはいろんなことに関わっている」

パパは真っ青になって咳払いをした。「誰から聞いた? 誰がそんなことを話したんだ?」

「誰だっていいわ。その顔を見れば、それが真実だってことがわかる」心は粉々になっていたけど、冷静に言った。今は、何もかも知っているふりをする必要がある。そうでないと、この前みたいに言いくるめられてしまう。

「嘘にきまっているじゃないか」大きなデスクの上の書類を雑に重ねなおしながら、こっちも見ずにパパが言った。こんなふうに手を震わせているパパなんて、見たことがなかった。やっぱり、アロンが言ったことは嘘ではなかったのだ。

「ほんとうのことを話して。話してくれないなら、今すぐ出ていくわ。姿を消して、二度とうちには戻らない。一生かけて、真実を暴くつもりよ。でも、もうほとんど全部、知ってるの」わたしは嘘をついた。

「ただ、パパの口から聞きたいだけ」

パパは今にも気を失いそうな感じで、鼻息が荒くなっていた。「あいつだ。あいつがレジーナを殺したんだ。あいつはあの子を連れ去って、われわれの人生を台無しにしてくれた。あの若造をレジーナからできるだけ遠ざけておきたかった。しかし、わたしのほうが拒絶されてしまった」早口な上に声が小さくて、集中しないと聞き逃しそうだった。「あんな獣に夢中になりさえしなければ、レジーナは死なずにすんだんだ」

誰のことを言っているのか訊きたかった。でも、このまましゃべらせておいたほうがいいような気がした。何もかも知っているふりをつづけたほうが、いいにきまってる。

「サージが話したのか？　クビにしてやる。たった今、クビにしてやる。このことを話せる人間は、サージ以外にいない。他に知っている人間はいないんだ」

わたしは首を振りながら、サージがわたしに嘘をつきとおしてきたという恐ろしい事実を思って、魚みたいに口をぱくぱくさせていた。「ちがう。サージじゃないわ」

「なぜこんな暮らしができるのか、知りたいか？」立ちあがったパパの目は、狂ったようになっていた。「金持ちでいられるのも、贅沢な品に囲まれて暮らせるのも、バレエを習えるのも、あんな学校に通えるのも、こんなオフィスをかまえていられるのも、スタジアム計画から大金を稼ぎだせるのも、わたしのおかげなんじゃないのか？　ゼロから出発して、これだけのものを手に入れたんだ」吐きだすようにパパが言った。「この会社がここまでになったのは、人がこぞって北に移ったからだ。誰だって犯罪から逃れたい。犯罪は起こるべき場所で起こらなくてはいけないというのが、わたしの考えだ。だから、この街に害をおよぼすような連中は、ノースサイドに入ってこられないように手を打ってきた。レジーナのためだ。ああ、わたしはレジーナのためにそうしてきたんだ。そして、きみが生まれてからはきみを思って、そうしてきた。きみのママのためにもね」最後の言葉は、あとから思いついてつけたしたみたいだった。

「わ、た、し、の、ママなんて言わないで」心にあいた大きな穴を、さらに深くえぐられたような気がした。

わたしは、ママを知らずに生きていくしかない。

ママだと思っていた人は、おばあちゃまだった。

「あの自己中心的な若造が始めた街を変えようという運動は、わたしにとって――うちの家族にとって――迷惑でしかなかった」パパはそこで言葉を切り、窓の前に移った。ふたたびしゃべりだしたときには、声が震えていた。「サウスサイドの不動産の値は、さがりだしていた。そんなときに運動への期待が高まり、サウスサイドも住みやすくなるかもしれないと考えた若い家族が、北から南に移り住むようになりはじめた。あの若造は……いいかアンセム、わたしがつくりあげた社会の構造を覆《くつがえ》そうとしていたんだ。何もかも……いっしゅんにしてね」パパが指を鳴らした。

「パパがつくりあげた？　でも、どうやって？」

「そんなことはどうでもいい」パパがつぶやいた。その視線は、窓の外の灰色にけむって見えている、ビルや工場の上をさまよっていた。「わたしはシンジケートを抑える術を持っていた。しかし、今となっては、どうでもいい。あの組織とは、もうほとんど関わっていない」

「この前は、ギャビンが何をしていたか知らないって言ってたけど、あれは嘘だったのね」

「その話は今、関係ない！」パパが怒鳴りながら近づいてきた。靴下をはいているだけで、靴は履いていない。ウイングチップは、デスクの下にきちんとそろえて置いてある。今パパは、わずかにのびた髭が見えるくらい近くにいた。「アンセム、なぜそこまで執拗に知りたがる？　どうやってここまで調べたのか、絶対に突きとめてやる」

「レジーナのボーイフレンドの話をしてたわよね」話を変えたくて、小さな声でそう言った。その言葉が耳のなかにひびいている。怖かった。すごく怖かったけど、思いきって言ってみた。「その人が、わたしの父親なんでしょう？」

「きみの父親はわたしだ！　このわたしだ。わたしがきみを育てたんだ」パパがわたしの顎をつかんで、自分と目が合うように上向けた。わたしは唇に軽蔑の色をにじませて、パパを睨みつけた。目のまわりは皺だらけになっているし、おでこにも深い皺が刻まれている。パパもママも、いつも必死でこの皺を隠してきたのだ。

　自分が見ている相手が誰なのか、わからなくなってきた。それでも、悪人だということはわかった。この街に、この街の人たちに、ひどいことをしてきた人間だ。でも、最悪なのは、自分の娘を殺したことだ。ふたりとも、しばらくそのまま睨み合っていた。わたしは、その男の手を振り払った。

「さわらないで」

「わたしの立場に立って、すべてを見てほしい」しゃべりだした彼の声は、なんだか明るすぎた。きっと怖いのだ。秘密を暴かれることを、わたしがどこかに行ってしまうことを、恐れているにちがいない。

「犯罪者が悪事をはたらいている現場を押さえるのが得意な若造がいて、そいつが犯罪者に対して断固たる態度をとろうと決めた。それで、街じゅうがそいつをヒーロー扱いするようになったんだ。その若造は暴動を起こした。暴動だぞ、アンセム。街は理性を失った。そうなったら、法も秩序もなんの役にも立たない。わたしが築きあげたすべてが、目の前でくずれ去ろうとしていた！　そんなときに、娘がその若造と付き合っていることを知ったんだ。喜べるはずがないじゃないか。アンセム、きみがぼくの立場だったら、同じように感じたはずだ。わたしにはわかる。きみを理解しているからね。きみは勤勉な実用主義者だ。だから、同じように反応したはずだ。特に、あの若者のことがあったあとはね。きみは苦しみ、そして見事に乗りこえた」

「何も知らないくせに」わたしはきっぱりと言った。「わたしのことをわかってるみたいな口をきくのはやめて。あなたにはなんにもわかっていないのよ」

今聞いた言葉を理解しようとして、頭がぐちゃぐちゃになっている。暴動を起こした？　犯罪者が悪事をはたらいている現場を押さえるのが得意？　そんな人はひとりしかいない。レジーナの――わたしのほんとうのママの――ボーイフレンドは、あのホープだっていうの？　政治のクラスでホープについて習ったことを、必死で思い出そうとした。彼は死んでしまったんだっけ？　それとも生きてるの？　ちがう、姿を消したとタマニー先生は言っていた。忽然と……姿を消したと。

「とにかく、あの若造がやったんだ」拳をにぎりしめてうなるようにそう言った彼が、わたしから視線をそらして遠くの空を見つめた。たぶん、過去を——長いこと隠しつづけてきた過去を——見ているのだ。

「何もかも、あいつのせいだ」

「理解できないわ」小さな声で言った。「なぜ彼が？」

「レジーナを連れ去ったのが事の始まりだ。そして、あの子を追いつめた。あの子は髪を短く切っていた。カルト信者のようにね。レジーナだとは思わなかった。あれが自分の娘だなんて、どうしたらわかる？われわれは、あの子をプリンセスのように育ててきた。あの子は、生まれてこの方、一日だって働いたことなどなかった。それなのに、あんなことをおぼえて——」

「あんなことって何？」わたしは、あまりの厭わしさに思わず叫んだ。目の前にいるのは他人だ。こんな男の言うことなんて信じられない。でも、この人がここまで動揺しているのを見るのは初めてだった。くぼんだ目をして、パニックを起こして、追いこまれている。その感じは、あまりにリアルだった。

「拳銃の撃ち方だ」息もつがずに彼が答えた。勝手に口から言葉が飛びだしたみたいな言い方だ。よみがえってきたその場の光景を見ているのか、目の焦点が合っていなかった。きっと、レジーナが死んだ場所に立っているような感覚におちいっているのだ。

「あの日、レジーナの居場所を告げる匿名の電話がかかってきた。あの子が姿を消して、だいぶ経っていた。もう逃げられたくなかったから、部屋にしのびこむしかないと思った。話したかっただけなんだ。うちに戻るよう説得できればと思っていた。しかし、レジーナは物音を聞きつけたんだろう。すっかり戦う気になっていた。何かに怯えて妄想を抱いていたんだと思う。あの子は拳銃をかまえていた。そして、すべてはいっしゅんにして起こった」そこで彼は言葉を切ってあたりを見まわしたものの、またすぐに心のうちに視線を戻してしまった。ふたたびしゃべりだした彼の顔には、恐怖の仮面が貼りついていた。「わたしは……わたしは、別の誰かだと思っていた。だから、あたりまえの反応を示した。そして、気がついたときには——」彼が声をつまらせるのを聞いて、わたしは顔の前で手を振った。これ以上は聞きたくない。

いくらなんでも恐ろしすぎる。あまりに残酷で、想像する気にもなれない。フリート・タワーのあの寝室には、花でいっぱいの野原に坐っている金髪の少女の肖像画が飾ってある。毎朝、目ざめるたびに、自分が殺した娘の絵を見ていたなんて信じられない。どうしたら、そんなことができるのだろう？

「つまり、レジーナが撃ってきたから撃ち返したってことね」わたしは呆然とささやいた。質問ではなく、ただ言ってみただけだ。それでも、パパの——いいえ、ちがう、そこにいる見知らぬ男の——がっくりと落ちた肩と、絵に描いたような戸惑いの表情が、そのとおりだと語っていた。

「どこで死んだの？　レジーナは湖で死んだんじゃなかった」そうつぶやきながら、その光景を思い浮かべようとした。おそらく、時間を稼ぐために湖に死体を捨てたのだ。「あなたが死体を湖に運んだのね」

ハリス・フリートが、ふかふかのグレーの絨毯に目を落としてうなずいた。そこには、靴下をはいただけの彼の足があった。靴はデスクの下にきちんとそろえて置かれている。わたしは、そのきれいに磨かれた黒い靴を見つめた。そして、ほんのいっしゅん、自分がかわいそうになった。これは、わたしがパパと呼んでいた人の靴だ。この靴を見るたびに親しみと安心感をおぼえていたのに、今は何も感じない。顔をあげた彼の目は、縁が赤くなっていた。目の下にはくまができていて、百歳の老人になったみたいに見える。「この話は誰にもしていない。なぜ、サージはうちの家族にこんな仕打ちができたんだ？　なぜ、きみのママにこんな仕打ちができたんだ？」

わたしのママ。またも衝撃が走って心が砕けそうになった。

「ふたりして、ずっとわたしに嘘をつきとおしてきたのね」部屋がかすんで傾き、しばらく脚を動かすこともできなかった。視界の中心に黒い輪ができて、それがどんどんひろがっていく。わたしは倒れないように革張りの椅子をつかみながら、ママのことを思った。あんなに薬を飲むのも、お酒に頼らずにはいられないのも、いつもぼうっとしているのも、自殺しようとしたのも、娘を亡くした苦しみ以上のものを胸に抱えていたからだったのだ。ママは殺人者をかくまっていた。毎晩、殺人者と同じベッドで眠り、だいじなことでわたしに嘘をつきつづけてきたママは、嘘の要塞を築いて、そのなかでひとり生きてきたのだ。

「きみのママは――」ハリスが言葉を切って、わたしの表情をうかがった。もちろん、嫌悪の色が浮かんでいたにちがいない。「つまりヘレンは、すべてを知っているわけではない。撃ち合いについては話していない。知っているのは、きみがレジーナの子供だということだけで、他は何も知らない。湖に身を投げる前に、レジーナが警察にきみを置いていったのだと話してある」

「でも、わたしが読んだ新聞には自殺だなんて書いてなかった」わたしは言った。「事故だってことになってるわ。撃たれた跡があったはずなのに、どうして?」

「警察は自殺と判断した。だから、そんなことは調べなかった。それに、新聞社にはわたしの友達がおおぜいいた」荒い口調になっている。「頼めば望みどおりの記事を載せてくれる。当時は特にね。だから新聞用に話をひとつでっちあげ、きみのママのためにも別の話を用意した。ほんとうの話は、わたししか知らない」

「今まではね。吐き気がするわ!　あなたは人間じゃない」

振り向くと、ドアのそばにママが立っていた。壁にもたれているママも、靴を履いていなかった。だから、足音が聞こえなかったのだ。「クズよ」

「ヘレン」ハリス・フリートがママに近づいていった。「わかってほしい。これは、あの若造の――」

「彼も殺したの?」ママの目は、怒りのせいでものすごく大きくなっていて、白目がむき出しになっていた。「ザ・ホープを殺したのはあなたなの？　だから、彼は姿を消したの？」

「知らない。あの若造のことは何も知らない。こんなことは――」

「もうたくさん！」わたしは言った。「出ていくわ。どちらのそばにもいたくない。わたしはあなたたちの娘ではなく、孫だったのね」

ママが泣きだした。これ以上、言ってはいけない。もうだまるべきだ。でも、抑えられなかった。

「おしまいよ」冷静に聞こえるように言ってみたけど、戸口に向かって歩くわたしの身体は、どこもかしこも震えていた。「親子のふりは、もうおしまい」

それを最後に部屋を出た。ママがハリス・フリートに向かって叫ぶ声を聞いて振り向いてみると、マニキュアをした手をにぎりしめたママが彼の胸を叩いていた。あの人がこっちに向かって歩いてくるのが見えたけど、わたしを追うためではなかった。外に声がもれないように、ドアを閉めにきたのだ。そのやり方が、すべてを物語っている。これがハリス・フリートだ。この人は、いつも秘密を守ることだけを考えているのだ。

わたしは、堪えがたいほど静かな灰色の海に足を踏みだした。そして、その瞬間、ふわっと身が軽くなった。すべてがあきらかになった。もう重荷を背負う必要はない。あの人たちの娘じゃないなら、好きなように生きられる。

わたしは、若くして命を落とした――けっして会うことのできない――勇気ある女の子の娘だ。その女の子はザ・ホープといっしょに戦い、必要とあらば拳銃も撃った。

これまでのわたしの人生は、すべて嘘だった。ヘレン・フリートの娘だと偽るために、年齢さえ変えられていた。わたしは、死の上に築かれた虚ろなつくり話のなかで生きてきたのだ。でも今、わたしが失敗しても、もうがっかりする人はいないし、フリート家の娘としての期待を裏切ることもない。わたしにそういうものを求めていた人間は、殺人者だった。しかも父親ではなく祖父だったのだ。パパに悪いなんて、もう思う必要はない。

ここからは、上に進むしかない。

そして、ここから離れるしかない。

35

「あなたが八歳か九歳のころ、ようやく彼を見つけだしたんです」テーブルの上で手を組んでサージが言った。ふたりはスクランブル・ヨークのボックス席に、向かい合わせに坐っていた。マグカップに入ったコーヒーには、どちらも口をつけていない。先月、ベドラム・バレエ団の寮に入って以来、一日八時間のレッスンをつづけている。でも今日は日曜日で、レッスンは休みだった。

わたしは、その言葉をかみしめながらうなずいた。パパのことを聞きたくて、ここで会ってほしいとサージに頼んだのだ。もちろんハリス・フリートではなく、ほんとうのパパのことだ。あの人とは口もきいていない。なんだか自分がどんどん強くなっていくような気がする。寮で暮らすダンサーとしても、気持ちの上でも、強くなった。あのあと何週間か経つと、ちょっと強くなったわたしは、嘘をつきとおしてきたママを赦せるようになった。そして、さらに時が経った今は、なぜサージが事実を話してくれなかったのか理解できるまでになった。サージは、真実に堪える強さがわたしにそなわるまで待っていてくれたのだ。それに、ハリス・フリートは彼の雇い主だった。どんなにむかついていても、わたしがよほど強く迫らないかぎり、ほんとうのことを話すわけにはいかなかったにちがいない。そして今、わたしは話を聞く心の準備がととのった。

「生きているのね。事故のあとも」わたしは膝の上の手に目を落とした。その手は、サージがザ・ホープをはねた瞬間を思って、かすかに震えていた。あの人が車をとめるなと、そのまま走りつづけろと、サージに命じたのだ。車のなかで、あの人がどんなふうに赤ん坊だったわたしを抱いていたかを思い描いてみた。レジーナが残したものは、わたし以外に何もなかったのだ。

ほんとうのパパがどこかで生きているとしたら、どうなるのだろう？　いつか会えるのだろうか？

「生きているのではないかと思っていたんです」サージが言った。「新聞に何も載りませんでしたからね。目を光らせて、できるかぎり探りつづけていました。そして、ついに昔の友人が彼を見つけたんです。完全に網の目を潜り抜けて、山の小さな町のはずれで暮らしていました。そこで傷を癒やしていたようです。すぐに会いにいってみました」

「ほんとう？」心臓が激しくうなりだしたのを感じながら、しっかり理解しようとサージの目を見つめた。「彼はわたしが生きていることを知っていた？　その後、わたしがどうなったか気にかけていた？」

サージがうなずいた。「あなたが、父親に見捨てられたような気になるのも無理はありません。しかし、彼はひどい傷を負っていたんですよ、アンセム。身体だけではなく心もぼろぼろでした。あなたを訪ねるよう、彼にすすめてみました。会いたがっているのがわかりましたからね。しかし、踏んぎりがつかなかったようです。それで、彼はことわろうとしたが、いくらか金を置いて帰ってきました。そして、そのあとも折あるごとに顔を合わせています」

驚かずにはいられなかった。わたしは椅子の背にもたれて、そのニュースが心にしみていくのを待った。サージは年相応に見える。今、彼はママの友達のもとで働いている。わたしがフリート・インダストリーズのオフィスに行って、家族が家族でなくなったあの日、あの人はサージをクビにした。「こんなことになって、ごめんなさい」わたしは静かに言った。「あなたには迷惑をかけたくなかった」

「こんなことはなんでもありません。奥さまが、力になってくださいました」わたしは最近、週に一度ママに会っている。ママはお酒をやめて、薬も捨てた。フリート・タワーを出てひとり暮らしを始めたこと

「あなたが八歳か九歳のころ、

で、前より勇敢な人間になれたみたいだ。サージは、使用人としてではなく、友達として今もママと付き合っている。ママはあの人がしたことを警察に話すという考えを捨てていないみたいだけど、今のところそれは控えている。警察内部にあの人の友達がいるなら、何を訴えても無駄だ。ママもわたしもあの人には連絡をとっていない。たぶん、もう二度と口をきくこともないだろう。

「謝らなくてはならないのは、わたしのほうです」サージが言った。「あなたに事実を伝えられたらと、ずっと思っていました。あなたに戦う準備ができたときは、ほんとうに話したかった。あのころ、あなたは急に彼に似てきました」いっしゅん、彼の口元にかすかな笑みが浮かんだ。

「いいのよ」わたしはささやいた。サージへの怒りを鎮めるにはずいぶんかかったけど、もう何も感じていない。今は、また彼に会えるようになったことを喜んでいる。わたしは訊けずにいた質問をしようと、思いきって口を開いた。これはママには絶対に訊けない。過去について話すとき、ママはいまだに不安定になるのだ。「ザ・ホープのほんとうの名前はなんていうの?」

「ジェーコブ・ロクへムです」その名前が、何かの鍵になるような気がしていた。そのひびきから、恐ろしくも重要な何かがわかるのではないかと思っていたのだ。

「ねえ、どう思う?」ちゃんと言えなかった。あまりにも重すぎる。自分がほんとうにその人に会いたいのかどうか、わからなかった。いずれにしても、彼はわたしを取り戻そうとはしなかった。どこにいるのか知りながら、一度も会いにこなかった。

「いつか彼に会えるかと訊きたいのですか? もちろん、会えます。あなたがその気になれば、彼はいつでも喜んで会うはずです」

ウエイトレスが客を迎える声がひびくなか、ふたりはしばらく無言のまま坐っていた。わたしは窓の外に目を向けながら、今、彼がここにやってきたらどんな感じだろうかと、思いを巡らせた。昔のニュースを見ていたから、彼の髪が赤いことは知っている。わたしの髪は、父親ゆずりだったのだ。他にも、ゆずりうけたものはたくさんあった。

サージがポケットから細長い封筒を取りだしてテーブルの上に置き、わたしのほうにすべらせた。「六年間、わたしがあずかっていました。あなたの準備がととのったら、わたしてほしいと彼に頼まれていたんです」

わたしは封筒を手に取った。軽かったけど、いっしゅん息がつまるほど重く感じた。また手が震えだしていた。でも、あとでひとりになってから読もうとは思わなかった。サージがそばにいてくれたほうがいい。そのほうが、なんだか安全な気がした。

『親愛なるアンセム

ぼくたちは、きみを賛歌《アンセム》と名づけた。ふたりの心を高揚させ、希望を与えてくれる存在だったからだ。刺激に満ちた恐ろしい毎日のなかで、きみはぼくたちが街に――そして世の中に――望む、すべてのものの化身のようだった。レジーナとぼくにとって、どれほど魅惑的な存在だったことだろう。きみは完璧な赤ん坊だった。まさに奇跡だ。ふたりとも、その大きな目を飽くことなく眺めていた。

きみが幸せでいてくれればと願っている。レジーナとぼくの娘だという事実を背負って生きるのは、簡単ではないと思う。しかし、きみはもう事実を知っている。そうでなければ、サージはこの手紙をわたさなかったはずだ。

ぼくは、きみのママをとても愛していた。もしかしたら、愛しすぎていたのかもしれない。

彼女を取りあげられてしまったぼくは、立ち直ることができなかった。しかし、もっと重大だったのは、きみが母親を奪われてしまったという事実だ。皮肉にも、ぼくは〝ザ・ホープ〟と呼ばれながら、誰よりも絶望し、誰よりも大きな痛みを抱えて生きていた。あんな離れ業ができたのは、レジーナがいたからだ。楽観的な彼女の存在が、前に進みつづける力を与えてくれたのだと思っている。レジーナを失って、すべてがどんよりとした灰色に変わってしまった。ぼくも死んだようなものだった。もう先には進めなかった。死にたかった。とにかく消えてしまいたかった。しかし、レジーナといっしょに次の世界へ旅立つ度胸もなかった。そして、きみを奪い返す勇気もなかった。初めの数年は、一日に何度、きみを連れ戻しにいこうと考えたかしれない。

きみが五歳か六歳のとき、一度、街に行ってみた。ありえないとわかっていながら、きみが気づいてくれることを期待して、フリート・タワーの外で待っていた。ぼくを見たきみが、ほんとうのパパだと気づいてくれたら、また自分が誰かに必要とされる人間になれると思っていたのかもしれない。きみがフリート夫妻といっしょにビルから出てきたとき、ぼくは凍りついたようになって通りの反対側に立っていた。きみは紐のついた新しそうな木製のシマウマを引っぱって、楽しげに声をあげて笑っていた。きれいなドレスを着て、新しい靴を履いて、少しはしゃいでいるようにも見えた。そういう意味では、不自由のない暮らしをしていることはたしかだった。ぼくと暮らしていたら、あんなふうにはしてやれない。フリート夫妻にはありあまるほどの金があるが、ぼくには何もない。

この数年、サージに会ってきみの様子を訊くのが何よりの楽しみになっているということを、ぜひ知ってほしい。それがあるから生きていられるようなものだ。彼からはバレエの話も聞いているし、新聞の社交欄で写真も見ている。生きていたら、レジーナもきっと誇りに思っただろう。きみは、ぼくたちが世の中に送りだした最高傑作だよ、アンセム。

フリート夫妻は、そんなに悪い人たちではないと思う。なんといっても、きみをすばらしい女の子に育てくれたのだからね。ぼくは毎日、ミスター・フリートを赦せるようになろうと努めている。

きみが臆病者になりさがったぼくを赦してくれなかったとしても、仕方がないと思っている。しかし、もし会いたいと思ってくれたら、それ以上うれしいことはない。

常にきみを思っている
ジェーコブ・ロクヘム』

わたしは泣きながら手紙を読んでいた。頬を流れる涙が、テーブルに落ちていく。そして、読みおわって目をあげると、サージの目も涙に濡れていた。「わたしのために泣いたりしないで、サージ」

彼がいつもどおり、真顔でやさしくうなずいた。「すばらしい人です。わたしの意見を聞いてくださるなら、それだけは言っておきます」静かな声だった。

「もちろん聞くわ」そう応えて、壁の時計を見あげた。そろそろ十一時になる。わたしはていねいに手紙をたたんで封筒に入れた。そして立ちあがると、封筒を半分に折って、ジーンズのポケットにしまった。

「近いうちに会いにいくわ」わたしはサージに言った。「でも今は、他にするべきことがあるの」

36

丸めたコットンみたいな雲を浮かべた驚くほどきれいな青い空が、サウス・ベドラム墓地の上にひろがっていた。わたしはフォードのたこだらけの手をにぎって、お墓のあいだの砂利道を歩きながら、心地いい沈黙に浸っていた。木々のあいだを吹き抜ける風の音と、金属製のシャベルが湿った土をリズミカルに掘り返すかすかな音が聞こえている。丘の反対側のどこかで、墓掘人が仕事をしているにちがいない。

最近はバレエのスケジュールのせいで、週に二度しかフォードに会っていない。毎日顔を合わせていたこの前までとは、すごいちがいだ。ハリス・フリートとの対決のあと、ベドラム・バレエ団のサマー・オーディション・プログラムが始まるまでの一カ月、わたしはフォードとエイブのアパートで暮らしていた。それでもふたりは友達の関係をたもったまま、わたしにはバレエのレッスンに励み、フォードはボクシングの試合に出ていた。彼が活動を再開したことについて、シンジケートは今のところ何も言ってこない。でも、言ってきたところで、痛くも痒くもない。フォードは、昔の彼とはちがうのだ。時々、街でよくないことが起きていると聞くと、犯罪者を捕まえに夜のサウスサイドに出かけていくけど、ふたりで行動できる今は、それもずっと楽しくなった。

ほんとうのパパは、この街に何かをもたらした。そして、わたしも何かをもたらしたのだと、ようやく思えるようになった。

今日、わたしたちはここで人と待ち合わせて、ジャックスのお墓参りをすることになっている。彼女が埋葬されてから、もうだいぶ経っていた。

「こっちだ」フォードがそう言って、枝の重みで幹がたわんでいるように見える、シダレヤナギの横の小径を指さした。墓地の近くに住んでいる彼は、よくお墓参りに来ているみたいだ。一方、バレエ団の寮にいるわたしは、墓地が開いている時間に外出できる日が滅多にないせいで、あまり来られない。

ふたりは墓石がならぶ小路に足を踏み入れ、お墓を踏まないように気をつけながら草の上を歩きだした。平べったいつるつるの石を見つけたわたしはそれを拾い、すでにポケットに入っている三つの石にくわえた。

しっかりとした大きな墓石を見ていると、心が落ち着くような気がする。永遠を感じるからかもしれない。わたしたちが死んでこの世から姿を消しても、墓石はずっとここにありつづけるのだ。

小路の先の切り株に、人が坐っているのが見えた。プラスチック製のホーンリム眼鏡をかけた肩の細いその女の子の髪は、ハチミツ色でちぢれている。振り向いて、きらきらした青い目でこっちを見た彼女が、さっと立ちあがってためらいがちに手を振った。その動き方と、きっちりとした仕草を見た瞬間、それが誰だかわかった。顔立ちも、気味が悪いほど彼女のママにそっくりだ。いっしゅん、ジャックスを見てるような気がした。

でも、まばたきをするとジャックスは消えた。墓石のあいだを縫って、女の子が近づいてくる。たぶん十四歳くらいだ。

「ここだ」ジャックスのお墓の前でフォードが足をとめた。

ジャックスの誕生日を調べだしたあと、ふたりで墓石を選び、フォードがそこに刻む碑文を考えた。

『ここに若くしてこの世を去った

化学者であり、夢想家であり、母親であった
ジャクソン・マグラスがやすらう』

そして、かつて彼女が口にした言葉をわたしがつけたした。

『人を助けられることも稀にある。だから、やっていけるのよ』

わたしは石をふたつ、御影石の墓石の横に置いて、震えるため息をもらした。「ごめんね、ジャックス」ここを訪れるたびに謝っている。ジャックスが亡くなって、今日でちょうど三カ月になる。

お墓の前にやってきた女の子がしゃがみこみ、抱えてきた白い野の花を墓石の前に供えた。

「ハーイ」フォードとわたしが同時に言った。どちらも緊張しながらも、気楽な雰囲気をつくりだそうとしていた。

「ハーイ」女の子が言った。「クリオよ」

「ジャックスにそっくりだ」フォードが言った。「気味が悪いくらいだよ」

「そうなの?」すまして肩をすくめてみせたけど、うれしかった証拠に頬がピンクに染まっている。ジャックスに会いたかったにちがいない。その気持ちはよくわかる。

「来てくれてありがとう」わたしは彼女に笑みを向けた。「ふたりとも、ジャックスのことをすごく愛してたの。ええ、あなたのママのことよ。彼女はあなたに会うためなら、なんだって投げだしたと思う」そう言いながら、ジェーコブ・ロクへムに会いにいこうという気持ちが強くなるのを感じた。絶対に会いにいこう。冬になる前に。

「連絡してきてくれてうれしかった」彼女はそう言うと、唇をかんで墓石を見つめた。「ほんとうに化学者だったの？　白衣とか、着てたりした？　大学を追われたあとも？」

わたし同様、クリオの心のなかにも、すごくたくさんのパズルのピースが泳ぎまわっているにちがいない。「うん、ジャックスは研究室を持ってたの。今もそのままになってる。先週も行ってきたわ」

「見てみたいな。わたしも化学者を目指してるの」落ち着かなげに身じろぎしながら、彼女が言った。「自分は他の人とはちがう特殊な心臓を持ってるって知ったときから、その謎を突きとめるのが趣味みたいになっちゃって」

「連れていってあげるよ。よかったら、今からでも」フォードが言った。

「いいにきまってるわ」分厚いレンズの向こうの目が、大きくなっている。彼女が満面に笑みを浮かべ、踵に体重をあずけて言った。「連れていって」

「わたしのなかにも、ジャックスがつくった心臓がうめこまれているの」わたしは片方の眉を吊りあげてみせた。「そのせいで、ふつうではできっこないようなことができちゃうの。フォードもそう」

クリオは大きな目で、まずわたしを、それからフォードを見た。そして、ふたりをじっくり見つめたあとで言った。「だったら、競走しない？」その口調は、あくびまじりに聞こえるほど何気なかった。でも、飛ぶように立ちあがった彼女は、やる気満々といった感じで、ハイカットスニーカーに包まれた足首をまわしている。

目を向けると、フォードがにやりと笑った。「よし、受けて立とう」彼が言った。「ゴールは墓地の門だ」

それから、わたしたちだけに聞こえるスタートのピストルが鳴ったかのように、三人はいっせいに走りだした。猛スピードで灰色の街につづく門に向かって草深い丘をくだるわたしたちは、声をあげて笑い、大声で叫んでいた。ほとんど地面に足をふれずに駆けていくわたしたちを見ているのは、物言わぬ墓石だけ。空を背景に飛ぶように過ぎていく不思議な霞に気づく者は、誰もいなかった。

（完）

謝辞

この物語を書きすすめるすべての過程で常にわたしを導いてくださった、すばらしい洞察力と知恵と忍耐力の持ち主であるジョエル・ホベイカとサラ・ランデスに心から感謝しています。ジョシュ・バンクと、レス・モーガンスタインと、サラ・シャンドラーと、リズ・ドレスナーと、クリスティン・マラングと、フィリス・デブランシェと、KB・メロは、かしこさと鋭い目を持って、この作品に接してくださいました。ハーパーティーン社のみなさんにも、心からお礼を述べたいと思います。特に、ジェニファー・クロンスキーと、ジーナ・リゾと、アラナ・ホイットマンと、マーゴ・ウッドと、オーブリー・パークス‐フライドと、ローレン・フラワーは、かぎりない熱意を持ったプロモーションの天才です。

あちこちでこの物語を読んでくださっている、友達にも感謝しています。アンセムの物語を本気で愛してくださる、ルフス・ミスロック、アリソン・グールド、トム・グラタン、タイス・ジョーンズ、シャスタ・ロックウッド、今回も読んでくださったかしら？

献身的な愛と大胆さをもってわたしを支えてくれる、すばらしい姉妹のジニー・カヘーニとコリー・カヘーニ、ありがとう。そして、ニューヨークとサンディエゴにいるその他の家族にも、ほんとうに感謝しています。特にガビには、なんとお礼を言ったらいいのかわかりません。わたしにとって、家族の愛と支えがすべてです。ありがとう、ありがとう、ありがとう。

訳者あとがき

赤毛のアンセム・シリーズ、第一弾『秘密の心臓（The Brokenhearted）』、そして第二弾『悪の道化師（The Invisible）』、お楽しみいただけたでしょうか？

アンセム・フリートは十七歳のバレリーナ。小さなころから、地元のバレエ団に入ることを夢見てレッスンに励んできました。学校では、さほど目立たない優等生。

そんな彼女が恋に落ちてしまったことから、お話は始まります。恋の相手は、パパとママが絶対に許してくれないような男の子です。アンセムは彼に会うために、嘘をついてバレエのレッスンを休むようになります。そして、そのボーイフレンドの部屋に初めておとまりした夜、シンジケートと呼ばれている地元の犯罪者集団のメンバーが部屋に乱入して、彼を連れ去ってしまいます。要求どおりの身代金を払わなければ、ボーイフレンドの命はありません。

パパに泣きつこうと、アンセムは家に向かっていそぐのですが、その途中でたいへんなことになってしまいます。なんと彼女は冷たい川に落ちて死に、闇の化学者の手で一分間に六百回鼓動するという驚異の心臓を埋めこまれ、とんでもない力を備えて生き返るのです。それを機にアンセムの人生は一転します。

ボーイフレンドを救うために、その心臓を武器に悪と戦いはじめたアンセム。でも、事はそれだけではすみません。彼女は、もっと大きな何かに巻きこまれていきます。第一弾の敵はシンジケート。そして、第二弾では見えない敵――インビジブルを追うことに。

さあ、アンセムはどうなってしまうのでしょう？

アンセムが住んでいるベドラムの街は、川を挟んで北と南に分かれています。摩天楼が建ちならぶ北側には裕福な人たちが住み、洪水に悩まされる南側には貧しい人たちが暮らしています。当然ながら南側は荒れ放題の無法地帯。ベドラムの不動産王を父親に持つアンセムは、北側の八十七階建てのビルの最上階に住み、お金持ちの子供が集まる私立校に通っています。なんの不自由もないように見えるアンセムですが、物心ついたときから、亡くなった姉の人生を背負わされているように思えて苦しんでいます。仕事中毒のパパと、娘を失った苦しみから立ちなおれずに薬とワインが手放せないママ。ふたりの目は、アンセムにまっすぐとどいてはいません。

それだけでも充分つらいのに、秘密の心臓を得たせいで、アンセムの悩みはさらに増えてしまいます。新しい身体にもなじめないし、あまりに強くなった自分が怖くてたまらない。それに、その心臓のことを人に知られたら、観察材料にされて自由に生きられなくなってしまうでしょう。それまで何もかも分かち合ってきた大親友にも、アンセムは口を閉ざします。親友が味方になってくれることはまちがいないけど、彼女に重荷を背負わせるわけにはいきません。でも、そのせいで親友とのあいだに溝ができてしまいます。

アンセムの苦悩が、ひしひしと伝わってきます。信じられないようなことばかり起こるお話ですが、彼女の気持ちはリアルです。驚異の心臓のことは別にして、十代の女の子なら誰でも（現役十代も元十代も含めて！）、多かれ少なかれこんな苦しみにおぼえがあるのではないでしょうか。

そう……よく考えると、実はこの物語はさほど非現実的ではないのかもしれません。著者のアメリアがニューヨークをイメージして描いたというベドラムの街は世界の縮図のようにも思えるし、バレエについては言うまでもなく、拳銃などの記述もとても正確です。ピンクや紫の拳銃も実在するし、拳銃を突きつけられたときのアンセムの反応もお手本どおり。フィアーガスを浴びたときの対処法を学校で習っているという、アンセム。撃鉄を起こした拳銃を突きつけられたらどうするべきかも、きっと教わっているのでしょう。銃口が身体にふれていたら、息をするのもしゃべるのもNG。とにかく絶対に動かないこと。“銃を突きつけられたら、相手を動揺させるような行動はけっしてとらない。〟これは、アメリカでは子供でも心得ている常識なのだそうです。

　これからバレエ留学や旅行で海外に出ていく機会が多くあるにちがいないみなさんのこと。そんな目に遭わずにすむよう祈るばかりですが、この常識を頭の片隅に入れておいていただければと思います。

　それにしても、こんな心臓を手に入れたらどうしましょう？　もちろん、バレエには好都合。あまり高く跳びすぎないように、速くまわりすぎないように、気をつけて踊る必要がありそうですが、ものすごいバレリーナになれることまちがいなし。バイオニック・バレリーナとなったアンセムが、思いきり踊る舞台を観てみたいと思わずにはいられません。

　でも、おもしろい本に括りは不要です。バレエなんて観たこともないという方にも、この物語は楽しんでいただけるはず。女の子のスーパー・ヒーローが活躍する、痛快ながら切なくもある赤毛のアンセムの物語、きっと満足していただけると思います。

　著者のアメリア・カヘーニは、カリフォルニア州のサンディエゴとハワイ州のヒロで育ったにもかかわらず、日焼けしやすい子供だったせいか、サーフィンには背を向けて、図書館で多くの時間を過ごしていたようです。初めて小説を書いてみようと思ったのは、十二歳の夏。

　その後、カリフォルニア州立大学サンタクルーズ校で文学を学んだあと、オレゴン州のポートランド、グアテマラ南部のケツァルテナンゴと移って、ニューヨークに落ち着いたようですが、ニューヨークでは引っ越すこと十回。様々な仕事に就いています。

ブルックリン・カレッジで小説作法を学んだあと、本格的に執筆活動を始めたアメリア。文芸誌に発表したいくつかの短編をのぞけば、『秘密の心臓』がデビュー作です。

さて、次はどんなお話を書いてくれるのでしょう。今後の活躍が楽しみです。

本書の訳出にあたっては、多くのみなさんにご助力をいただきました。この場をお借りしてお礼を申しあげたいと思います。

特に、トンチンカンな質問を重ねるわたしを相手に、いつも根気よくていねいにアドバイスしてくださるガンスミスの滝田浩さんに、心より感謝申しあげます。それぞれの銃に、そしてそれを扱う人間の動作に、単なる意味以上の物語があることを滝田さんに教えていただきました。その深みのある物語が、少しでも訳文にあらわれているといいのですが……。

法村里絵

二〇一六年三月

アメリア・カヘーニ（Amelia Kahaney）
カリフォルニア州サンディエゴの、天候と大きな波に恵まれた
沿岸の町で生まれ育った。サーフィンは性に合わず、
青春小説や少女小説に読み耽った。
15歳でハワイ島に転居。詩を作り、サッカーチームに所属し、
活火山から流れ出る溶岩を眺めるのが好きだった。
カリフォルニア州立大学サンタクルーズ校に進み、
ヨーロッパ文学を専攻したのち、2001年に
大きなスーツケースと漠然とした計画と高い望みを抱いて
ニューヨーク・シティに移住。トラック運転手、映画撮影スタッフ、
受付、地雷撲滅運動家など仕事を転々とし、
住居も10回替わったあと、ブルックリン・カレッジで小説作法の勉強を始めた。
以後、ワークショップや大学でライティングの指導にあたりながら、創作に専念。
赤毛のアンセム・シリーズⅠ『秘密の心臓』でデビュー、
本作『悪の道化師』が第２弾となる。

法村里絵（のりむら・りえ）
女子美術短期大学卒。英米文学翻訳家。主な訳書に
ヒラリー・ウォー『失踪当時の服装は』『この町の誰かが』、
Ｓ・Ｊ・ボルトン『三つの秘文字』『毒の目覚め』『緋の収穫祭』、
リチャード・バック『フェレット物語』、
アメリア・カヘーニ『秘密の心臓』などがある。

悪《あく》の道化師《どうけし》　赤毛《あかげ》のアンセム・シリーズ II

2016年4月19日　初版第1刷発行

著者　アメリア・カへーニ
訳　者　法村里絵
発行者　田中久子
発行所　株式会社チャイコ
東京都港区南青山6-1-13-102（郵便番号107-0062）
電話(03)6427-4446
http://tchaiko.co.jp/
印刷所　錦明印刷株式会社
製本所　錦明印刷株式会社

ISBN978-4-9907661-4-6 C0097

読者の皆様へ

バレエに関係する書籍の出版社として、二〇一三年にスタートしたチャイコの刊行第二弾『秘密の心臓』および第三弾『悪の道化師』は、シリーズでお贈りするミステリ・サスペンスタッチのアクション・ファンタジー小説になりました。

バレリーナが主人公として大活躍する、架空の街の物語ですが、著者はこの作品のなかに、いま世界の各地で起こっている事件や問題を織り込んでいるようです。このようなかたちでバレエを身近に感じていただくのも一興ではないでしょうか。

編集をしながら思ったことがあります。主人公のアンセム・フリートは四歳からバレエを習い続け、もうすぐ高校を卒業するのですが、職業人としてバレエダンサーになると心に決めています。目標は地元のバレエ団ですが、そうすることで親から自立しようと生活設計をしているのです。

欧米諸国では、仕事というかたちでダンサーがバレエ団で踊っています。これはフィクションではありません。お給料や労災保険や年金の保証などもあります。地元住民や企業からの寄付が潤沢に集まるし、バレエそのものが、芸術的エンタテインメントとして一般市民の生活のなかに根付いているから可能なことなのです。

「人はなぜ踊るのか?」これを常に模索しているチャイコとしては、日本のバレエ界もそのような欧米のスタンダードに近づけたらと、切に願っています。

二〇一六年四月十九日

株式会社チャイコ